edition*fünf*

Band 6 der edition*fünf*

Susanna Alakoski
Bessere Zeiten

Roman

Aus dem Schwedischen von Sabine Neumann
Mit einem Nachwort von Karen Nölle und Christine Gräbe

edition *fünf*

1. Auflage
Deutsche Erstausgabe August 2011

© 2011 edition*fünf*
Verlag Silke Weniger, Gräfelfing
herausgegeben von Karen Nölle und Christine Gräbe
im Vertrieb bei Edition Nautilus, Hamburg

Alle deutschsprachigen Rechte vorbehalten
Übersetzung: Sabine Neumann

Die schwedische Originalausgabe erschien 2006 unter dem
Titel *Svinalängorna* bei Albert Bonniers Förlag, Stockholm.
© 2006 Susanna Alakoski

Gestaltung, Satz und Herstellung Kathleen Bernsdorf, Hamburg
Schriften ITC Charter, Trade Gothic
Druck und Bindung Friedrich Pustet, Regensburg
Printed in Germany

ISBN 978-3-942374-10-1

www.editionfuenf.de

Für Jaana-Kristiina, Nilas, Runa, Jonna, Frank und Hanna

Puti. Die Katze hieß Puti. Wenn wir vom Balkongeländer aus nach ihr riefen, wurde ihr Name zu Tipu. PuutiPutiPutiPutiPuTipuTipu-TipuTipuTipuuTipuu. Als sie Junge bekam, ertränkten wir alle außer einem. Das war getigert wie Puti, und wir nannten es Tipu. Als wir Puti zum Einschläfern brachten, wurde Tipu unsere neue Jägerin und Schmusekatze. Sie hieb ihre Krallen in kleine Spatzen-jungen, Mäuse und Wühlmäuse. Unterm Sofa knirschte es, unterm Bett roch es nach toten Tieren, und die Fellbüschel und Federn brachten Papa zum Fluchen. *Voi vittu, voi vitun vittu. Voi vitun vitun vittu.* Als könnte die Katze was dafür.

Und dann bekam Tipu Junge. Wir ertränkten alle außer einem, das getigert war wie Tipu. Der Einfachheit halber nannten wir es Puti.

Die Katzenjungen wurden am laufenden Band ertränkt, aber jedes Jahr behielten wir eine neue Tipu oder Puti.

– Sonst ist das schlimm für die Katzenmama.

Papa kratzte sich am Sack.

– Ach, sonst ist das schlimm für die Katzenmama.

Mama äffte Papa nach. Sie kratzte sich auch am Sack.

– Stimmt genau. Und ich kann mich um das Junge kümmern.

– Ach, und du kannst dich um das Junge kümmern?

Mama schüttelte den Kopf.

– Ja, und die Katzenjungen kann ich auch ertränken.

Papa trommelte sich auf die Brust und zog den Bauch ein. Er spielte Tarzan. Mama verdrehte die Augen. Warum mussten Männer bloß immer Tarzan spielen?

– Du kannst ja damit anfangen, dass du die Katzenjungen ertränkst, die in ein paar Wochen kommen. Dann sehen wir ja, wie viel Mumm du hast.

– Wart's nur ab.

Tipu lag auf unserer weinroten Wolldecke auf dem Boden in Mamas und Papas Schlafzimmer. Mit großen Augen standen wir um sie herum. Eins nach dem anderen krochen die Katzenjungen aus ihrem Hintern, plumpsten heraus und landeten kreuz und quer übereinander. Tipu fraß ihre Schleimhäute und Nabelschnüre. Papa öffnete das Fenster, um ein wenig Luft hereinzulassen. Schweiß trat ihm auf die Stirn. Seine Stimme klang nicht ganz wie die von Tarzan im Fernsehen.

– *Voi*, sind die süß.

– Na bitte, jetzt muss doch ich sie ersäufen, sagte Mama.

– Müssen wir das jetzt klären?

– Ja, das müssen wir, und außerdem müssen wir schnell machen. Gleich fangen sie nämlich an herumzutapsen und zu miauen. Aber *voi, voi*, süß sind sie.

Mamas Stimme war wackelig, sie wischte sich die verschwitzten Hände an der Schürze ab.

– Vielleicht können wir sie ja verschenken?, sagte Papa.
Er stockte und neigte den Kopf zur Seite. Er öffnete das Fenster
noch ein bisschen mehr.
Mein Herz machte einen Satz.
– Ja, bitte Mama, können wir sie nicht behalten? Bitte.
Ich hüpfte neben dem Katzenlager auf und ab.
– *Voi saatana*, in der Stadt wimmelt es vor streunenden Katzen.
Wer will da schon eine Katze haben, was glaubst du denn?
– Bitte Mama …
– Nein und noch mal nein, wir behalten keines.
Mama blickte zuerst Papa und dann mich mit starrem Blick an.
– Entschuldige, Mama, ich dachte bloß …
– Warum müssen wir nur immer so viele Katzen haben!
Sie stemmte die Hände in die Hüften und fuhr mit harter Stim-
me fort:
– Leena, hol einen Eimer.
– Ja, ja.
– Und mach schnell.

Mama riss mir den Eimer aus den Händen, rannte ins Badezim-
mer und füllte mit dem Duschschlauch warmes Wasser hinein.
Sie rannte zurück ins Schlafzimmer. Papa gab keinen Laut von
sich und machte sich unsichtbar. Eins nach dem anderen legte
Mama die Katzenjungen in den Eimer und drückte sie mit der
Hand unter Wasser, bis sie aufhörten zu zappeln. Tränen liefen
ihr aus den Augen, Schweiß von der Stirn, und sie sagte, sie
würde Papa hassen. Schließlich blieb ein letztes Junges übrig.
Papa und ich hatten uns neben die Decke gekniet.
– Mama, warum legst du die Katzenjungen in warmes Wasser?

– Damit sie nicht frieren, frag nicht so dumm.

– Mama, wie viele Junge sind im Eimer?

– Hab sie nicht gezählt.

– Mama, dürfen wir ein Junges behalten?

– Still jetzt!

– Bitte, Mama …

– Still.

– Bitte … bitte, Mama.

Sie konnte es nicht. Sie schwankte, dann ließ sie das Junge widerstrebend auf der Decke liegen. Sie senkte den Kopf und die Stimme.

– In Ordnung, ihr dürft es behalten.

Ein tiefer Seufzer kam aus ihrer Brust. Dann einer aus Papas Brust. Ich hatte den Atem angehalten, jetzt holte ich tief Luft, sprang auf und schlang Mama die Arme um den Hals.

– Dürfen wir, dürfen wir wirklich?

– Ja, ihr dürft.

– Aber warum, Mama, warum dürfen wir es behalten?

Mama dachte einen Augenblick nach. Dann sagte sie:

– Sonst ist das schlimm für die Katzenmama.

Sie lächelte und zwinkerte Papa zu. Papa zwinkerte zurück. Mama sagte, sie bereute es jetzt schon.

Mama wurde es zu viel mit den Tieren. Sie war erleichtert, wenn unsere Katzen spurlos verschwanden oder auf der Landstraße überfahren wurden. Ich habe auch so genug zu tun, sagte sie. Hin und wieder beschlossen Mama und Papa, keine Tiere mehr anzuschaffen. Dann ließen wir unsere Katzen einschläfern. Das war das Beste für sie, sagten sie. Und für den Hausfrieden. Man kann schließlich nicht unendlich viele Tiere haben, sagte Mama. Wir hatten ja auch noch den Hund. Terrie. Genau an dem Tag, an dem Mama endgültig genug von den Tieren hatte, blieb Terrie mit dem Kopf im Regenrohr stecken. *Voi saatana*, sagte sie. *Voi saatanan saatana.* Als könnte der Hund was dafür. Ganz gleich, wie wir es anstellen, sagte Mama. Immer haben wir eine getigerte Katze im Haus, zum Teufel. Eine Puti oder eine Tipu. Und so ging es immer weiter. Das Tierheim wurde ans andere Ende der Stadt verlegt, aber da hatten wir schon eine bunte Katzentasche, die Mama gehäkelt oder gestrickt hatte und in der wir unsere Putis oder Tipus hintragen konnten.

– –

Terrie war mein bester Freund. Ich hatte ihn von Papa bekommen. Genau wie Markku, aber mir gehörte er trotzdem am meisten. Er gehörte auch Sakari, aber am meisten gehörte er mir. Markku und ich hatten lange um einen Hund gebettelt. Mama hatte gesagt, nur über meine Leiche. Aber an dem Tag, als Mama mit Sakari aus dem Krankenhaus kam, war Papa betrunken und guter Laune und kam mit einem Welpen nach Hause. Warum sollten die Kinder denn keinen Hund haben, verdammt noch mal, sagte er. Er hatte den Mischlingswelpen für eine Krone gekauft, eine Kreuzung zwischen Dackel und Terrier. Schwarz und weiß. Ein Polizeihund, sagte Papa, seht ihr, er trägt eine Pistole unter dem Bauch. Markku und ich hopsten herum wie die Kaninchen. Ein Hund, wir haben einen Hund. Wir tauften den Welpen Terrie. Terrie, der Polizeihund. Mama stellte sofort klar, dass sie Hunde hasste und im Leben nicht mit ihm Gassi gehen würde. Und dass es besser wäre, wenn Papa sich um seine Kinder kümmern würde, anstatt ihr noch mehr Arbeit heranzuschaffen. Außerdem war jetzt genug gevögelt, nur dass er es wusste. Nicht noch ein Junges.

Ich zog Terrie Sakaris Babysachen an und wiegte ihn im Schoß, so wie Mama Sakari wiegte. Wenn Mama mit Sakari im Kinderwagen einen Spaziergang machte, legte ich Terrie in einen Schuhkarton, der gerade so am Fußende des Wagens Platz hatte. Mama seufzte. Hast du gar nicht an die Haare gedacht?, fragte sie Papa. Hast du gar nicht daran gedacht, dass ich mich um ihn kümmern muss? Und hast du gar nicht daran gedacht, wer hier bei uns zu Hause alles macht?

Terrie und ich spielten und gingen spazieren und trösteten einander, wenn wir traurig waren. Wenn Terrie den Schwanz einzog, zog ich ihn auch ein. Wenn seine Augen halb geschlossen waren, waren meine es auch. Wenn er die Ohren hängenließ, ließ ich meine auch hängen. Wenn Mama und Papa stritten, zog Terrie den Schwanz ein. Aber das war nicht so schlimm. Ich konnte ihn aufmuntern, indem ich einen Stock warf. Und freute mich mehr als er, wenn er ihn zurückbrachte. Abends sprang Terrie in mein Bett. Wir schliefen beide darin, obwohl Mama sagte, dass Hunde nicht ins Bett gehörten. Das war das Gute an Mama.

In Mamas Nähe hielt Terrie sich zurück. Doch abends nahm Mama es nicht so genau. Durchs Schlüsselloch konnte ich sehen, wie sie Terrie am Hals kraulte und ihn am Bauch kratzte, so dass er mit den Hinterpfoten in der Luft ruderte. Kleiner Mann. So viel Platz nimmst du gar nicht weg, und so groß bist du auch wieder nicht, und es stimmt schon, es ist schön, dass wir jetzt einen kleinen Hund haben. Schließlich räumte sie Papa gegenüber ein, es ist ja doch gut, dass ich trotz allem mal wieder rauskomme. Ich bin ja nach dem dritten Kind so dick geworden. Da siehst du's, auf die Dauer lohnt es sich, einen Hund zu haben. Hätten wir nicht Platz für noch einen Hund? Und eine Katze vielleicht? Dann übte Papa Schwedisch, er sagte, dass wir so kut wohnten jetzt. Funfundsiebzigeinhalp Quadratmeter. Wir hapen drei Zimmer und Küche und ein kroßes Meer direkt um die Ecke.

Sieh auf die Auskuck!

Noch im Frühling gab es Frost. Als wir unsere neue Wohnung besichtigten, trug Mama Sakari auf der Hüfte. Ich machte mit ihr einen Rundgang. Markku blieb draußen auf dem Hof, er wollte die Schaukeln ausprobieren. Noch nie hatte ich Mama so gut gelaunt gesehen. Sie äußerte sich zu allem, was wir sahen. Erdgeschoss, das ist praktisch, sagte sie, als sie den Schlüssel ins Schloss steckte. Schaut nur, was für ein schöner Flur, hier können wir Kleider und alles aufhängen. Kommt, Kinder, als Erstes gehen wir auf den Balkon. Seht euch das an, was für ein großer Balkon, Sakari, hier kannst du deinen Mittagsschlaf machen. Sie beugte sich über das Balkongeländer und sog den Atem tief ein. Komm, Leena, ich hebe dich hoch, damit du auch gucken kannst. Sie drehte den Wasserhahn in der Küche auf. Warmes und kaltes Wasser, endlich, sagte sie. Endlich, endlich. Sie strich über das Spülbecken. Nicht ein Kratzer. Die ist auch nigelnagelneu. Und habt ihr gesehen, was für schöne Kacheln und was für einen großen Kühlschrank und was für einen schönen Herd wir kriegen! Dann öffnete sie den Schrank unter der Spüle und fragte, ob wir die vielen Schränke gesehen hätten. Sie setzte Sakari in den Schrank, lachte und sagte, dass er am besten dort bliebe, weil wir nicht genug Sachen hätten, um die Schränke zu füllen. Sakari fing an zu weinen, und Mama hob ihn heraus. Sie gab ihm einen Kuss und sagte, das war nur Spaß. Ich fragte, ob ich ein eigenes Zimmer bekommen würde, aber Mama meinte Nein. Ihr werdet euch eines teilen müssen, sagte sie. Du und Markku, ihr könnt euch ein großes Zimmer teilen, Sakari schläft bei mir und Papa, bis er größer ist. Dann öffnete sie einen hohen, schmalen Schrank. Stell dir vor, sagte sie, hier gibt es einen ganzen Schrank nur für Putzzeug. Papa muss einen Staubsauger organisieren.

Wir gingen weiter ins Badezimmer. Badewanne und Badezimmerschrank. Waschbecken und Trockenschrank. Auch hier gab es warmes Wasser. Darf ich?, fragte ich. Natürlich darfst du, sagte Mama und sah sich alles genau an, vom Boden bis zur Decke. Ich drehte den Wasserhahn auf und ließ heißes Wasser in die Wanne laufen, bis der Dampf sich im ganzen Badezimmer ausbreitete. Mama, sagte ich, unsere Badewanne ist so groß, dass unsere ganze Familie darin baden kann. O nein, so groß ist sie leider nicht, sagte Mama und öffnete eine Tür. Hinter der Tür war eine Toilette. Endlich, sagte Mama, endlich ein Innenklo.

Wir gingen weiter. Durch die großen Fenster fiel Sonnenlicht in die Wohnung. Hier werden die Blumen sich wohlfühlen, sagte Mama. Eine Glastür zum Wohnzimmer. Das fand sie unpraktisch. Im Flur gab es mehrere Einbauschränke. Mama öffnete sie und strich über die Einlegebretter. Alles ist so neu und so gut, wiederholte sie. PVC auf dem Boden war gut, weil er leicht zu putzen war. Der Boden im Wohnzimmer hieß Parkett. PVC und

Parkettboden, ich wiederholte die Wörter viele Male, um sie mir zu merken. Jetzt werden wir keine kalten Füße mehr haben, fuhr Mama fort. Und das Beste, Simsalabim, hier können sich keine Asseln mehr unter dem Fußboden verstecken!

Es gab ein großes und ein kleineres Schlafzimmer. Wir machten weiter unsere Runde. Mama strich über die Wände. Beton, bemerkte sie bekümmert, da ist es schwer, Nägel einzuschlagen, aber Papa wird schon eine Lösung finden. Mama öffnete das Fenster im Wohnzimmer. Draußen sahen wir Markku. Schaukel nicht zu hoch, rief Mama. Zu uns sagte sie, seht nur, Kinder, was für einen großen Hof ihr zum Spielen bekommt, direkt vor der Tür. Sie drückte Sakari einen Kuss auf die Nase. Und hast du gesehen, Sakari, eine Antennendose, da wird Papa sich freuen. Das wird unser Fernsehzimmer. Ein Farbfernseher, Sakari, bestimmt organisiert Papa einen Farbfernseher für uns. Stellt euch vor, sagte sie dann, wir sind fast die Ersten, die hier einziehen. Die Häuser sind noch nicht einmal alle fertig, wir haben so ein Glück gehabt. Meinst du, du wirst dich hier wohlfühlen, Leena?

– –

Als sie heimkamen, sah Mama wütend aus. Papa eher traurig. Als täte ihm etwas leid. Sie gingen in die Küche, es klang, als würde Mama mit Papa schimpfen. Ich bekam Angst und kroch unter den Tisch, Terrie kam hinter mir her. Wir zogen den Schwanz ein und ließen die Ohren hängen. Sakari schlief im Kinderwagen draußen auf dem Hof. Wo Markku war, wusste ich nicht.

– Das ist vielleicht ein Ding, dass sie einem die Regeln laut vorliest, obwohl man selber imstande ist zu lesen, sagte Mama.

– Na, so schlimm war es auch wieder nicht, antwortete Papa.

– Hast du nicht ihr herablassendes Lächeln gesehen?

– Aber jetzt haben wir doch unsere Wohnung …

– Sie hat gesagt, wir sollen uns zusammenreißen, bevor wir überhaupt etwas getan haben!

– Das hat sie gesagt?

– Genau das.

– Jetzt übertreibst du aber …

– Genau das hat sie gesagt, nur mit anderen Worten.

– Lass uns das doch vergessen, jetzt haben wir ja den Vertrag.

– Du glaubst wohl, ich habe das Gerede über die Stadtverwaltung nicht gehört? Diese Britta Pettersson wird von allen Britta-Eselsfotze genannt. Wie zum Teufel kann man nur rosa Lippenstift benutzen?

Dann erzählte Mama Papa alles, was sie über Britta Pettersson wusste. Sie klang jetzt sehr wütend.

Diese verdammte Britta Pettersson mit den Eselszähnen hat ihr ganzes Leben in der Wohnungsverwaltung oder wie das heißt gearbeitet. Jeder weiß, dass sie eine Sadistin ist. Keiner, der eine Wohnung braucht, kommt um sie herum. Was wir erlebt haben, passt genau zu dem, was ich gehört habe. Wir mussten vorm Schalter stehen und uns schämen und warten, bis sie sich durch alle Verträge geblättert hatte. Hast du nicht gesehen, dass sie unseren Vertrag dreimal überblättert hat? Und sie hat uns nicht einmal begrüßt, als wir gekommen sind, oder gesagt, setzen Sie sich oder so etwas in der Art. Ein Wunder, dass sie uns den Vertrag nicht weggerissen hat, als wir unterschreiben wollten. Das hat sie bei anderen gemacht, habe ich gehört.

Mama ging auf und ab. Unterm Tisch, wenn man sonst nichts von ihr sah, sahen ihre Waden viel dicker aus. Terrie und ich saßen mucksmäuschenstill da, und obwohl wir uns die Ohren zuhielten, hörten wir alles, was sie sagte.

Papa fragte, ob es nicht normal war, dass sie einem die Regeln vorlasen. Mama schrie, nein, zum Teufel. Nicht so. Und sie hat uns ja auch noch ein Nüchternheitsgelöbnis abverlangt, hast du das nicht gehört? Nicht einmal in Schweden darf man den Menschen ein Nüchternheitsgelöbnis abverlangen, wir wurden ja behandelt wie Menschen zweiter Klasse oder so, obwohl sie uns noch nie gesehen hatte. Nüchternheitsgelöbnis war ein viel schwierigeres Wort als PVC und Parkettboden. So schlimm war es doch auch wieder nicht, sagte Papa, und nun schien Mama richtig an die Decke zu gehen. Sie zählte Papa einen Haufen Sachen auf, die sie die Regeln nannte, mit einer Stimme, die ich nie zuvor gehört hatte:

Alle zwölf Jahre neue Tapeten.

Wir dürfen die Wohnung nicht selbst streichen oder tapezieren – als ob wir das vorhätten.

Von der Stadt nicht genehmigte, selbst ausgeführte Renovierungsarbeiten werden vom Mieter bei Auszug vergütet – als ob wir trotz des Verbots als Allererstes renovieren würden.

Wir dürfen keine eigenen Tulpen oder andere Blumen in den Beeten ziehen – als ob wir das als Erstes tun wollten.

Terrie darf nicht in den Beeten graben – als ob finnische Mitbürger mit ihren Hunden in die Beete gehen würden.

Wir dürfen den Herd nicht eingeschaltet lassen, wenn wir einkaufen gehen – hast du das gehört, sie glaubt, dass ich den Herd anlasse!

Mamas Stimme wurde wütender und wütender.

Die Waden wurden dicker und dicker.

Und die Waschküche soll ich wohl mit der Wurzelbürste scheuern, wenn ich mit dem Waschen fertig bin, und wir dürfen kein Essen an die Wände werfen, wenn wir uns streiten.

Wir dürfen keine Binden und keine Zeitungen in der Toilette hinunterspülen, und wir dürfen nach zehn Uhr abends keinen Krach machen.

Und Rücksicht, wir sollen nicht vergessen, Rücksicht zu nehmen.

Und es gibt einen Hausmeister bei der Stadt, wenn ein Rohr kaputtgeht oder so. Aber *bitte beachten Sie*, er kommt *nicht* für nichts und wieder nichts.

Verdammt noch mal, glaubt die denn, dass wir Schweine sind oder was?

Jetzt ging Papa auf und ab. Dann sagte er, Mama solle nicht so viel darauf geben. Das wären doch nur Regeln, und Regeln müsste es schließlich geben. Alles würde gut, sagte er, wenn wir erst eingezogen waren.

Mama beruhigte sich, die Waden wurden wieder dünner. Sie sagte, ich wollte mich nicht so aufregen. Sie setzte sich, dann sagte sie, entschuldige, ich weiß auch nicht ... aber ich hab mich so geärgert über ... ja, über den Ton. Ich habe gehört, wie die von der Stadt Fridhem nennen: die Schweinehäuser.

Als wir einzogen, war es Sommer. Der Asphalt unter den Schaukeln war heiß und roch neu. Auf dem Hof war er weich und blauschwarz, auf den Gehwegen hart und grauschwarz. In den Beeten wuchsen kleine Kugelbüsche. Mama sagte, das wären Babyhecken, die allmählich zu großen Papa- und Mamahecken heranwachsen würden. Das Treppenhaus war gelb und schwarz gesprenkelt und roch noch nach Farbe. Die Wohnung war von Sonnenlicht durchflutet und wirkte größer als bei der Besichtigung. Mama hatte unsere Sachen in Kartons und Taschen gepackt. Wir hatten kaum Möbel, denn in unserer alten Wohnung gehörten die Küchenmöbel und das Sofa zur Miete, deshalb konnten wir sie nicht mitnehmen. Papa und Mama holten unsere Sachen auf Sakaris Kinderwagen und auf Papas Fahrrad. Markku und ich passten auf Sakari auf, während Mama und Papa Sachen hineintrugen und neue holten. Sie rochen nach Schweiß und Umzugsdreck. Aber Papa hatte gute Laune und summte einen finnischen Tango vor sich hin, *Tango Desiree*. Seine Augenbrauen tanzten mit, und manchmal trug er mehrere Kartons und Taschen gleichzeitig. Mama kam ab und zu, um nach uns zu sehen, schmierte Brote und sorgte dafür, dass Sakari einschlief, wenn er müde war. Dann half sie wieder schleppen.

Am Abend saßen wir in den Betten, aßen noch mehr belegte Brote und tranken Milch. Mama sagte, dass wir gleich morgen die Küchensachen in den Schrank räumen würden, und dann würden wir wieder richtig warm essen. Sie glaubte, sie würde es schaffen, unsere alte Wohnung zu putzen und die neue einigermaßen in Ordnung zu bekommen.

Mama und Papa gähnten gleichzeitig. Wir gingen in unser neues Badezimmer und wuschen uns. Mama kramte eine neue Seife hervor. Zur Feier des Tages, sagte sie. Markku und ich wollten gar nicht mehr aufhören unsere Hände zu waschen.

Alle Betten standen im selben Zimmer.

Wir schliefen früh ein.

– –

Nach unserem Umzug organisierte Papa als Erstes einen kleinen Küchentisch, vier Sprossenstühle und einen Küchenhocker. Es machte nichts, dass die Stühle nicht zusammenpassten, sagte er, sie waren gut genug für uns. Dann besorgte er zwei Sessel, ein Sofa und einen kleinen Wohnzimmertisch für das Fernsehzimmer. Es machte nichts, dass das Sofa ein bisschen kaputt war, es war gut genug für uns. Als das erledigt war, organisierte er Bretter und baute ein Bett für Sakari. Er strich es rot und stellte es in eine Ecke auf dem Balkon. So, sagte er, jetzt hat Sakari ein Bett für seinen Mittagsschlaf. Aus dem Versandkatalog. Das schönste, das sie hatten. Dann organisierte er einen Fernseher, der auch gut genug für uns war, jedenfalls bis auf weiteres. Mit ihren Betten kommen die Kinder noch eine Weile aus, sagte er. Jetzt würde sich alles finden. Wir würden eins nach dem anderen in Angriff nehmen, und alles würde sich finden. Ganz bestimmt. Ich fragte Papa, wie es kam, dass er alles so gut organisieren konnte. Er meinte, ich sollte nicht so neugierig sein, und dass reiche Menschen Sachen wegwarfen, die noch beinahe neu waren.

Papa karrte unsere organisierten Sachen auf dem Fahrrad nach Hause. Mama sagte, sie traue ihren Augen nicht, als er atemlos und verschwitzt mit dem Doppelbett ankam, das er auf Lenker und Sattel balancierte. Sie trat auf den Balkon und rief nach mir, Markku und Sakari. Schaut, sagte sie, schaut, was Papa da bringt. Passt auf Sakari auf, sagte Mama, lief hinaus und half Papa tragen. Mama sagte, sie mache sich Sorgen um Papa. Deine Arme schleifen ja bald auf dem Boden, wenn du dich so schindest und schleppst. Bald siehst du wie ein Orang-Utan aus. Aber komisch, kaum kriegst du ein bisschen was zwischen die Kiemen, siehst du wieder normal aus. Sei vorsichtig, Kimmo, denk an deinen Rücken.

Eines Abends, als Markku und ich in unseren Betten lagen, kam Papa zu uns. Er setzte sich zwar auf Markkus Bettkante, redete aber mit uns beiden. Wir sollten ihm versprechen, niemals zu jammern. Daran sollten wir immer denken. Denn wir hatten eine schöne Wohnung bekommen, und wir hatten Glück gehabt. Viel mehr Glück als viele andere. Versteht ihr, Kinder, sagte er, wir wohnen jetzt in einem Haus, in dem es alles gibt, Warmwasser, eine Toilette, eine Badewanne und sogar eine Waschküche. Seht ihr, in dieser Wohnung wird für Mama alles leichter sein. Und ganz in der Nähe gibt es einen großen Wald, in dem ihr spielen könnt, und beinahe vor der Haustür haben wir einen weichen Sandstrand. Nur ein kleines Stück von hier haben wir das größte Meer der Welt, in dem man ganz umsonst baden kann, und das, Kinder, das ist Luxus. Ystad ist eine Militärstadt müsst ihr wissen, sagte er, und senkte die Stimme, damit es spannend klang. Hier gibt es unterirdische Gänge im Wald und bis zum Meer. Der ganze Wald ist voll von kleinen Insekten, die Schonisch reden, und ihr werdet haufenweise neue Freunde finden. Ich verstand nicht so viel von dem, was Papa sagte, nahm aber an, dass er wusste, was er meinte, und Markku und ich versprachen beide, niemals zu jammern.

Die Vögel zogen nach uns ein. Papa lockte sie an und fütterte sie. Mehrmals in der Woche fuhr er mit dem Fahrrad zur Bäckerei Möller. Habt ihr noch Brot von gestern?, fragte er und manchmal bekam er zwei ICA-Tüten voll. Dann stellte er sich auf den Balkon und rauchte. Mit dem Zigarettenstummel im Mundwinkel riss er Brot und Brötchen in kleine Stücke und warf sie den Vögeln zu. Er plapperte in Sprichwörtern auf sie ein. Kleine Brösel sind auch Brot, sagte er. Die Vögel waren wie Haustiere für uns, aber manchmal wurden sie auch unfreiwillig ein Fressen für Puti. Papa nannte sie seine Arme-Leute-Kanarienvögel.

Papa sagte, dass er und Mama ein kleines Einzugsfest feierten. Sie saßen mit einer Weinflasche und unseren Milchgläsern in der Küche. Wir bekamen Eis auf Untertassen. Papa redete anders als sonst, er sagte viel mehr und auch andere Sachen. Wenn er Wein trank, war er entweder gut gelaunt, wie jetzt, oder er wollte ernstreden. Vor allem wollte er dann, dass wir ihm zuhörten. Ich mochte das nicht. Während wir Eis aßen, redete er ununterbrochen. Wenn man in Schonen wohnt, sagte er, ist das, wie im richtigen Ausland wohnen. Der Himmel ist weiter. Die Blumen wachsen höher. Ja, alles wächst besser als in Finnland. Stellt euch vor, Markku, Leena, bald könnt ihr eure eigenen Tomaten ernten. Ich werde nämlich anfangen, auf dem Balkon Tomaten zu ziehen. Eine Tomatenzucht ist erlaubt, sagte er dann und zwinkerte Mama zu. Ich stellte mir vor, wie auf unserem Balkon Tomaten wuchsen, wie sie über Sakaris Mittagsschlafbett hinauswuchsen und über die leeren Weinflaschen und die Bierflaschen in den Papiertüten. Ich erwachte aus dem Tomatentraum, als Papa sagte, dass Putis oder Tipus Kavaliere möglicherweise auf die Pflanzen pinkeln würden.

Mama sagte, es wäre doch komisch, dass wir es irgendwie immer schafften, ein Weibchen zu behalten. Auch wenn wir dachten, dass es ein Kater war. Papa sagte, er würde eine Wasserpistole kaufen und auf die Katerkavaliere schießen, um die Tomatenpflanzen zu schützen. Da sagte Mama, dafür wäre es zu spät, weil er sie immer mit gekochtem Hering fütterte, und sie um seine Beine strichen, sobald er auftauchte. Bei Terrie ist das genauso, sagte sie. Es hilft nichts, nach dem Hund zu treten und mit ihm zu schimpfen, wenn du ihm gleichzeitig frisch gekochte Knochen gibst. Da lachte Papa und sagte, dass es beim Kaufmann in Fridhem verdammt feine Huntfleisknochen gab. Für eine Krone bekam er eine ganze Tüte, und manchmal bekam er sie sogar umsonst. Und da war noch viel mehr als nur Huntfleisknochen drin. Mama und Papa hatten den Wein fast ausgetrunken, als Markku und ich das Eis aufgegessen hatten. Wir gingen in Markkus Zimmer und spielten mit seinem Auto. Sakari saß noch auf Mamas Schoß. Als wir ins Bett gegangen waren, hörten wir, wie Mama und Papa stritten und Sakari weinte. Terrie sprang zu mir ins Bett und schleckte meine Hand. Er wollte, dass ich ihn hinter den Ohren kraulte, bis er einschlief.

Als wir am Morgen aufwachten, sah Papa wieder so betreten aus. Er fragte Mama, ob noch Wein da war. Mama sah müde und sauer aus und sagte, dass Kaffee da wäre. Dann zog sie Sakari an und bat mich und Markku, auf dem Hof ein bisschen auf ihn aufzupassen. Wir gingen hinaus und setzten Sakari in den Sandkasten. Die Morgensonne schien warm.

Ich wusste die Namen der Bäume nicht. Und ich fand auch keine Farben für das Laub, das Meer und den Himmel. Nur dass die Sonne orange flimmerte, wenn ich die Augen fest zusammenkniff, das wusste ich. Ich kniff die Augen zusammen.

Nach einer Weile gingen wir wieder rein. Mama wirkte gut-gelaunt und meinte, Markku und ich würden ja von früh bis spät nur so zwischen Küche und Hof hin- und herfliegen, dass sie keinen ruhigen Moment hätte. Sie meinte, wir hätten Flug-zeugluft unter den Füßen.

Es war Mama, die mit uns Spaziergänge im Wald machte und uns den Weg zum Strand zeigte. Sie lehrte uns, die Gerüche im Wald von Sandskogen auseinanderzuhalten, und dass wir den richtigen Moment abwarten mussten, um die Straße zu überqueren. Sie zeigte uns, wo die wilden Kirschen wuchsen und wo die Fliederbüsche, und sie brachte uns bei, dass ein gewöhnlicher Tag alles enthalten und unendlich lange dauern konnte. Sie zeigte uns, wie der heiße Sommertag zu Ende ging, wenn er sich am Abend über den Horizont bog. Und sie sagte, dass Tage sich sehr wohl biegen konnten, wenn Papa sagte, als ob Tage sich biegen könnten.

Mama war es, die so gut roch.

Und die Geranien blühten in unseren neuen Fenstern.

Unser Haus war nicht anders als die anderen Häuser. Kletter-baum war Kletterbaum. Jungen waren nicht anders als Mäd-chen. Und wenn ich mich auf die Zehenspitzen stellte, kam ich an alles heran. Ganz nach oben. Ich konnte mir nicht vorstellen, dass das Leben plötzlich ein Ende haben könnte.

Auf dem Balkon hatte ich ein Glas mit Hummeln, Gras und einer Hagebutte. Ich hielt es sauber und rein, so wie Mama unser Zuhause sauber und rein hielt.

Ein Jahr verging, und ein neuer Sommer flimmerte über den Asphalt. Über uns zog Bäcker-Olsson ein. Er hörte Elvis-Lieder, wenn er feierte. *King Kriol, Dschäilhaus Rock* und *Satsch ä Nait,* ein ums andere Mal. Neben ihm wohnte eine polnische Familie. Darüber eine Mutter mit Kind. Im Treppenaufgang nebenan noch eine Mutter mit Kind. Überall wohnten Mütter und Väter und Kinder. Fridhem war proppenvoll geworden, sagte Mama. In den kleinen Wohnungen wohnten alleinstehende Menschen und alte Onkels und Tanten. In einem der Häuser wurden zwei Vierzimmerwohnungen zusammengelegt. Dort zogen ein paar ältere Kinder ein, die zusammenlebten, weil sie so komisch waren. Mama sagte, sie waren eine Wohngruppe. Ständig gingen Leute ein und aus, die Haustür schlug zu und der Deckel des Müllschluckers klappte auf und wieder zu. Ich mochte die Geräusche und saß im Treppenhaus unter der Treppe, in meinem Geheimunterschlupf. Von dort verfolgte ich alles, was passierte. Dicke Beine kamen vorbei, dünne Beine kamen vorbei, und manchmal blieben die Mütter im Treppenhaus stehen und unterhielten sich. Noch kannte ich niemanden sonst. Markku, ich und Sakari spielten miteinander.

– –

– Bald, wenn der Sommer vorbei ist, fängst du mit der Schule an, Leena, sagte Mama.
– Dann muss ich Schwedisch lernen, sagte ich.
– Das lernst du in einem Hui.
– Was ist ein Hui, Mama?
– Ich weiß nicht genau, aber es bedeutet, dass du Schwedisch viel schneller lernen wirst als Papa.

Im Sandkasten saß ein Mädchen. Ich stand da und beobachtete sie durch das Treppenhausfenster, wagte mich aber nicht hinaus. Ich lief zu Mama in die Küche.
– Wie sagt man »ich will mit dir spielen« auf Schwedisch?
Mama sprach es mir laut vor, und ich übte es auf dem Weg nach draußen.
– Hej, ich fill mit tir spiln.
Das Mädchen antwortete nicht, sondern blinzelte gegen die Sonne in meine Richtung. Sie machte Platz, und ich kletterte zu ihr in den Sandkasten. Wir gruben schweigend bis nach China. Sie mit dem Spaten und ich mit dem Eimer. Unten, wo der Sand nass und kalt war, scheuerte er an den Knien. Als wir beinahe da waren, rief ihre Mutter nach ihr.
– Åse, Essen ist fertig!
Åse ließ den Spaten fallen und stand auf. Sie rieb sich den Sand von den Händen und blickte mich an.
– Wir können später weiterspielen.

Dann lief sie fort. Auf dem Weg zur Tür wischte sie den Sand von ihren Knien.

Åse wohnte im Hauseingang nebenan im Erdgeschoss, Wand an Wand mit mir. Unsere Balkone hingen aneinander wie siamesische Zwillinge. Ich blieb im Sandkasten sitzen und schaute zu Åses Fenster hoch. Ihre Mutter hatte wunderschöne geblümte Vorhänge. Und alle Blumen steckten in den gleichen Übertöpfen. Wir hatten gar keine Übertöpfe, die Blumen standen auf Untertassen. Ich verglich unsere Fenster eine Weile. Die von Åse waren viel hübscher. Dort standen auch Ziersachen im Fenster, wir hatten nichts, außer den Blumen und einem Kerzenständer. In der Wohnung war es bestimmt auch schön. Ob Åse ein eigenes Zimmer hatte?

Wir können später weiterspielen. Ich lief nach Hause zu Mama.

– Mama, Åse und ich spielen später weiter.

– Hat man Töne, sagte Mama, wo hast du denn so perfekt Schwedisch gelernt?

In Ystad gab es fast keine Ausländer. Helmi und Mama begegneten sich am kleinen Teich hinter der Sporthalle, als sie mit den Kindern spazieren waren. Helmi hörte Mama Finnisch mit uns sprechen. Das nächste Weihnachten feierten wir zusammen.

Helmi hatte fünf Kinder und sagte, sie wolle keine mehr. Mama und Helmi wurden beste Freundinnen. Sie redeten jeden Tag miteinander.

Papa sagte, Mama wäre Hausfrau. Mama sagte, dass das nicht stimmte, weil sie Morgenzeitungen austrug und außerdem im Hotel Continental, im Contan und im Värdshuset spülen ging. Helmi arbeitete bei der Post. Sie hatte eine Tasche, auf der POST POST POST stand. Zusätzlich arbeitete sie als Putzfrau im Restaurant Fenix. Helmi hatte immer ein paar nette Worte übrig. Wenn Helmi mit dem Putzen bei der Post fertig war, hatte sie Zeit und kam zu uns nach Hause. Sie und Mama redeten und redeten. Man kam kaum dazwischen. Wenn sie keine Zeit hatten, einander zu sehen, riefen sie sich an. Nur kurz, sagten sie. Dann redeten sie stundenlang.

Sie wollten ihre Ruhe haben, sagte Mama. Ich sollte draußen spielen gehen. Aber ich tat so, als wäre ich ein Hund oder würde sie nicht hören, und nach einer Weile vergaßen sie mich.

Ich hörte sie über alles Mögliche reden. Über Parkettböden und die Politik, über die Nachbarn und das Kinderkriegen. Helmi hatte jahrelang jedes zweite Jahr ein Kind zur Welt gebracht. Sie redeten darüber, wie man sich dagegen schützte, schwanger zu werden. Das war schwer, sagten sie, denn wenn Mamas die Pille nahmen, bekamen sie Pfropfen im Bein. Und wenn die Papas ein Kondom benutzen mussten, fanden sie es nicht mehr so schön, Kinder zu machen. Ich sammelte die schweren Wörter, jetzt konnte ich PVC, Parkettboden, Nüchternheitsgelöbnis, Pille und Kondom.

Mama erzählte Helmi, ihre Regelperioden wären kurz, Helmi erzählte, ihre wären lang. Ihr Bauch blähte sich wie ein Ball, bevor sie ihre Periode bekam, sagte sie. Mama sagte, sie hätte kaum Bauchweh, was wohl daran lag, dass es schon wieder losging, wenn es kaum vorbei war. Ich wusste nicht, was Periode war, aber ich begriff, dass es zwischen den Beinen herauskam, irgendwie aus dem Körper. Es war abstoßend, und wenn man seine Periode hatte, durfte man es nicht zeigen. Und dann gab es noch Monatsbinden. Mama sagte, sie wären teuer, viel zu teuer. Aber sie fand es gut, dass man sie inzwischen überall kaufen konnte. Ich fügte die Worte Periode und Monatsbinde zu meiner Liste hinzu.

Einmal redeten sie über Orgasmus. Sofort fand ich, dass dies das schwerste Wort war, was ich je gehört hatte. Einen Orgasmus bekam man, wenn man vögelte. Aber es waren die Papas, die ihn bekamen. Die Mamas sorgten auf dem Klo selbst für ihren, hinterher, wenn die Papas einen gehabt hatten. Mama meinte, Männer würden Frauen ausnutzen. Helmi fand das nicht. Mama rief *Voi Jumala*, was Ach Gott bedeutete, und ob sie das täten, und im Fernsehen bekäme man kaum mal eine Frau zu sehen. Als Helmi fragte, was das mit dem Orgasmus zu tun hätte, sagte Mama, alles hinge damit zusammen.

Dann kam Helmi auf ihre Zähne zu sprechen.

Sie sagte, sie könne es sich nicht leisten, zum Zahnarzt zu gehen. Und ihre Zähne waren so schlecht. Es war ihr peinlich, sich die Hand vor den Mund zu halten, wenn sie lachte. Aber wenn sie es nicht tat, schämte sie sich noch mehr. Da vergaß Mama den Orgasmus und sagte, sie hätte Gott sei Dank ganz gute Zähne. Das käme daher, dass sie luftgetrocknetes, finnisches Roggenbrot aß. Das war Gymnastik für die Zähne.

Mama und Helmi kochten einen Kaffee nach dem anderen, und wenn Helmi es schließlich eilig hatte, nach Hause zu kommen, war der Aschenbecher immer voll.

Manchmal unterhielten sie sich im Flüsterton. Sie zogen die Gardinen vor, als wollten sie nicht, dass jemand hörte, was sie sagten, oder als wollten sie sich ein wenig verstecken. Dann bekam ich Dinge über Finnland zu hören. Wie es in Finnland gewesen war, als Mama und Helmi klein waren und Krieg herrschte. Den Krieg gab es und auch wieder nicht. Sie sagten, darüber könne man unmöglich reden. Keiner fragte nach, was besser war, denn die Leute hätten es kaum verstanden, wenn sie wirklich davon erzählt hätten. Den Schweden schien es überhaupt schwer zu fallen, über Sachen zu lachen oder zu weinen, die nicht so einfach waren. Das war fast das Schlimmste, fand Helmi.

Mama zog die Gardinen vor. Helmi saß schon im Sessel. Schnell rollte ich mich neben Terrie auf dem Sofa zusammen. Schloss die Augen. Wir taten so, als schliefen wir. Sollte Terrie versuchen aufzustehen, würde ich ihn schon daran hindern. Ich wollte alles über Finnland wissen. Mama und Helmi rauchten. Die Thermoskanne war mit heißem Wasser gefüllt. Aber Helmi begann über Schweden zu reden. Immerhin brauchen wir samstags nicht zu arbeiten, sagte sie. Weißt du noch, wie müde man sonntags war? Ja, sagte Mama. Und wie um alles in der Welt konnte es so lange dauern, bis wir eine kürzere Arbeitswoche bekamen, kennst du irgendjemanden, der dagegen war? Keinen, der hart arbeitete jedenfalls, sagte Helmi.

Sie schwiegen. Es sah aus, als würden sie nachdenken. Dann fuhr Helmi fort.

Als die Kinder unserer Nachbarin noch ganz klein waren, schloss sie die Tür von außen ab, wenn sie zur Arbeit ging. Das Jüngste war ein Säugling. Komisch, dass nicht noch viel mehr starben, sagte Mama. Veikkos Tante bekam in den Kriegsjahren drei Kinder. Alle drei starben. Kinder, die überlebten, kamen vor oder nach dem Krieg zur Welt, sagte Helmi. Mama erzählte, sie hätte sich immer noch eine kleine Schwester gewünscht und auch Mummi, meine Oma, sei während der Kriegsjahre schwanger gewesen. Es war ein kleiner Bruder geworden, der zu Hause zur Welt kam, weil Mummi kein Geld für das Krankenhaus hatte. Mama sagte, dass sie hören konnte, wie Mummi schrie, obwohl sie die Schreie zu unterdrücken versuchte. Aber Mamas kleiner Bruder hatte nur ein paar Stunden gelebt. Er hatte in Mummis Bauch zu wenig zu essen bekommen und war zu früh geboren worden. Mummi hatte gemeint, es wäre besser so und man sollte nicht weinen, schließlich bekämen alle Frauen Kinder, die starben. Aber als sie ihn im Garten beerdigten, hatte Mummi gesagt, fühlte es sich an, als würden sie ihr Herz und ihre Lungen vergraben. Danach lebte meine Mutter im Zölibat, bis mein Vater starb, sagte Mama. Zölibat, merkte ich mir, Zölibat.

Nicht ein einziges Mal? Du machst Witze, sagte Helmi.

Nicht ein einziges Mal.

Jesus Maria, sagte Helmi, dass sie das durchhielt.

Zehn Jahre, kannst du dir das vorstellen, zehn Jahre.

Ich kann mich an die Beulen erinnern, die meine kleine Schwester an den Beinen hatte, das war der Vitaminmangel, sagte Mama, aber wir haben überlebt. Meine Mutter hatte ja die Arbeit in der Nähfabrik. Aber sie war immer so müde, so furchtbar müde, es waren fünf Kilometer von uns bis zur Fabrik. Und an den Sonntagen wusch sie für die Reichen. Sie scheuerte Teppiche und wusch Laken in einem *isvak*, einem Eisloch. Manchmal waren ihre Finger wund. Und trotzdem reichte das Geld nie.

Ich sah Mummi vor mir, wie sie am Meer Teppiche in einer Wanne aus Eis wusch, und ihre blutenden Hände.

Was aß man, fragte Helmi, wer kochte für die Kinder, wann sah man sich?

Mama füllte Helmis Kaffeetasse nach. Sie zündeten sich neue Zigaretten an. Mama senkte die Stimme noch ein wenig mehr, hier in Schweden haben alle schöne Wohnungen, und niemand hungert. Wir leben in einem Land, in dem die Pferde und Kaninchen erstklassige Äpfel und Mohrrüben zu fressen kriegen, sagte sie. Helmi machte Schsch und sah sich um.

Mama und Helmi hatten zwei Kriege erlebt. Das Schlimmste war, dass es immer weniger zu essen gab. Und immer weniger Brennholz. Das Beste war, dass sie weit weg von der Front lebten. Ihre Mütter sehnten sich nach Kaffee. Und sparten an den Bohnen. Aus einem Aufguss wurden zwei. Aus zwei Aufgüssen wurden drei. Helmi fand es gut, dass das Essen rationiert und Lebensmittelkarten eingeführt worden waren. Von da an war es für alle gleich gewesen. Solange die Pfarrer die Lebensmittelpakete aus Amerika im Dorf austeilten, ging das Beste an die Reichen, sagte sie. Sie erinnerte sich, eine Dose Zahnputzpulver bekommen zu haben statt einer Dose Marmelade und wie ihre Brüder es aufaßen, weil sie solche Lust auf Süßes hatten.

Während Helmi erzählte, blickte Mama suchend durch die Vorhänge. Schließlich blieb ihr Blick an der Hauswand auf der anderen Seite vom Hof hängen. Wäre da nicht die Wand gewesen, wäre ihr Blick vielleicht einmal durch ganz Fridhem und zurück gewandert, dachte ich.

Helmi saß still da und atmete leise. Die Asche an der Zigarette wuchs. Es sah aus, als würde sie jeden Moment abfallen, aber das tat sie nie.

Mama erzählte, wie sie um das schönste Haus im Dorf geschlichen war. Durch die Fenster hineingespitzt hatte. Es sah so warm aus bei denen, sagte sie. Da stand Essen auf dem Tisch, und Zucker. Die Kinder trugen hübsche Kleider. Es gab ordentliche Betten und Möbel. Einen Spiegel. Teppiche auf dem Boden. Eine Wanduhr. Bestickte Tischtücher. Spielzeug. Im Haus waren auch Erwachsene. Es war sauber und ordentlich, und es gab viel Platz und viele Zimmer. Im Stall standen Tiere, und es gab Milch und Sahne. Tassen und Teller. Dampfend heißen

Kaffee. Mama sagte, damals hätte sie beschlossen, in ein anderes Land zu gehen, wenn sie groß war. Ein Land, in dem Essen und Zucker auf dem Tisch standen.

Was Süßes … man hatte ständig Hunger auf Süßes, sagte sie.

Ich brauche bis heute mein Stück Zucker im Kaffee, sagte Helmi.

Apfelsinen, sagte Mama, weißt du noch, wie die allererste Apfelsine geschmeckt hat?

Mama sagte, dass Mummi gepanzerte Flügel hatte, die sie über ihren Rücken legte, wenn ein Flugzeug knapp über dem Boden herandonnerte. Lauft in den Wald, Mädchen, schrie sie und rannte mit den Stahlflügeln hinter ihnen her. Helmis Mama hatte die Kinder an die Hand genommen und war zur Kirche gelaufen. Mama sagte, dass der Sandkasten voller Schwarzpulver war.

Helmi erzählte, wie sie ihren Mantel aufgetrennt und aus dem Futter einen neuen genäht hatte.

Mama sagte, wie sehr sie sich ein Paar Schuhe gewünscht hatte.

Helmis Familie suchte den Wald nach Beeren ab. Aus Himbeeren und Heidelbeeren wurde Tee, aus Pilzen Hackfleischbuletten.

Aus getrockneter Roter Bete Kakao.

Mama hatte sich vor dem Salzfleisch geekelt, das in den Fässern nur immer salziger wurde.

Aber sie hatten überlebt.

Sie hatten nicht in der Nähe der Front gelebt.

Meine Beine schliefen ein. Aber ich wagte es nicht, meine Stellung zu ändern. Terrie hatte ich längst wieder zum Schlafen gebracht. Helmi und Mama redeten weiter über den Krieg. Helmi beugte sich vor und blickte Mama lange in die Augen. Das Schlimmste von allem waren die Züge, sagte sie. Ja, schrecklich, sagte Mama, beugte sich zu Helmi und blickte ihr ihrerseits lange in die Augen. Gott sei Dank, sagte Helmi wieder. Ja, Gott sei Dank blieb uns das erspart, sagte Mama, obwohl meine kleine Schwester sicher die Kriterien erfüllt hätte. Die Kriterien, ich fügte das Wort meiner Wortsammlung hinzu. Aus Veikkos Familie fuhren vier von den Kindern mit dem Schwedenzug fort, sagte Helmi. Sie lebten in Sortawala in Karelien. Aber die Zwillinge blieben. Veikkos Mutter versuchte, alle Kinder fortzuschicken, aber die Zwillinge fuhren nicht. Es war ja üblich, dass die Mütter die Kinder in den Zug setzten und ihnen sagten, dass sie einkaufen gehen müssten, aber Veikkos Mutter hat erzählt, dass sie es nicht fertigbrachte, ohne jeden Abschied zu gehen. Um sich zu verabschieden, ohne zu weinen, biss sie sich auf die Wangen und die Zunge, aber sie schaffte es nicht, und sie nahm die Zwillinge wieder aus dem Zug. Doch Veikko hatte Glück. Viele Kinder wurden von ihren Geschwistern getrennt, aber eine seiner Schwestern landete nur ein paar Kilometer entfernt bei einer anderen Familie. Er hatte keine Ahnung, wo seine anderen beiden Geschwister abgeblieben waren. Sie kamen nach Dänemark. Wie furchtbar, Dänemark, sagte Mama. Dort gibt es ja keine Wälder und Seen. Keines der Geschwister erkannte die anderen wieder, als sie wiedervereint wurden, sagte Helmi, und sie konnten kein Finnisch mehr. Wie kann man kleinen Kindern so etwas antun, sagte Mama. Man wusste es wohl nicht besser, sagte Helmi, und es gab ja viele, die wirklich Schutz und medizinische Versorgung brauchten. Fast alle hatten Läuse und

Vitaminmangel, und die Menschen hungerten seit Monaten. Trotzdem, sagte Mama. Es wurde behauptet, die finnischen Kinder hätten Sisu und wären tapfer, weil sie nicht weinten, aber man hätte doch begreifen müssen, dass sie unter Schock standen... stell dir vor, ganz allein mit einem Namensschild um den Hals... natürlich hatten sie alle gleich viel Angst...

Helmi und Mama zündeten neue Zigaretten an und dachten einen Moment nach.

Die Züge waren mehrere Kilometer lang, sagte Helmi dann, die reinsten Horrorzüge.

Ja, im Ernst, wozu gibt es Geisterbahnen, sagte Mama. Die Wirklichkeit ist viel schlimmer. Helmi lachte. Dann sagte sie Jaa und schaute auf die Uhr, ich muss jetzt gehen.

Sollen wir nicht noch ein bisschen Kaffeewasser aufsetzen?, fragte Mama dann.

Na gut, sagte Helmi, aber nur eine halbe Tasse.

Mama konnte Großmutter nicht leiden. Und Großmutter konnte Mama nicht leiden. Denn Mama hatte Papa verführt, den armen Kerl. Und Großmutter wusste genau, wie Frauen waren. Jetzt saß Papa fest. Die Verführerin hatte ja schön zugesehen, dass sie ein Kind bekam.

Nichts davon hatte Großmutter jemals direkt gesagt, aber Mama konnte ihre Ansichten trotzdem wortwörtlich an Helmi weitergeben. Sie sagte auch, die Großmutter in Helsinki wäre die Großmutter und die Großmutter in Kokkola die Mummi, Kokkolamummi. Aber wenn das Weihnachtspaket kam und Papa sie am Weihnachtsabend anrief, wurde auch Großmutter zu Helsinkimummi. Kannst du dir das vorstellen, Kimmo, dieses Rindvieh, zwingt die Kinder, *Mummi kulta* zu ihr zu sagen, wenn er bei ihr anruft, liebe Großmutter! Und wenn er ihr eine Geburtstagskarte schickt, sollen wir Grüße an *Mummi kulta* schreiben.

In den Weihnachtspaketen waren selbstgestrickte Fäustlinge, Wollsocken und Topflappen, selbstgehäkelte Spitzendeckchen und Karten, die Großmutter aus Ansichtskarten zusammengeklebt hatte, die sie selbst bekommen hatte. Sie schickte Schneckenhäuser und Strandsteine und Sonnenbrillen, die sie auf der Straße gefunden hatte. Pfeifenreiniger, aus denen wir Kinder etwas Lustiges basteln konnten. Terva Leijona Halspastillen. Fazer Schokolade. Fazer Marianne und Fazer Lakritze. Schürzen in allen Formen und Farben. Außerdem Stützstrümpfe und Nylonstrumpfhosen in Größe 52, die man über den ganzen Körper ziehen konnte. Nylonunterröcke. Sie schnitt Weihnachtsmänner und Weihnachtsgedichte aus *Seura* aus, einer finnischen Weihnachtszeitung, von der Mama sagte, es sei eine richtige Mistzeitung. Wir bekamen gebrauchtes Lametta. Baumkugeln aus Plastik. Servietten mit Caféansichten und geglättetes Geschenkpapier. Altes Silber- und Goldband. Kalktabletten, Nähnadeln, Scheren und Pfefferminzkaugummi. Wolle und Garnrollen. Stricknadeln und finnische Kreuzworträtsel. Pullunder für Papa. Selbstgehäkelte Borten für Laken und Kopfkissen. Salatbesteck. Lesezeichen, Haarreifen und Wäscheklammern. Was sollen wir mit Wäscheklammern?, fragte Mama. Sie hätte besser Geld geschickt.

Finnische Briefmarken.

Und Nippes.

Und dann das Beste von allem, ein finnisches Donald-Duck-Heft, *Aku Ankka*.

Und eine finnische Saunabürste.

Markku, Sakari und ich waren begeistert, aber Mama sagte, meinetwegen hätte sie den ganzen Mist behalten können.

Immer wenn das Paket kam, stritten Mama und Papa. Aber es war nie die Rede davon, sich nicht artig zu bedanken. Denn im

Weihnachtspaket, das Mama nicht haben wollte, lag auch ein finnischer Tausender.

Und der rettete Jahr für Jahr unser Weihnachten.

Einmal im Jahr fuhr Papa allein zu Großmutter. Er putzte ihre Fenster. Bekam einen neuen Anzug. Und noch mehr Sachen, die er mit langen Orang-Utan-Armen nach Hause trug. Bettbezüge, Kopfkissenbezüge, Laken, Handtücher und weiße Tischtücher. Krawatten und Gürtel.

Ein paar Wochen nach Papa kamen die Fotos.

Großmutter und Papa neben dem Brunnen vor ihrem Fenster. Papas Arm um Großmutters Schultern. Vom Nachbarn fotografiert.

Papa vor dem frisch geputzten Fenster im Wohnzimmer. Sein Kopf halb abgeschnitten. Von Großmutter fotografiert.

Papa mit einer blühenden Begonie im Schoß. Mit breitem Danny-Kaye-Lächeln und einer hellen Locke, die in die Stirn gefallen ist. Der halbe Körper abgeschnitten.

Und dann Großmutter an derselben Stelle. Mit derselben Blume, bloß mit abgeschnittenem Kopf. Die finnische Fahne auf dem Fernseher, mit einer Plastiktüte vor Staub geschützt, war auf allen Bildern zu sehen.

Mama bekam Kittelkleider. Großmutters abgelegte. Die Alte glaubt wohl, ich bin genauso dick wie sie, oder noch dicker, sagte Mama und hängte die Kittelkleider in den Schrank. Später holte sie sie doch hervor.

Auf dem Weg zur Schule hielt Mama mich fest an der Hand. Jetzt kommst du in die erste Klasse, sagte sie. Es klang, als müsste sie anfangen zu weinen. Denk daran, Leena, die Schule ist das Allerwichtigste. Versprich zu tun, was deine Lehrerin sagt, fuhr sie fort. Du musst gut sein in der Schule, und du musst eine Ausbildung machen, bevor du heiratest und Kinder bekommst. Sonst sitzt du fest, vor allem, wenn du eine Frau bist. Sieh mich an, sagte sie. Ich bin ganz und gar von Papa abhängig.

Helmi war mit Veikko verheiratet. Veikko hatte seine Garage zu einer Holzofensauna umgebaut. Er sagte, dass die Polizei ihm den Führerschein aus der Hand gerissen hatte, bloß weil er ein wenig geschwankt hatte, als er ein bisschen blau Auto gefahren war. Das Beste, was man aus der Garage machen konnte, war also eine Sauna. Veikkos altes Auto wurde zum Schrottauto. Es blieb auf dem Grundstück stehen, und wir durften damit anstellen, was wir wollten. Stattdessen hatte Veikko ein grünes Lastenmoped gekauft. In der Sauna benützte er Birkenzweige. Papa begleitete ihn. Ich hatte den Eindruck, sie saßen immer in der Sauna, wenn wir kamen, und wenn Schnee lag, warfen sie sich auf den Boden und rollten darin herum. Mama und Helmi gingen zusammen mit uns Kindern in die Sauna. Sie fanden, dass es in Schonen für ein Winterbad zu wenig Schnee gab. Riitta und ich machten es wie Veikko und Papa. In der Sauna klaubten wir uns gegenseitig die Steine und den Sand vom Rücken. Helmi und Mama schlugen einander mit dem Birkenreisig. Sakari und Heikki saßen auf dem Boden in einer Schüssel mit Wasser.

Veikko und Helmi wohnten zur Miete in einem Haus am Stadt-
rand. Es gehörte der Stadt, erklärte Veikko. Das Wohngeld war
höher als die Miete, erzählte Helmi Mama. Sie wurde direkt vom
Wohngeldkonto bezahlt. Und jeden Monat, wenn alles bezahlt
war, bekamen sie noch neun Kronen von der Stadt erstattet.

Das Haus hatte eine Küche und vier Zimmer. Zwei Zimmer
unten und zwei Zimmer oben. Unter einer Luke im Hausflur
führte eine steile Treppe in den Heizungsraum hinunter. Da
durften wir Kinder nicht hin. Im Keller standen der Heizkessel
und die Waschmaschine. Im zweiten Stock gab es noch eine
kleine Abstellkammer, in der sich haufenweise aussortierte
Kleidung stapelte und Sachen, in die Riittas Brüder hinein-
wachsen sollten. Aber ich finde ja nie Zeit, sie zu sortieren,
sagte Helmi.

Riitta war ein Jahr älter als ich. Sie hatte ein eigenes Zimmer,
ein winzig kleines Zimmer, das Wand an Wand mit Paavos, Esas
und Jaris Zimmer im ersten Stock lag. Paavo wurde Pavve genannt. In dem länglichen Zimmer standen die Betten der Jungs
eng nebeneinander. Heikki schlief unten bei Helmi und Veikko
in einem Zimmer ohne Tür neben dem Wohnzimmer. Heikki
war ja noch klein. Wenn Veikko ein Fest organisierte, übernach-
teten manchmal auch ganz andere Leute in Helmis und Veikkos
Doppelbett. Insgesamt waren wir Kinder zu acht. Markku war
der Älteste, dann kam Riitta, dann ich und dann Pavve. Nach
uns kamen die Kleinen, von denen Sakari der Jüngste war.
Riitta und ich waren beste Freundinnen. Genau wie Markku
und Pavve beste Freunde waren. Heikki und Sakari spielten
nackt. Esa und Jari hängten sich an Markku und Pavve, aber
nur, wenn diese gnädig gestimmt waren und es erlaubten.

44

Das Haus lag oben auf dem Hälsobacken. An den vielen alten Obstbäumen wuchs nichts, und es war nicht auszumachen, wo der Garten aufhörte. Es sah aus, als würde er in ein Roggenfeld übergehen. Helmi sagte, die Erdbeerpflanzen auf der Wiese stammten von einem alten Erdbeerfeld. Und die Brennnesseln würden bald bis ins Haus wachsen, sie würde Suppe daraus kochen. Sie mochte den Mohn, es machte ihr nichts, dass er überall an der Treppe wuchs. Nur das bröckelnde Mauerwerk und die Risse in den Gehwegplatten störten sie ein bisschen. Es sah so ärmlich aus, sagte sie. Sie hätte gerne die Küche gestrichen und die anderen Zimmer tapeziert bekommen. Aber dann hätten sie die Miete erhöht, und sie fand, dass sie sich das nicht leisten konnten.

Außer Veikkos Schrottauto gab es einen ganzen Haufen Bretter und altes Holz auf dem Grundstück. Einen großen Traktorreifen, aus dem Disteln wuchsen. Veikko hatte eine Bretterschaukel in den Baum gehängt und eine Feuerstelle gebaut. Die Jungs hatten jede Menge Werkzeug hervorgekramt, mit dem sie am Auto herumschraubten. Veikko sagte, dass wir so viel bauen, graben und Feuer machen durften, wie wir wollten. Nur die Sauna durften wir nicht heizen, wenn er nicht da war.

Veikko war Klempner. Er fuhr mit dem Lastenmoped zu seinen Arbeitsplätzen. Er konnte mit bloßen Händen ein Blechdach legen. Wenn ihr groß seid, Kinder, sagte er, wird das Dach der Marienkirche grün sein. Weil Kupfer mit den Jahren die Farbe ändert.

Unterwegs hielt Veikko überall an, um mit den Leuten zu reden. Aber das machte er nur, wenn er betrunken war, sagte Helmi. Sonst war er stumm wie eine Maus.

Veikko lud Leute ins Haus ein.

Jetzt feiern wir ein kleines Fest, sagte er.

Eines Tages rief Helmi Mama an. Daran, wie Mama antwortete, merkte ich, dass Helmi aufgebracht war. Sie musste den Hörer ein Stück vom Ohr weghalten, und so konnte ich alles hören, was gesagt wurde.

– Weißt du, was passiert ist?, sagte Helmi.

– Nee, was denn?

– Veikko war betrunken, und gerade hat er einem Hund das Leben gerettet.

– Wie das?

– Auf dem Weg nach Hause ist er mit dem Moped an der Polizeiwache vorbeigefahren. Und da ist er beinahe in ein Polizeiauto hineingeschlingert, das auf dem Weg zum Schießstand war, um diesen großen Hund zu töten.

– Ein Glück, wenigstens hat er das Polizeiauto nicht erwischt.

– Ihr werdet doch wohl den Hund nicht erschießen, hat Veikko gesagt und natürlich angeboten, dem Hund das Leben zu retten. Jetzt steht der auf unserem Grundstück und frisst uns die Haare vom Kopf.

– *Voi Herran Jumala*.

– Als hätten wir nicht schon genügend Mäuler zu füttern.

– Könnt ihr ihn nicht einfach zurückbringen?

– Das geht nicht, seufzte Helmi, dann erschießen sie ihn. Und die Kinder lieben ihn schon jetzt. Markku ist auch hier und streichelt ihn. Ach, du solltest das arme Ding mal sehen. Er ist völlig abgemagert, und sein Kopf sieht riesengroß aus, verglichen mit dem Rest vom Körper.

– Wirklich so schlimm?

– Schlimmer, er sieht aus wie ein räudiger Fuchs. Nein, wie ein hungriger Wolf, der durch die russische Taiga gewandert ist. Wie ich ihn auch füttern werde, er wird nie wieder aussehen wie ein Schäferhund.

– Du Arme, aber jetzt können wir zusammen mit unseren Hunden spazieren gehen. Da wirst du auch schlank um die Taille.

– Zack lässt sich wahrscheinlich gar nicht an die Leine nehmen.

– Ach was, Terrie doch auch nicht.

Ich schlich mich langsam hinaus und schloss leise die Tür, nahm das Fahrrad und fuhr zu Riitta. Da stand Zack, mit der Leine an einen Baum gebunden.

– –

Wir radelten den Hälsobacken hoch. Mama keuchte. An Papas Lenker baumelte ein Stoffbeutel mit Vino Blanco. Sein Fahrrad schlingerte. Alle, die zum Fest kamen, brachten etwas mit. Im Hausflur stand ein ganzer Kasten Vino Tinto, den Veikko gekauft hatte. Sakari fuhr auf Mamas Gepäckträger mit, ich auf Papas. Für Markku hatte Papa ein eigenes Fahrrad organisiert. Veikko stand auf der Treppe und empfing uns. Vielkommen auf unserem Miettum, sagte er und deutete in ausschweifender Geste über den Garten und das Roggenfeld. Jetzt gehen wir hinein und futtern was. Du siehst aus wie ein Kaiser, sagte Mama. Ach was, ich sehe aus wie ein Säufer, sagte Veikko, und du siehst aus wie ein Aperitif.

Das Essen stand bereit. Zehn Liter Erbsensuppe, Veikko Spezial, damit es für alle reichte. Zack bekam den Rest des großen Fleischknochens, der in der Suppe schwamm. Wir aßen im Stehen und im Sitzen, und wer wollte, ging in den Garten. Teelöffel, Esslöffel. Wenn man fertig war, spülte man seinen Teller für den Nächsten ab. Kleine und große Gläser.

Es war schwer herauszuhören, ob Veikko Finne war oder Schwede. Er redete wie Mama und Papa, aber sein Schwedisch klang trotzdem irgendwie besser. Riitta sagte, er sei ein richtiger Finne, hätte aber als Kind nach Schweden gemusst, wegen dem Krieg. Dort hatte er sein Finnisch vergessen. Als er später nach Finnland zurückmusste, hatte er es wieder gelernt. Nur seine Eltern hatte er nicht mehr wiedererkannt. Und sich immer nach Schweden zurückgesehnt. Andererseits wollte er auch immer nach Finnland zurück.

Mein Vater ist ein Kriegskind, sagte Riitta.

Mein Vater ist ein Heimkind, sagte ich.

Veikko sprach beinahe nie. Und schon gar nicht von der Zeit, als er klein gewesen war. Wenn ich ihn danach fragte, sagte er, das sei wohl kaum etwas, worüber man redete. Es ist, wie es ist. Und dann zwinkerte er mir zu und sagte, was zählt, ist doch, dass wir uns verstehen, wenn wir tanzen. Es war eklig, wenn er so flirtige Sachen sagte. Darum braucht man sich doch nicht zu scheren, sagte Mama, wenn ich es ihr erzählte. Veikko war eben so einer. Die meisten Männer waren so welche. Sie sagte, ich sollte versuchen, es gar nicht an mich heranzulassen. Wenn Veikko betrunken genug war, sang er auf Russisch. Ein Rätsel, sagte Mama. Ein genauso großes Rätsel war, dass er Kosakentanz tanzte, obwohl er so betrunken war, dass er sich kaum auf den Beinen halten konnte. Papa nannte ihn Viktor Klimenko. Helmi sagte, dass Veikko Russisch und Kosakentanz in einem Urlaub am Schwarzen Meer, am *Mustameri*, gelernt hatte. Sie sagte, es sei ein Glück, dass niemand sonst in Ystad Russisch verstand.

Wie Papa konnte auch Veikko Sachen organisieren. So hatte er einen Plattenspieler organisiert. Den hatte er ans Radio angeschlossen. Auch wenn sie keine Langspielplatten hatten. Aber Veikko sagte, das machte nichts, er hätte einen guten Fang gemacht. Mit guten Lautsprechern. Er stellte sie ganz oben ins Bücherregal. Dann drehte er am Regler, bis er einen Sender fand. Hört mal, sagte er und stellte lauter. Wie das klingt! Der Stoffbezug der Lautsprecher vibrierte, es sah aus, als würde jemand in ihnen stehen und direkt heraussingen.

Wenn es Veikko gelang, *Kultainen nuoruus* oder *Tango Desiree* von Olavi Virta zu finden, drückte Papa Mama an sich. Sie tanzten durch das ganze Zimmer und Papas Augenbrauen tanzten auch. Mama sah mit ihren roten Lippen wie ein Filmstar aus.

Wenn gefeiert wurde, durften wir beinahe alles. Sogar Veikkos Lastenmoped ausleihen. Wir fragten nicht, ob wir das durften, und er hatte es nie direkt verboten. Aber ich hatte ihn zu Papa sagen hören, dass wir allenfalls im Acker landen würden, wenn wir von der Straße abkämen. Wir reichten nicht bis zu den Pedalen hinunter, aber Gas und Bremse saßen am Lenker. Auf zwei Rädern fuhr Markku mit Pavve, Esa und Jari durch die Gassen. Riitta und ich rutschten hin und her. Sakari und Heikki lagen bäuchlings auf der Ladefläche. Sie kreischten vor Vergnügen.

– –

Nach dem Fest schaute Helmi bei uns vorbei. Mama wollte unbedingt, dass ich rausging.

– Raus mit dir, spielen. *Anna Helmin ja minun jutella rauhassa.* Lass Helmi und mich in Ruhe miteinander reden.

– *Äiti* … Mama …

– Wir müssen über Sachen reden, die nichts für Kinderohren sind, also raus jetzt mit dir. *Ulos*, raus! Vielleicht ist ja Åse zu Hause.

Es sah aus, als könnte Helmi kaum noch an sich halten. Der Kaffee war schon aufgegossen. Sie rauchte Kette.

Veikko kümmerte sich nicht um die Firma.

Veikko war seit vorletztem Samstag kaum nüchtern gewesen.

Wenn Veikko nicht mit dem Trinken aufhörte und sich nicht um seine Arbeit kümmerte, wusste Helmi nicht mehr, was sie tun sollte. Sie konnte ja von ihrem Lohn keinen erwachsenen Mann ernähren, sagte sie. Ich bekam eine Riesenangst im Bauch und wollte nichts mehr hören, aber ich spitzte die Ohren so gut ich konnte. Ich kroch näher an Terrie heran.

Åse war die Erste, mit der ich vögelte. Wir spielten auf ihrem Bett Vater, Mutter, Kind. Nichts war einfacher als vögeln. Man legte den Pimmel auf den Oberschenkel und dann wackelte man wie verrückt mit dem Po. Das hatte ein Junge bei den Schaukeln uns verraten.

Åses Mama hieß Inga-Lill und hatte ein Gebiss im Oberkiefer. Sie waren aus der Nähe von Malmö nach Fridhem gezogen. Die beiden wohnten allein in einer kleinen Zweizimmerwohnung. Åse hatte ein eigenes Zimmer, Inga-Lill schlief auf einem braunorange gestreiften Bettsofa im Wohnzimmer. Åse war ein Jahr jünger als ich. Wenn ich nicht mit Riitta spielte, spielte ich mit Åse. Die beiden waren meine besten Freundinnen. Manchmal spielten wir auch alle drei zusammen. In der Schule war Cecilia meine beste Freundin. Wie Åse und ich wohnte sie in Fridhem, aber auf einem anderen Hof. Sie hatte drei Geschwister, und ihre Wohnung glich bis aufs i-Tüpfelchen der unseren. Åse und ich benützten den Balkonweg zueinander genauso oft wie die Tür.

Åses Vater hieß Börje und arbeitete in Lund. Er war ihr Geschenkvater. Er besuchte sie jeden zweiten Sonntag zwischen zwei und vier Uhr. Åses Mutter saß dann in der Küche und rauchte und baumelte mit dem Fuß. Sie konnte seine Besuche nicht ausstehen, aber auch nichts dagegen tun. Åses Vater hatte einen schriftlichen Bescheid, seine Tochter treffen zu dürfen. Er hatte Åse und mir den Bescheid gezeigt, ein Papier, auf dem massenweise Sachen standen, mit einer Unterschrift von jemandem, der etwas zu sagen hatte.

Åse saß mit mir auf dem Wohnzimmerboden und hatte Umgang mit ihrem Vater. Börje saß auf dem Bettsofa. Er trug einen braunen Anzug. Die Bügelfalten in seinen Hosen raschelten, wenn er sich bewegte. Wenn er sich setzte, konnte man seine Strümpfe sehen. Er hatte einen kerzengeraden Schlips und schmale Waden. Er war groß und dunkel und sah aus, als ob er ein Kissen unter dem Hemd tragen würde. Er sagte nicht besonders viel. Zu Ostern bekam Åse von ihm bunte Eierküken, mit Köpfen auf einer Spirale, aufgeklebten gelben Daunenflügeln und winzigen Kleidern. Wenn nicht Ostern war, bekam sie Disney-Malbücher und Filzstifte. Zu Weihnachten hatte Åses Vater Puppen und Schmusetiere gekauft. Nie vergaß er ihren Geburtstag. Meine Eltern vergaßen meinen Geburtstag ständig. Ach was, wir feiern so was nicht, sagten sie. Ich wünschte, mein Vater würde auch in Lund wohnen und sonntags zu Besuch kommen und immer an meinen Geburtstag denken.

Außer Åse kannte ich fast niemanden, dessen Vater nicht trank. Dafür war ihre Mama meistens betrunken, es glich sich also aus. Sie trank Bier, wenn sie putzte. Inga-Lill hatte sich von Åses Vater scheiden lassen, als Åse noch klein war. Åse konnte sich nicht mehr an die Zeit erinnern. Nur, dass Inga-Lill einmal versucht hatte, durch ein kleines Fenster zu fliehen, obwohl Börje nicht zu Hause war. Aber sie war mit dem Hintern steckengeblieben und musste wieder zurückkriechen. Jetzt war sie mit Sten zusammen. Sie sahen sich vor allem an den Wochenenden. Åse hasste Sten. Er war nicht nett, sagte sie. Ich mochte ihn auch nicht. Åse sagte, seitdem ihre Mutter Sten kannte, war nichts mehr wie sonst. Inga-Lill machte sich wegen allem Sorgen, sie hatte genauso viel Angst, etwas richtig zu machen, wie sie Angst hatte, etwas falsch zu machen. Und sie putzte viel mehr als früher.

– –

Sten war Vorarbeiter bei Wacholderholzprodukte, Projekt Schritte, wo auch Inga-Lill und Papa arbeiteten. Dort hatten Åses Mutter und Sten sich ineinander verliebt. Sten war fürchterlich penibel und wurde der Strenge Sten genannt. Er hatte ein eigenes Büro mit Glasfenster, damit man ihn gut sah und er auch gut in die Werkstatt schauen konnte. Er hatte ein eigenes Telefon und trug die Verantwortung für die Stempelkarten. Er wusste genau, wer pünktlich kam und wer nicht. Er bestimmte, wer Lohnabzug bekam. Papa fuhr mit dem Fahrrad zur Arbeit. Åses Mama ging zu Fuß. Wenn Papa nach Hause kam, empfing ich ihn mit Freudensprüngen. Åse wartete dann noch auf dem Balkon auf ihre Mutter.
Wacholderholzprodukte war eine geschützte Werkstatt. Papa sagte Wakolderholzprotukte, Projekt Sritte und gesützte Werkstat. Man konnte dort nicht gekündigt werden und bekam jeden Monat denselben Lohn. Åses Mutter putzte. Sie hatte eine

richtige Anstellung. Wenn Papa das Lohnkuvert öffnete, fluchte er. Dann sagte er, keine Extras diesen Monat, und versuchte gutgelaunt auszusehen. Aber ich sah es. Er war enttäuscht. Und dann fuhr er zum Systembolaget, der staatlichen Verkaufsstelle für Alkohol, den Stoffbeutel am Lenker. Der Stoffbeutel war ein sicheres Zeichen. Er wurde nur benutzt, wenn Papa zum Systembolaget fuhr. Man konnte nicht hineinschauen, und außerdem klirrte es weniger.

Wenn der Lohn aus irgendeinem Grund vierzig Kronen höher war als sonst, bekam Papa gute Laune. Dann hüpfte er in Sten-Åke-Cederhök-Manier durch die Küche. Eine Art fröhlicher Galopp in kleinen Schritten, wie ihn Sten-Åke Cederhök in der Fernsehsendung *Jubel i busken* vollführte.

Vierzig Kronen waren ein ganzer Sack Kartoffeln vom Kartoffelmann in Glemmingebro, ein kleiner Sack Mohrrüben, ein ganzer Karton frische Eier und massenhaft Wurzelgemüse. Trotzdem blieb noch was übrig.

Der Kartoffelmann kam jedes Wochenende. Lieferung direkt an die Tür für uns, die wir kein Auto hatten. Papa war dankbar. Schüttelte dem Kartoffelmann die Hand, dass es aussah, als würde der kaputtgehen, und lud ihn zum Kaffee ein.

Die Arbeit bei Wacholderholzprodukte, Projekt Schritte, bestand darin, Topfuntersetzer aus Holz zusammenzubauen und Buttermesser herzustellen. Aber es gab auch eine Abteilung, in der Muttern und Eisenwaren für die Metallindustrie in Malmö hergestellt wurden. Dort arbeitete Papa. Papa war Dreher, *sorvaaja*. Die Bestellungen kamen von anderen Firmen, und die Schweden fanden es furchtbar lustig, eine neue Sprache zu lernen, sagte Papa, da ist es kein Wunder, dass ich noch nicht so kut Svedis kan. *Ruuvimeisseli, vasara, pihdit. Kiitos* und *näk-kileipää*. Schraubenzieher, Hammer, Zange. Danke sehr und Knäckebrot.

Papa stand über die Maschine gebeugt. Drehte und fräste, von früh bis spät. Die Metallspäne flogen ihm in Spiralen um die Arme, Beine und den Kopf.

Papa bekam einen Metallspan ins Auge. Es tat weh, und das Auge wurde rot und tränte. Er fragte, ob ich ihn ins Krankenhaus begleiten könnte. Er musste sich auf einen großen Zahnarztstuhl legen. Der Arzt öffnete seine Augenlider und richtete eine große Lampe direkt auf seine Pupille. Dann gab er ein paar durchsichtige Tropfen in das Weiße. Papa sah aus, als hätte er Angst.

– Soll ich deine Hand halten, Papa?

– Das brauchst du nicht.

– Sicher?

– Vielleicht kannst du dich ja neben mich setzen.

Dann bohrte der Doktor mit einer langen Stahlnadel in Papas Auge. Es blutete, Papa sah aus wie ein Blutmonster. Ich wandte das Gesicht ab und nahm seine Hand. Fast hätte er meine Finger zerquetscht. Von da an trug er immer eine Schutzbrille.

Trotzdem sprangen ihm die Spiralspäne hin und wieder in die Augen, und auf dem einen Auge wurde er halbblind.

Er sei der beste Dreher der ganzen Stadt, sagte Papa, wenn er betrunken war und im Ernstredestadium. Da ginge es um Tausendstel Millimeter. Ruhige Hände, Präzision. Papa trug einen blauen Overall, wenn er am Morgen zur Arbeit ging. Nichts sonst hatte dieses komische Blau von Papas Overall und Mütze. Mama nannte es Industrieblau. Wenn er nach Hause kam, roch er nach Öl und Metall. Vermischt mit dem Geruch nach dem Holz der Buttermesser und Topfuntersetzer. Als Erstes wusch er sich die Hände im Waschbecken. Sonst können wir nicht essen, sagte er.

Einmal ergatterte Papa ein schönes Stück Messing. Nach Feierabend blieb er länger und drehte einen goldenen Kerzenständer für Mama. Hin und wieder fand er auch ein Stück Eisen. Daraus schweißte und schmiedete er noch mehr Kerzenständer. Einen siebenarmigen Kerzenständer. Einen Bodenkerzenständer. Es waren die schönsten Sachen, die wir hatten. Mama wünschte sich immer nur Kerzenständer, weil man sonst fast nichts aus Messing und Eisen machen konnte, sagte sie. Außer Balkonkästen, die hatte sie sich schon lange gewünscht, fiel ihr irgendwann ein. Und Papa kam mehrere Abende erst spät von der Arbeit. Dann brachte er welche mit. Mama fand sie wunderschön, aber schrecklich schwer. Papa fand das gut, denn wenn er sie am Balkon befestigte, würde kein Mensch sie jemals stehlen.

Eines Tages besuchte ich Papa bei der Arbeit. Er stellte sich in einiger Entfernung neben die Maschine und zeigte mit dem Drehmeißel auf sie wie auf einem Reklamebild. Dann fragte er, ob ich fand, dass er aussah wie ein Profi. Ich wusste nicht genau, was ein Profi war, bestätigte aber, dass er wie einer aussah, denn das tat er wirklich. Mama hatte gesagt, dass sie es nicht fassen konnte, wie Papa drehen konnte, obwohl ihm die Hände so fürchterlich zitterten. Ich fand nicht, dass Papas Hände fürchterlich zitterten.

– –

Manchmal blieb Papa zu Hause, ohne anzurufen. Wenn er wieder zur Arbeit ging, musste er in das gläserne Büro vom Strengen Sten gehen, bevor er mit dem Drehen anfing. Er erzählte Mama, dass er sich nicht setzte, obwohl der Strenge Sten ihn dazu aufforderte. Er fand es besser zu stehen, weil es nicht so gut war zu sitzen, wenn man sich schämte. Mama sagte, Papa sei ein Arsch und sie würde es leider verstehen, wenn ihm wieder was vom Lohn abgezogen wurde. Sie wirkte furchtbar sauer. Aber Papa meinte, der Strenge Sten habe gesagt, ein wenig Ordnung und Disziplin würden reichen, und Papa solle sich ein wenig anstrengen und am Riemen reißen, dann würde alles wieder gut. Er würde ihm helfen, hatte er versprochen, das war schließlich sein Job. Mama sollte sich keine Sorgen machen. Aber Mama meinte, sie glaubte ihm nicht, und Papa antwortete, Sten habe ihm auf dem Weg nach draußen auf den Rücken geklopft. Begriff sie denn nicht, wie sich das anfühlte? Ungefähr so, als würde man von hinten erschossen, so fühlte sich das an. Mama sagte, ihr bliebe ja nichts anderes übrig als ihm zu glauben, obwohl sie es nicht täte, und dass sie nicht mehr über die Sache reden sollten, wenn wir Kinder zuhörten. Wenn Sten bei Åse übernachtete, grüßte er Papa mit einem

Handschlag von Balkon zu Balkon, wenn sie am Abend draußen standen und rauchten, um ein wenig frische Luft zu schnappen. Ich konnte es nicht leiden, dass Papas Stimme so leise wurde, wenn er mit Sten redete. Es war, als würde er den Schwanz einziehen. Wie Terrie, wenn er Angst hatte.

Åse hatte zwei ältere Schwestern, die nicht bei ihr zu Hause wohnten. Ihr Papa war aus Nordnorwegen und hatte sich totgesoffen, als Karin und Maria klein waren. Karin wohnte mit Dick in einer Wohnung in der Tobaksgatan. Sie hatten eine Fensterlampe aus Plastiklöffeln und orangenem Plastikband gemacht und hatten einen weißen Hobbyraum, in dem niedrige Möbel in Braun und Orange und eine Stereoanlage standen. Karin hatte LPs und Singles und Gardinen vor allen Fenstern. Sie sagte, der Hobbyraum sollte ein Kinderzimmer werden, wenn sie Kinder bekamen. Karins Zuhause war so sauber, dass es beinahe unbenutzt aussah.

Dick öffnete, als wir klingelten. Er sagte, dass Karin gerade putzte, aber wir könnten hereinkommen, wenn wir die Schuhe auszogen. Gut, dass ihr da seid, sagte Karin und schaltete den Staubsauger aus, ihr könnt mir beim Putzen helfen. Dann schaltete sie ihn wieder ein und zeigte uns, wie man staubsaugte, so dass aller Dreck aufgesaugt wurde. Man muss die Düse langsam über den Boden führen, so dass der Staub Zeit hat, in den Schlauch zu kommen. Wenn man es so macht, mit dem

Mundstück auf derselben Stelle schnell vor- und zurückfährt, dann verteilt man den Staub nur. Dann winkelte sie die Düse ab, so dass sie in die Ecken kam. Wenn man bis in die hinteren Ecken will, muss man die Düse abnehmen, sagte sie und machte es vor. Mit dem Rohr kommt man auch am besten an den Staub auf den Fußbodenleisten, um die Stuhlbeine und die Sofatischbeine heran. Wenn man die Möbel absaugen oder hinter der Heizung staubsaugen will, dann wechselt man den Aufsatz, man nimmt den kleinen. Und zuletzt, wenn man fertig ist, saugt man die Haare von der Düse ab, damit der Staub sich nicht festsetzt und alles kaputtmacht. Das war das Wichtigste von allem. Karin zeigte uns, wie man das Rohr abwinkelte, um am besten an alles heranzukommen. Ich fand, es sah aus, als würde Karins Staubsauger die Düse fressen. Man sollte nicht aufgeben, bevor aller, wirklich aller Staub weg war.

Als sie mit dem Staubsaugen fertig war, musste Karin das Küchenfenster putzen. Das ist schwer, man muss Geduld haben, damit es keine Streifen gibt. Karin ließ warmes Wasser in einen Eimer laufen. Nur ein paar Tropfen Spülmittel hinein. Kaltes Wasser in einen anderen Eimer. Dann wischte sie das Fenster mit dem Spülmittelwasser und einem feuchten Lappen ab. Dann wischte sie das Fenster mit dem kalten Wasser und einem ausgewrungenen Lappen ab. Zum Schluss, als das Fenster so gut wie trocken war, nahm sie Zeitungspapier und rollte es zu einem losen Ball zusammen. Damit rieb sie, bis das Fenster blitzte. Danach waren Åse und ich an der Reihe. Wir sollten ein anderes Fenster machen. Wir rieben und polierten, doch schließlich nahm Karin uns das Zeitungspapier aus der Hand und machte selbst weiter. Sie sagte, nächstes Mal würde es besser werden. Wichtig war, dass man übte. Karin zeigte uns, wie man Bücherregale abstaubte, Böden wischte, Kleidung zusammenlegte, wie man bügelte und Schränke und Garderoben aufräumte. Wenn ich groß wäre, würde es bei mir genauso sauber und ordentlich sein wie bei Karin. Dann würde ich auch meine alte Zahnbürste nehmen, um den Wasserhahn im Badezimmer sauberzumachen.

Karin und Dick arbeiteten beide bei Torsten Jeppssons. Stellten Plastikprodukte am Fließband her. Butterverpackungen und Weichkäseverpackungen. Verdienten haufenweise Geld. Karin kaufte Kleider für Åse. Für sich selbst kaufte sie ein Haarteil und weiße Lackstiefel. Moderne Sommerblusen und Halsketten von Tempo. Sie befestigte das Haarteil mit einem schwarzen Haarband mit Haarkamm drauf. Sie war die Schönheitskönigin von Torsten Jeppssons. Dick legte den Arm um sie, wenn sie am Morgen abstempelten. Wenn sie durch die Stadt radelte, mit geradem Rücken, wehte das künstliche Haar hinter ihr her. Mama sah sie durchs Küchenfenster, als sie Inga-Lill besuchen kam. Jetzt trägt Karin aber eine Perücke, sagte Mama. So dickes Haar hat sie doch gar nicht.

Karin war die Hübscheste von allen. Wenn sie bei Åse zu Hause badete, durften wir im Badezimmer sitzen und zuschauen. Zuerst zog sie sich nackt aus. Dann goss sie Schaumbad in die Badewanne, danach peitschte sie das Wasser mit der Dusche, damit der Schaum groß und fest wurde. Wenn die Badewanne voll war, ließ sie sich ins Wasser gleiten. Wenn sie auf dem Rücken lag, das Wasser bis zum Kinn, ragten ihre Brustwarzen aus dem Badeschaum hervor. Wenn ihr groß seid, Åse und du, dann werdet ihr auch solche Brüste bekommen, sagte sie und zeigte sie uns ganz. Du vielleicht nicht, Leena, aber du schon, Åse. Wir sind ja Schwestern. Deine, Leena, werden eher so aussehen wie die von deiner Mama.

Als wir das nächste Mal badeten, schaute ich Mamas Brüste an. Würde ich solche Brüste bekommen? Und einen solchen Bauch? Und solche Schenkel? Ich wollte lieber so aussehen wie Karin. Maria hatte schon eigene Kinder und lebte mit Kenneth in einer Zweizimmerwohnung am anderen Ende der Stadt. Sie war fast neunzehn. Wie Karin arbeitete sie bei Torsten Jeppssons und verdiente haufenweise Geld.

Åse, Riitta und ich aßen abwechselnd bei den anderen. Bei Riitta aßen wir *sianlihakastiketta*, *makkarakastiketta* und *jauhelihakastiketta*. Schweinefleischsoße, Wurstsoße und Hackfleischsoße. Veikko kochte Erbsensuppe mit großen Fleischknochen drin. Helmi kochte in dem gleichen großen Aluminiumtopf, in dem Veikko die Erbsensuppe kochte. Wahrscheinlich hatten sie nur einen Topf. Immer Kartoffeln. Mohrrüben oder Weißkohl. Bei uns zu Hause gab es manchmal Obst, aber Riitta bekam fast nie welches. Das Essen war immer so schnell alle, sagte Riitta. Wenn sie von der Schule nach Hause kam und den Kühlschrank öffnete, war er leer. Riitta sagte, dass sie trotzdem jeden Tag nachsah.

Bei Riitta gab es das gleiche Geschirr wie bei uns. Angeschlagene Teller, und keiner glich dem anderen. Manche waren klein, manche groß. Manche Gläser waren hoch, andere niedrig, es gab breite Gläser und winzig kleine Gläser. Mein Lieblingsglas war ein Senfglas, das Veikko irgendwo hatte mitgehen lassen. Es gab fünf passende Kaffeetassen, aber zwei davon ohne Untertassen. Es lohnte sich nicht, auch nur den Versuch zu machen, schön aufzudecken, denn das ging nicht, sagte Helmi.

Ihre Küche war kleiner als unsere. Riittas Familie aß in Schichten. Es passten nicht alle an den kleinen Küchentisch, und es gab nur Platz für vier Stühle. Setzt ihr euch, sagte Helmi. Ich habe eh keine Zeit zum Sitzen. Während wir aßen, ging sie in den Heizungsraum und füllte Schmutzwäsche in die Maschine. Dann kam sie mit sauberer Wäsche auf dem Arm zurück. Sie räumte auf und putzte. Dann war es Zeit abzuspülen und wieder zu kochen. Dann lagen Krümel unter dem Tisch. Man kann nicht ins Bett gehen, bevor man nicht die Krümel unterm Tisch weggefegt hat, sagte Helmi.

Åses Mutter war nach Feierabend müde. Und die Zeit reichte nicht aus. Sie kochte Bongs Fleischsuppe, Campbell's Champignonsuppe oder Fleischwurst mit Kartoffeln und Petersiliensoße, weil es schnell gehen sollte. Sie briet Frühstückswürstchen und machte Nudeln mit weißer Soße. Nudeln mit weißer Soße bei Åse war das Beste, was ich kannte. Mama konnte keine Nudeln mit weißer Soße machen. Das war eine schwedische Erfindung, sagte sie. Das ist, als würde man gekochtes Weizenmehl essen. Ungesünder ging es nicht. Sonntags servierte Inga-Lill manchmal Schlossbraten. Erbsen und Karotten aus der Dose. Pfirsichhälften aus der Dose mit Kaffeesahne zum Nachtisch. Oder Cocktailfrüchte aus der Dose. Bei Åse aß ich unglaublich viel. Die Pfirsichhälften waren süß wie sonst nichts bei uns zu Hause. Mama sagte, die Schweden schütteten Zucker in ihr Essen. Das war auch ungesund. Alles, was es bei uns zu essen gibt, schmeckt gleich, sagte Åse. Das fand ich nicht. Manchmal briet Inga-Lill Schweinekoteletts, aber nur, wenn es etwas zu feiern gab und nur für die Erwachsenen.

Åses Mutter konnte keine Pfannkuchen machen. Wenn Åse Pfannkuchen roch, wusste sie, dass der Duft von uns kam. Bei Åse gab es Obst. Karin kaufte das Obst für Åse. Kirschen und Erdbeeren im Sommer. Äpfel und Birnen im Herbst. Apfelsinen im Winter. Inga-Lill legte das Obst in eine Schale auf dem Küchentisch. Ihre Obstschale sah aus wie ein Schmuckstück. Ich wagte keine Frucht zu nehmen, wenn Inga-Lill nicht Bitteschön sagte. Bei Åse bekamen wir O'boy, Marmelade und manchmal Schokolade aufs Brot. Ich erzählte Mama nichts davon. Sie hätte gesagt, dass O'boy kein Getränk war, dass Schokolade nicht aufs Brot gehörte und man von Marmelade Löcher in den Zähnen kriegte. Bei uns zu Hause gab es ungezuckerte heiße Schokolade. Und auf das Brot kam Käse.

Åses Mutter hatte schönes Geschirr. Es gab sechs Teller mit grünem Rand und sechs gleiche Milchgläser. Im Küchenschrank standen Groggläser und Weingläser. Der Küchentisch war neu. Es gab vier gleiche Stühle und eine geblümte Tischdecke. An den Wänden Tomatentapeten und drei Kupferkessel, die Sten zu verdanken waren, sagte Åses Mutter.

Unsere Küche war lang und schmal, wie die von Åse. Der Küchentisch, den Papa organisiert hatte, stand vorm Fenster. Der Hocker stand unter dem Tisch und wurde hervorgeholt, wenn wir aßen. Jeder hatte seinen Platz. Ich saß am Tischende auf dem Hocker. Wir stießen mit den Ellbogen aneinander, wenn wir das Essen in den Mund steckten. Der Tisch ist zu klein, sagte Mama. Die Töpfe passen nicht drauf. *Voi voi*, wenn man doch in diesem Leben noch eine ordentliche Küche bekommen könnte. Papa nannte sich Meisterkoch. Er hatte in Restaurants in Stockholm gearbeitet. An den Sonntagen kümmerte er sich um das Hühnchen, den Braten oder das Curryhuhn. Weihnachten schnitt er den Schinken auf. Und er war es, der *silakkalaatikko*, Heringsauflauf, machte. Wie ein schwedisches Kartoffelgratin, bloß mit Salzhering drauf. Es gab eine Variation vom Heringsauflauf, sie hieß Fleischauflauf. Das Gleiche, bloß mit gebratenem Schweinefleisch drauf. Dann hieß es *läskilaatikko*.

Papa füllte uns auf. Löffelweise. Und jetzt esst alles auf, was ihr auf dem Teller habt, sagte er. Er schaute zufrieden zu, wenn wir unsere Teller leerkratzten. Nehmt noch was. Von so wenig kannst du doch gar nicht satt sein. Mama sagte, das lag daran, dass er, als er klein war, im Kinderheim nicht genug zu essen bekommen hatte. Papa aß wie ein Hund. Wenn etwas übrigblieb, schob er es auf seinen Teller. Dann schlang er es auch noch in sich hinein. Er sagte zu uns, dass wir das Fett vom Schweinefleisch und die Haut vom Hühnchen aufessen sollten. Esst mit den Händen!, sagte er. Und nehmt ordentlich Butter zu den Kartoffeln. Zerdrückt die Kartoffeln in der Soße. Mama protestierte. Es ist ungesund, so viel Fett zu essen. Aber na gut. Da das Essen im Bauch lange vorhalten sollte, war es wohl gut, dass wir so viel aßen, wie wir konnten.

Helmi schaute vorbei. Es war Sonntag, und im Ofen stand ein frischer Heringsauflauf. Er war noch warm. Willst du ihn probieren?, fragte Papa. Ich sollte es lassen, antwortete Helmi, aber wenn du darauf bestehst, kann ich nicht Nein sagen. Sie legte die Hand auf ihren Bauch und zog ihn ein paar Zentimeter ein. Sie lachte und setzte sich aufs Sofa. Kramte die Zigaretten hervor. Papa verschwand in der Küche. Nur einen Bissen, rief Helmi ihm nach. Papa kam mit einem mittelgroßen Teller zurück. Helmi nahm die Gabel und aß alles auf.

Obwohl Papa ein Meisterkoch war, war es Mama, die das Essen kochte. Sie drehte jede Krone zweimal um und überlegte bei jedem Gericht. Ochsenschwanzeintopf, Schweinefüße, Kohlsuppe, Eisbein, Schweinehals, gebratene Leber, Fleischwurst. Schweinekoteletts und Hackfleischbraten wie bei Åse. Mohrrüben und Weißkohl wie bei Riitta. Salat und Obst, wenn das Geld reichte. Das Brot backte sie selbst. Große, weiße Laiber, die das ganze Schneidebrett bedeckten, wenn sie aus dem Ofen kamen. Und finnisches schwarzes Roggenbrot, das nicht schimmelte. Das man trocknen und Ewigkeiten aufbewahren konnte. Von dem man furzte und für das die Zähne der Schweden nicht stark genug waren.

– –

Es war Samstag. Mama hatte die späte Spülschicht im Contan. Papa war mit uns allein zu Hause und kochte Spaghetti. Dünne Spaghetti. Eine Neuheit aus Italien, sagte er. *Viva l'Italia*. Alle Kinder mögen sie. Åse durfte bei uns essen. Er kochte sie in unserem größten Topf. Aus Aluminium wie am Hälsobacken. Demselben, in dem wir Kohlsuppe kochten. Für Terries Knochen und Tipus Heringe gab es einen anderen Topf. Setzt euch an den Tisch, sagte er, das hier geht schnell. Ich habe schon aufgedeckt. Mama sagt, Spaghetti isst man mit Löffel und Gabel, sagte ich. Aber wenn Mama nicht zu Hause ist, essen wir nur mit der Gabel, sagte Papa, wir wohnen ja nicht auf Sizilien, und du bist keine finnische Italienerin.

Die Spaghetti pappten zu einem Klumpen zusammen und waren schwer aus dem Topf zu bekommen. Papa fluchte und verbrannte sich die Finger. Vertamte Seiße. Jetzt aber, hier kommen sie. Passt auf eure Finger auf, und nehmt ordentlich Butter und Ketchup.

Es blieben massenweise Spaghetti übrig. Die braten wir morgen zum Mittagessen, sagte er. Italienisches Bauernfrühstück.

Papa hatte gute Laune. Åse durfte bei uns übernachten und wir wachten zum Duft von Sonntagspfannkuchen auf. Papa pfiff und summte in der Küche seine Tangoschlager. Komm, wir stehen auf, sagte Åse. Ich hörte, wie ihr das Wasser im Mund zusammenlief.

– Na also, jetzt wachen die Siebensläfer auf.

– Wir sind keine Siebensläfer.

– Mama und ich haben son die Seitungen ausgetragen, es ist sönes Wetter draußen. Setzt euch, dann bekommt ihr *pannukakka*.

– Papa, *kakka* heißt Kacke. Pfannkuchen heißen *pannkaka*.

– Jaja, lacht am best wer lacht sulest.

Die Sonne stand über Fridhem wie ein knallgelbes Universum. Ich hatte die zweite Klasse abgeschlossen. Mama pusselte herum, und Papa pusselte herum. Sie räumten auf. Immer ist etwas zu tun, sagte Mama und rieb sich mit beiden Händen den Rücken. Wenn nur nicht immer diese Rückenschmerzen wären. Und wenn man fertig ist, kann man gleich wieder von vorne anfangen. Mein Rücken tut auch weh, sagte Papa.

Papa hatte Produktionsferien. Ich fand, das war ein komisches Wort und fragte, was der Unterschied zwischen Ferien und Produktionsferien war. Papa sagte, Produktionsferien seien eine feinere Art von Ferien und ich sollte mir nicht immer den Kopf zerbrechen. Mama antwortete nicht auf die Frage, sagte aber, dass wir nirgendwohin fahren würden. Das können wir uns nicht leisten. Manche können bis zum Mond fahren, aber wir können es uns nicht einmal leisten, nach Finnland zu fahren, um Mummi zu besuchen. Aber vielleicht wird es ja ein sonniger Sommer.

Puti schlich lautlos über den Balkon herein. Ihr kleiner Schatten kroch hinter Papas Rücken die Küchenwand entlang und verschwand unterm Sofa. Ihre Augen waren groß, schwarz und rund vor Erregung, und aus ihrem Maul hörte man ein letztes schwaches Piepen. Papa war gerade dabei, den Schrubber in den Putzschrank zu stellen, als er das Knacken der kleinen Wirbel hörte.

– Wir haben Hunger, darf Åse bei uns essen?

– Vertammte Kazse, slept nur die kansse Sseit Mäuse an.

– Papa, wir wollen Milch und Brote.

– Stellt nicht die Ssuhe mitten in den Flur.

Papa fuhr mit dem Schrubber unters Sofa. Fauchte sein *voi vittu*, drohte Puti mit der geballten Faust. Puti weigerte sich, ihre Beute herzugeben. Aber nach drei Wischern mit dem Schrubber ließ sie die Maus mit wütendem Fauchmiauen liegen.

– Vertammte Katze, wiederholte Papa. *Saatanan saatana.*

Dann begann er erneut unter dem Sofa zu putzen.

– *Voi vittu, voi vittu.*

Er warf den Kopf in den Nacken und putzte und putzte.

– Wir wollen Milch! Wir wollen Milch! Wir wollen Milch!

– Jaa, jaa, vast die Hente. Mama hat Prot gepackt.

– Aha, Mama hat Prot gepackt?

– Macht euch nicht lustig.

– Wir machen uns nicht lustig. Aber du redest komisch.

– *Voi, voi*, zieht die Ssuhe aus! *Saatana.*

Papa schnitt dicke Brotscheiben ab, sie waren noch warm, die Butter schmolz darauf. Er goss Milch in zwei Gläser. Ich ging Strohhalme holen. Die Blubbermilch rann über den Glasrand. Wir saugten sie auf, bevor sie die Tischplatte erreichte. Das Blubbergeräusch füllte die Küche.

Puti war wieder in den Beeten.

Papa organisierte und organisierte. Jetzt hatte er Gratisregale bei Wacholderholzprodukte organisiert. Er baute ein Bücherregal über die ganze Wandlänge in unserem Fernsehzimmer. Mama freute sich riesig und sagte, jetzt fehlten nur noch all die Bücher, von denen sie träumte. Mama suchte auf dem Flohmarkt nach Büchern. Jedes Jahr trat sie in den Buchclub ein und jedes Jahr trat sie wieder aus. Sie nutzte die Gratisangebote. Mama las und las. Helmi sagte, dass sie Ehrengast der Bibliothek in Fridhem war.

Mama richtete sich eine eigene Ecke im Fernsehzimmer ein. Neben ihrem Sessel stand ein kleiner Nachttisch mit einer Schublade. Das ist mein Büro, sagte sie. Mit Stecknadeln befestigte sie Zeichnungen an der Wand. Auf dem Tisch bewahrte sie Stifte in einem Becher auf, daneben lagen Lottoscheine, auf die sie alles schreiben konnte, was sie nicht vergessen wollte. In der Schublade lagen Servietten. Großmutters Garnrollen, Nähnadeln, Scheren. Pfefferminzkaugummi. Auf dem Boden stand ein Korb mit Stricknadeln und Wolle. In einem anderen Korb lagen halbfertige Handarbeiten.

Mama las *Ystads Allehanda*. Auf dem Weg zum Klo sah ich, wie sie einen winzig kleinen Artikel aus der Zeitung ausschnitt. Wie man sich vor Motten schützt, indem man Pomeranzenschale in die Taschen der Winterjacken legt. Sie füllte die Bücher mit kleinen Notizen und Artikeln. Helmi sagte, bald hätte sie so viele Tipps und Ideen, dass sie anfangen könnte, sie zu verkaufen. Ach was, sagte Mama. Ich kann nichts richtig gut. Ich habe mir alles selber beigebracht, damit kann man keine Geschäfte machen. Und sie wiederholte es. Denk dran, die Schule ist das Wichtigste. Mach eine Ausbildung, bevor du heiratest und Kinder bekommst. Papas Worte klingelten im anderen Ohr. Du musst lernen, eine gute Ehefrau zu sein.

Ich hatte lesen gelernt. Wenn ich nichts zu tun hatte, las ich ein paar von Mamas Büchern. Moa Martinson, Väinö Linna, Iva Lo-Johansson, Elin Wägner, Harry Martinson. Am Ende der Bücherreihe stand eine Plastikdose, auf der in schwarzen Buchstaben *Gardiehnenringe* geschrieben stand. Es sah aus, als würde die Dose Jack London stützen.

Papa meinte, Mama hätte viel zu viele Bücher. Wozu sollen so viele Bücher gut sein, sagte er, die werden doch nur staubig.

Er ging auf den Balkon und rauchte. Inga-Lill leistete ihm Gesellschaft. In unserer Familie ist meine Frau diejenige, die denkt, sagte Papa. Sie denkt und ich tue, was sie sich ausgedacht hat. Mama beklagte sich bei Helmi. Kimmo hat nur Sport im Hirn. Fußball und Eishockey. Helmi meinte, Veikko liest auch keine Bücher. Dann redeten Mama und Helmi lange über ein Buch, das Dastojäski hieß. Mama sagte, die meisten Bücher würden nicht geschrieben, denn wer ein wirklich hartes oder armes Leben hatte, war normalerweise tot, bevor er Zeit zum Schreiben hatte. Ich kapierte gar nichts. Wie konnte man tot sein, bevor man Zeit zum Schreiben hatte?

Das Jugendamt verteilte Gratiskleidung an arme Familien. Wir durften in den Rathauskeller gehen und in den Regalen und Tüten wühlen. Da gab es Jacken, Mützen, Jeans, Pullover, Kleider, Shorts in allen Größen und Schuhe für alle Jahreszeiten. Der Keller war Svea Broströms Reich. Sie sah wie eine Christin aus, sagte Mama, und war sicher im tiefsten Innern ein guter Mensch. Aber, fand Mama, wenn sie lächelte, lächelten ihre Augen nicht mit, was sie an einen alten finnischen Lehrer erinnerte, der immer nette Sachen gesagt, es aber anders gemeint hatte. Aber Svea Broström half gerne, heile und zueinander passende Schuhe sowie Kleidung herauszusuchen. Manchmal fand ich etwas, was mir richtig gut gefiel. Aber meistens lief ich in Sachen herum, die ich nicht leiden mochte. Die Schuhe schlappten, und die Kleider waren zu kurz oder zu lang. Die Jacken waren zu weit und die Hosen zu eng. Mama ging nicht gern in den Rathauskeller, weil der mitten auf dem Stortorget lag. Sie sagte, es käme ihr vor, als würden alle uns hingehen sehen, und dass sie sich bald nur noch schämte und es sich anfühlte, als würden solche wie Svea Broström dann irgendwie recht bekommen.

Riitta bekam neue Kleider, wenn das Kindergeld kam. Ihre Mutter kaufte bei Domus ein, im Frühling und im Herbst. Sie gingen zusammen dorthin. Auch Åses Mutter kaufte bei Domus ein. Ich wollte auch richtige Kleider in einem richtigen Geschäft kaufen. Aber Mama sagte, dass wir uns das nicht leisten konnten. Wir sollten froh sein, dass Mummi an Weihnachten Unterwäsche schickte. Ordentliche warme Unterhosen, die bis zum Nabel reichten. Und warme Wollstrümpfe. Und auch für den Rathauskeller sollten wir trotz allem dankbar sein.

Unsere Sachen kamen nicht nur aus dem Rathauskeller und aus Finnland. Wir erbten auch Kleidung. Not kennt kein Gebot, sagte Mama. Oh, das ist aber nett, vielen vielen Dank, sagte sie zu den Frauen, die uns die Kleidertüten gaben. Manchmal waren superschöne Sachen in den Tüten. Wenn es richtige gute Qualität war, wanderten die Hosen und Pullover vom einen zum anderen weiter und landeten dann in Riittas Familie. Riittas Kindergeld reichte nicht für alles, was man brauchte. Sie erbten auch Kleidung, aber nicht so viel wie wir.

Mama wusch alte Strickpullover. Trennte sie auf und machte Knäuel. Sie strickte und häkelte an den Abenden vor dem Fernseher. Die Restwolle reichte für alles Mögliche: Morgenmäntel, Kleider, Mützen, Pullover, Shorts und Bikinis für mich und Åse. Die Teppiche sahen aus wie große Topflappen. Sie häkelte und strickte für Riitta und für Heikki. Selten für sich selbst. Sie verwendete fröhliche Farben und strickte komische Muster. Putis Katzentasche war gestreift und kariert zugleich. Helmi sagte, dass Mama eine eigene Taschenkollektion entwerfen und auf dem Stortorget verkaufen könnte. Mama sagte, sie könnte doch weder stricken noch häkeln, weil sie die Anleitungen kaum lesen könnte, es würde ja alles bloß, wie es so käme, dafür könnte sie kein Geld nehmen, aber wenn man immer nur strickte, lernte man auf jeden Fall irgendwas. Übung macht den Meister, sagte sie. Papa sagte, er wäre froh, dass sie keine Badehosen für ihn, Sakari und Markku strickte. Aber er wünschte sich eine Schirmmütze. Das ist schwer, sagte Mama, aber schließlich gelang es ihr sogar, eine Schirmmütze zu häkeln. Sie hatte eine komische Form und war durchfallfarben. Hast du vor, die aufzusetzen, wenn du unter Leute gehst?, fragten Markku und ich gleichzeitig, die ist potthässlich, Papa, die ganze Familie muss sich in Grund und Boden schämen. Aber Papa meinte, dass die Schirmmütze kühlte, wenn es warm war, und wärmte, wenn es kalt war, und außerdem hielt sie den Regen ab.

Wenn so etwas wie ein eigenes Auto oder ein eigenes Haus oder ein Sommerhaus zur Sprache kam, lachten sowohl Mama als auch Papa. Es klang, als würde das Lachen hoch aus dem Hals und nicht tief aus dem Bauch kommen. An so was können wir nicht einmal denken, sagte Mama. Wir können froh sein, dass wir ein dichtes Dach über dem Kopf haben. Und es ist völlig sinnlos, sich deshalb zu grämen. Es ist, wie es ist. Solange es Wolle gibt, gibt es Hoffnung.

Manchmal fand ich, dass Mama genauso traurig aussah wie die Biafra-Kriegskinder im Fernsehen.

– –

Der Fernseher war das Einzige, wofür Papa bereit war Geld auszugeben, alles andere konnte er umsonst organisieren. Zwar verkaufte er ihn, wenn er Geld für Alkohol brauchte, aber es war auch das Erste, was er anschaffte, wenn er wieder nüchtern war. Jetzt hatte er einen neuen Fernseher in einem Fachgeschäft gekauft. Einen modernen. Keine Ein-Kronen-Münzen und keine Unterbrechungen. Natürlich war es ein Farbfernseher. Jetzt bezahlen wir Fernsehgebühren, sagte Mama, und deswegen konnte man alle Fernsehprogramme sehen, wann immer man wollte. Aber es müsste mehr Sport geben, klagte Papa. Es kipt fast nur Proplemprokrame im Fernsehn heutfürtage, sagte er. Aber heute Abend kommen die *Ashtons*, sagte Mama und kochte Wasser für die Fernsehthermoskanne und holte die Utensilien fürs Zigarettendrehen. Papa schlief nach zehn Minuten ein, ich lag mit Markku und Sakari auf dem Boden. Decken und Kissen auf einen Haufen geworfen.

In der Küche lief das Radio, wenn Mama kochte oder Brot backte. Sie verfolgte das Weltgeschehen. Die Nachrichten am Morgen und *Heute, die Viertelstunde*. Am Nachmittag, wenn Helmi zum Kaffee kam, redeten sie darüber. Ah, nichts als Elend, sagte Mama, Flugzeugentführungen, Überschwemmungen. Der Vietnamkrieg und dieser fürchterliche Idi Amin in Uganda. Und immer sind es Männer, Männer, die Flugzeuge entführen, Männer, die Kriege anzetteln, und Männer, die Dämme bauen. Im Fernsehen und in den Zeitungen ist immer nur von Männern die Rede. Ist es wirklich nicht möglich, mehr interessante Frauen zu finden? Sie klang aufgebracht und schimpfte die ganze Zeit *Voi Herran Jumala*. Dann zählte sie einen Haufen Namen auf. Ich fand, es klang, als zähle sie bis tausend.

Katze, Maus, Katze, Maus, bei zehntausend zähl ich aus.

Kekkonen, Chaplin, Onassis, Olof Palme, Nixon, Gunnar Helén, Lennart Hyland, Henry Kissinger, Carl-Gustaf Lindstedt, General Franco, Evert Taube, Dick und Doof, Lasse Holmqvist, der König, Beppe Wolgers, Gunnar Larsson, Kjell Isaksson, Gösta Pettersson, Pelle Svensson, Roger Moore, Yves Montand, Pekka Langer, Per Olov Enquist, Che Guevara, Bob Dylan, Elvis, Mao Ze-dong und Ingmar Bergman.

Alles tote Männer, als würden nur die Männer sterben.

John Steinbeck ist tot, Bertrand Russell, Jack Kerouac, Lars Ekborg und Ho Chi Minh. Welche wichtigen Frauen sind in den letzten Jahren gestorben?, fragte Mama Helmi. Fällt dir eine einzige ein? Ein Glück, dass Golda Meir noch nicht tot ist, so kann sie zur nächsten Jahrtausendwende sterben und wird vielleicht in den Nachrichten erwähnt.

Ich war aufs Sofa gekrochen, um ihnen zuzuhören. Helmi lachte und sagte, Mama müsste in die Gruppe Acht gehen, weil sie so eine Frauenfrau war. Das geht nicht, sagte Mama, in Ystad gibt es keine Feministinnen. Die gibt es nur in Stockholm.

Helmi war Kommunistin. Ich wusste nicht, was das war, aber es hatte mit dem Krieg zwischen den Roten und den Weißen in Finnland zu tun. Mama sagte, dass sie Pazifistin war. Ein Pazifist war jemand, der keine Pistolen und Gewehre mochte und keine Männer, die Kriege anfingen. In Schweden konnte man kein Kommunist sein, sagte sie. Denn wenn man in Schweden Kommunist sagte, dann dachten alle nur an Russland. Und sie wollte nicht mit den Russen in einen Topf geworfen werden, weil die in ihrem eigenen Land Frauen und Kinder in die Luft gesprengt hatten. Helmi sagte, das sei ihr scheißegal. Da meinte Mama, Helmi wäre eben nicht sehr klug. Und Helmi sagte, auch das sei ihr scheißegal. Worauf Mama sagte, hier in Schweden reicht es, einen Kurs in der Volkshochschule zu besuchen, um Kommunist zu werden. Da sagte Helmi, dass es immer die Kommunisten waren, die sich der Leute annahmen, denen es richtig, richtig schlecht ging, das tat keiner von den anderen, und dabei setzen sie ihr eigenes Leben aufs Spiel, denk an Spanien, sagte sie. Da sagte Mama, ja, ja, wer sind diese schwedischen Kommunisten denn, zu denen du so aufsiehst? Sind das nicht auch wieder nur haufenweise Männer, die ihre Frauen und Kinder verlassen haben, um als Helden dazustehen? Ich hätte am ehesten für Alva Myrdal gestimmt oder Indira Gandhi. Aber es ist egal, was du und ich denken, von unseren Familien darf sowieso keiner zur Wahl gehen, wir können mit dem Denken aufhören. Man durfte nicht zur Wahl gehen, wenn man Finne war, sagte Mama. Sie fand das falsch. Papa fand das egal. Und jetzt fand Helmi das Gleiche wie Mama.

– Das ist wirklich zu beschissen, ehrlich, wir bezahlen schließlich Steuern wie alle andern, sagte Helmi.

– Ja, und wir wohnen schließlich hier, sagte Mama.

– Unsere Kinder sind hier geboren. Und wir ziehen nicht wieder weg.

– Nein, aber wir Frauen haben jetzt seit fünfzig Jahren das Wahlrecht, und das merkt man nur, wenn der Bund der Schwerhörigen seine Medaillen vergibt, sagte Mama.

– Wieso denn das? sagte Helmi.

– Na, June Carlsson hat eine Verdienstmedaille vom Bund der Schwerhörigen bekommen, für ihren lebendigen Ausdruck.

– Woher weißt du das?

– Das habe ich im Radio gehört.

– Und ich hab's verpasst.

– Da kannst du mal sehen. Das merkt sich keiner.

Konrad war aus Kiruna und Rut aus Eslöv. Zum Teakradio-Fest am Hälsobacken kamen sie untergehakt. Ihre Wangen waren gerötet, ihr
Lächeln breit. Man sah ihnen an, dass sie schon getrunken hatten.
Mit Wein im Glas setzten sie sich dicht nebeneinander aufs Sofa. Zuerst wurden sie immer fröhlicher. Dann wurden sie immer
betrunkener. Konrad sang ein Volkslied aus Norrland, während
Rut weiter trank.

Branntwein ist das wahre Gold,
golden macht's die Fehler alle!
Sauf ich mich sternhagelvoll,
bis ich aus dem Fenster falle!
Ach, der Branntwein mich betrog,
mich betrog, ja mich betrog,
dass die Flasche ich zerschlug!

Als ich aus dem Fenster fiel,
tat im kalten Schnee ich landen!

Fast gestorben wäre ich,
doch zum Glück mich Leute fanden!
Schnell mein Bruder zu mir kam,
zu mir kam, ja zu mir kam
und mich auf den Schlitten nahm.

Wenn Rut richtig betrunken war, unterbrach sie Konrad mitten im Lied, mitten in der Strophe. Sie lallte: Konrad, du bis eine Ssau.
Wir wussten nicht warum, aber sie sagte es jedes Mal.
Und Konrad hörte auf zu singen.
Wir Kinder hatten schon davon gehört, dass Erwachsene einander Tiernamen wie Kuh und Esel gaben. Aber dass Konrad zur Sau wurde, schlug alles.

Riitta hatte einen kleinen Kassettenrekorder zu Weihnachten bekommen. Sie nahm Playbacklieder direkt aus dem Radio oder Fernsehen auf. Alle mussten still sein, während sie den Kassettenrekorder an das Radio oder den Fernseher hielt. Es knistert ein bisschen, aber das macht nichts, meinte sie. Playback zu singen war für uns das Größte. Wir wechselten uns ab, eine Lampe ohne Schirm auf denjenigen zu richten, der auftrat. Ein Hut und ein Stock. Das Springseil als Mikrofon. Auf dem nächsten Fest half Veikko uns, den Kassettenrekorder an die Lautsprecher im Bücherregal anzuschließen.
Die Vorstellung konnte beginnen. Mama, Papa, Helmi und Veikko quetschten sich alle auf das Sofa, zusammen mit Rut und Konrad. Alle saßen sich auf dem Schoß. Sie hielten einander umschlungen und ermahnten die anderen, leise zu sein. Der

Rest des Publikums saß auf Küchenstühlen und auf dem Boden. Veikko schaltete das Licht aus. Es wurde still. Und nun, meine Damen und Herren!

Alle klatschten.

Anita Lindblom, *Sånt är livet*, So ist das Leben, ich mimte den Gesang und tanzte vor dem Publikum, Seitwärts-Schritt und Rückwärts-Schritt. Ann-Louise Hansson, *Följ med mig i min luftballong*, Steig mit mir in meinen Luftballon. Riitta lächelte in Richtung Decke und streckte den Arm in einer einladenden Geste aus. Trio me' Bumba, *Man ska leva för varandra*. Füreinander soll man leben. Unsere vier Brüder spielten Gitarre und mimten im Chor, obwohl die Band eigentlich nur drei Mitglieder hatte. *Lyckliga gatan*, Immer am Sonntag. Heikki und Sakari spielten die doppelte Anna-Lena Löfgren.

Veikkos Feste wurden immer größer. Er lud mehr und mehr Leute ein. Leila, Nachbarn, Rut und Konrad, uns, Pavel und Walter. Der frisch geschiedene Rune war auch da. Rune wohnte in einer Eckwohnung in Riittas Nähe. Wenn er kam, senkten Riitta und ich den Blick. Er hatte mal gesagt, wir könnten gern bei ihm vorbeischauen. Und einmal, als wir nichts zu tun hatten, hatten wir ihn dann tatsächlich besucht. Um das Doppelbett lagen haufenweise Pornozeitschriften. Seine Frau hatte ihn verlassen, und er war ein bisschen traurig, sagte er. Es war warm, und Rune lief in Unterhose herum. Er gähnte und sagte, er wolle sich ein wenig hinlegen. Macht es Euch was aus, wenn ich ein wenig döse?, fragte er noch, dann schlief er sofort ein. Er schnarchte schlimmer als Papa.

Riitta und ich setzten uns auf den Boden. Die Pornozeitschriften sprangen in unsere Hände. Ohne zu rascheln, blätterten wir von einer Seite zur nächsten.

Rune wimmerte im Schlaf. Etwas wuchs in seiner Unterhose. Ein Ständer. Riitta und ich saßen mucksmäuschenstill da. Nie zuvor hatten wir so etwas gesehen. Das Wimmern ging in Weinen über, und Rune rief nach seiner Frau. Gunnel, Gunnel, Gunnel. Plötzlich hüpfte sein Pimmel aus der Unterhose und landete im Nabel. Er war gebogen, und es kam ein bisschen Flüssigkeit aus einem kleinen Loch an der Spitze. Ich blickte zwischen der Zeitschrift und Rune hin und her. Sein Pimmel sah genauso aus wie auf den Bildern. Fleischig. Ich zeigte sie Riitta. Eine Weile starrten wir die Pimmel an. Erst den von Rune, dann die im Pornoheft, dann wieder den von Rune. Dann dachten wir uns, wir sollten lieber gehen. Bestimmt durfte man keine Pimmel von Leuten anschauen, die schliefen. Wir schlichen auf Zehenspitzen hinaus, ohne dass Rune es merkte. Armer Rune, sagte Riitta. Stell dir vor, er hat keine Frau mehr.

Auch Pavel wohnte in Fridhem, im selben Haus wie wir. Er hatte versucht, sich in einem Elektroherd zu vergasen. Er war ein richtiger Säufer und kam aus der Tschechoslowakei, sagte Papa. Er sägte das Holz für die Topfuntersetzer bei Wacholderholzprodukte aus. Da kam es auf das richtige Maß an. Er feierte hin und wieder mit.

Walter war ein richtiger Schwede und wohnte im selben Hauseingang wie Pavel, bloß im zweiten Stock. Er hängte sich aus seinem Küchenfenster und schoss mit der Luftpistole auf uns. Verfluchte Gören, schrie er. Ich mache Mittagsschlaf. Walter blieb nicht so lang auf den Festen am Hälsobacken. Er konnte Kinder nicht leiden, sagte Helmi. Er war es, der Pavels Holzzuschnitte bei Wacholderholzprodukte mit Sandpapier schmirgelte. In verschiedenen Feinheitsgraden.

Dagna wohnte in der Neun. Sie war eine polnische Dickmama und hatte einen Stern auf den Arm tätowiert. Wenn sie traurig war, heulte sie wie eine Wölfin. Auf den Festen schlief sie immer ein. Sie war mit Jerzy Sokolovski verheiratet, der Dagna dann immer mit dem Taxi nach Hause schicken musste. Jedes Mal wenn sie fuhr, rief er ihr nach, sie könne sich zum Teufel scheren, er würde nie wieder nach Hause kommen. Ein paar Stunden später fuhr Jerzy dann selbst mit dem Taxi nach Hause. Dagna schnitt und klebte den Filz, der bei Wacholderholzprodukte unter die Topfuntersetzer kam. Holzleim und eine extrascharfe Schere.

Tomas war einer unserer weiter entfernten Nachbarn aus Fridhem. Er hatte ein Lacoste-Krokodil auf die Brust tätowiert. Er zeigte mir die Tätowierung auf dem Klo, als er pinkeln ging und den Mundtabak wechseln. Schau hier, sagte er und zog den Pullover hoch. Ich riss die Augen auf. Über seiner linken Brust saß ein fröhliches kleines Krokodil, dunkelgrün mit roter Zunge. Die teuerste und feinste Kleidermarke, sagte Tomas. Am besten, man trägt sie gleich eintätowiert. Da ist man immer fein angezogen, und braucht keine teuren Pullover zu kaufen. Er hatte noch andere Zeichen auf dem Körper. Sie sahen aus wie Brandnarben. Als ich ihn fragte, was das war, sagte er, es seien Liebesbisse und lächelte mit dem Mund irgendwie nach unten. Ich glaubte ihm nicht und fragte stattdessen Mama. Sie murmelte etwas davon, dass Tomas es nicht so gut gehabt hatte, als er klein war. Als ich Riitta fragte, erzählte sie es mir. Seine Mutter hatte ihn als Baby mit Zigaretten verbrannt. Sie war verrückt geworden, als sie ein Kind bekommen hatte. Deshalb war Tomas erst kriminell geworden, und jetzt arbeitete er bei Wacholderholzprodukte, Projekt Schritte. Er war für die Endkontrolle der Topfuntersetzer verantwortlich. Er war penibel und ließ keine schlechten Exemplare durchgehen.

Spanska Leva hieß eigentlich Leila und konnte kein Schwedisch. Immer wenn sie es versuchte, musste sie lachen. Sie soff wie ein Mann. Und vögelte wie eine Hure. Einmal tanzte und sang sie mit, als die Jungs als Trio me' Bumba auftraten: *Man ska leva, för varandra*. Leila hatte eine schöne Stimme und sang so laut sie konnte: *SPANSKA LEVA, HAPARANDA*. Da hatte sie ihren Spitznamen weg. Auch Spanska Leva arbeitete bei Wacholderholzprodukte, aber sie half überall ein bisschen mit, weil sie so viel lachte und so oft fehlte. Meistens machte sie Buttermesser.

Mama glaubte nicht an die Heilsarmee oder die Missionsgemeinde Smyrna.
Doch dann klingelte eines Tages Tante Elly an der Tür. Sie trug
eine Gitarre um den Hals und einen Pillbox-Hut auf dem Kopf.
Noch nie hatte ich jemanden wie sie gesehen, deshalb schaute
ich sie lange an. Sie stellte sich vor. Sie war die neue Sonntags-
schullehrerin und in himmlischem Auftrag unterwegs, sagte sie.
Wir sollten gut zuhören, denn Gott und Jesus gäbe es wirklich.
Sie sagte, wir seien in Betel willkommen und ließ einen Zettel mit
Namen und Adresse da. Auch mit Riittas Familie hatte sie schon
gesprochen. Sie wollten nächsten Sonntag kommen. Sie und On-
kel Helge würden uns gern mit dem Auto abholen. Bevor sie ging,
sang sie ein Kirchenlied.
Nachdem Tante Elly fertig war, hängte Mama sich ans Telefon
und fragte Helmi nach ihrer Meinung. Helmi fand, dass Tante
Elly einen netten und freundlichen Eindruck machte und dass
sie auf eine Tasse Kaffee herüberkommen würde.
– Meinst du, Riitta und Paavo werden hingehen?
– Alle Kinder sollten hin. Immerhin kriegt man ein bisschen

Kinderbetreuung … Helmi lachte. Und sie bekommen Kuchen
und Saft dort.

– Aber findest du, sie wirkte ganz … richtig im Kopf?

– Überhaupt nicht, aber nett und freundlich. Die Kinder werden
schon keinen Schaden davontragen.

Und so wurde die Sache beschlossen.

Ich freute mich, als ich die Neuigkeit hörte. Sonntagsschule,
das klang aufregend.

– Was bedeutet Betel, Mama?

– Weiß nicht genau, das sind Baptisten, aber darüber brauchen
wir uns nicht den Kopf zu zerbrechen. Ich glaube, Baptisten
lassen sich als Erwachsene taufen.

– Muss man denn nicht an Gott glauben, wenn man in die Sonntagsschule geht?

– Nein, muss man nicht.

– Glaubst du an Gott, Mama?

– Nein, das weißt du doch.

– Warum nicht?

– Es gibt so viel Ungerechtigkeit auf der Welt. Da kann es keinen
Gott geben.

– Aber ich habe gehört, wie du zu Gott gebetet hast, Mama. Und
du sagst *Voi Herran Jumala*, das bedeutet Ach Herrgott.

– So was sagt man eben, außerdem beten alle Menschen zu
irgendeinem Gott, wenn sie keinen anderen Ausweg wissen.

– –

Zusammen füllten wir beinahe alle Bänke in der Sonntagsschule. Die Bänke waren grau. Die Teppiche, die Wände, das Dach,
alles grau. Die Gardinen waren in verschiedenen Grautönen

gemustert, mit dunkelblauen Klecksen. Es roch nach ausgeblasenen Kerzen, und das Kreuz vorn auf dem kleinen grauen Holzaltar war weiß mit schmalen Goldstreifen. Tante Elly und Onkel Helge hielten den Unterricht. Mit ernster Miene sangen sie ernste Lieder. Onkel Helge spielte Pedalorgel, Tante Elly Gitarre. Riitta und ich saßen in der ersten Reihe, es machte uns Spaß, Verse zu lesen und zu singen.

Jesus liebt alle Kinder, alle Kinder dieser Erde, ob rot ob weiß ob schwarz, ganz gleich, hat er gesagt. Jesus liebt alle Kinder dieser Erde.

Gott hält seine schützende Hand über alle Kinder in Stadt und Land.

Hör nur, wie am Morgen in den Bergen, Bach und Fluss über die Felsen perlen, und singen Gott ist gut, Goott ist guut.

Wenn der Unterricht zu Ende war, freuten wir uns auf den nächsten Sonntag.

Mit jedem Sonntag wurde ich mir sicherer. Doch, ich glaubte an Gott, obwohl Mama es nicht tat. Endlich konnte ich mich mit meinen innersten Gedanken an jemanden wenden, das hatte Tante Elly ja gesagt. Wenn man nicht in das Reich Gottes aufgenommen wurde, dann war es irgendwann zu spät und man konnte stattdessen in der Hölle landen, wo man nicht mehr wuchs, das hatten wir in einem Gedicht gelernt.

Lies immer deine Bibel, Bibel, Bibel,
lies immer deine Bibel, wenn du wachsen willst.
Wenn du wachsen willst, wenn du wachsen willst.
Lies immer deine Bibel, wenn du wachsen willst.

Wir lernten ständig Neues. Tante Elly und Onkel Helge redeten über Sünde und Scham. Sie sprachen es nicht aus, aber ich verstand trotzdem, dass sie unsere Eltern meinten. Ich schämte mich, weil Mama und Papa typische Sünder waren. Die Wein tranken und tanzten. In die Sauna gingen. Riittas Papa, *Voi Herran Jumala*, Ach Herrgott, fuhr sogar betrunken Moped. Das hatte ich früher nicht so richtig begriffen. Am schlimmsten waren sicher meine Eltern, die auch noch fluchten und sich stritten. Ich sah Mama und Papa mit neuen Augen. Das tat mir irgendwo vorn weh, im Magen vielleicht. Aber Gott sei Dank, alles konnte verziehen werden. Es gibt immer Heilmittel und Wege zur Besserung, sagte Tante Elly. Jeder kann die Vergebung seiner Sünden erlangen. Und der Untergang der Welt konnte hinausgeschoben werden. Mir kam eine Idee. Vielleicht, vielleicht, vielleicht konnte ich die Sünden meiner Eltern ausgleichen, indem ich selbst extra Vergebung erlangte. Wenn wir beteten, faltete ich meine Hände besonders fest. Bis die Knöchel weiß wurden. Lieber Gott, wenn ich keine Fehler mache, kannst du dann meiner Mama und meinem Papa verzeihen? Lieber Gott, verzeih mir Mamas und Papas Sünden. Mach, dass Papa nie wieder flucht oder hässliche Sachen zu Mama sagt. Mach, dass Mama nicht zurückflucht.

Ich schielte zu Riitta.

Sie bat um einen besseren Kassettenrekorder.

Sie wünschte sich wirklich einen besseren Kassettenrekorder.

– –

Eines Sonntags sollten Bibelgeschichten erzählt werden. Tante Elly und Onkel Helge hatten Pappfiguren mit weichrauem grünen Stoff auf der Rückseite dabei. Man konnte die Figuren an einer Stofftafel befestigen. Sie nannten die Stofftafel Deckenkino. Wir sollten die Bibelgeschichten mithilfe der Pappfiguren erzählen. Es gab Kinderpappfiguren und Erwachsenenpappfiguren. Die Indianerkinder hatten Mokassins, die Negerkinder Basträcke, die Chinesenkinder Strohhüte und Schlitzaugen. Wir waren die hellhaarigen und weißhäutigen Kinder. Die Mädchen mit großen roten Apfelbacken, Kniestrümpfen und Faltenrock. Die Jungen mit kurzen Hosen und kurzärmeligem Hemd. Die Erwachsenenpappfiguren waren fromme Männer und kniende Frauen. Es gab eine große mit Stroh ausgekleidete Krippe und drei Weise. Jesus und Maria und Jesus am Kreuz. Esel und Stalltiere, Engel und Gott. Eine Sonne, einen Mond und ein paar Berge und einen kleinen See. Bäume und ein paar Häuser.

Was sagen die Kinder?, fragte Tante Elly und antwortete selbst mit halbgeschlossenen Augen. Jesus liebt alle Kinder, alle Kinder dieser Erde, ob rot ob weiß ob schwarz, ganz gleich, hat er gesagt, hört ihr, Kinder, sie wiederholte die Worte langsam. Ob. Rot. Ob. Weiß. Ob. Grün. Ob. Schwarz. Ganz. Gleich. Hat. Er. Gesagt. Sie faltete die Hände und schloss die Augen einen Moment ganz. Dann sagte sie, wir sollten an die Tafel gehen. Jetzt könnt ihr die Liebe Jesu zu den Kindern bebildern, Kinder. Markku ging als Erster nach vorn. Er setzte alle Kinder am unteren Rand der Tafel in eine Reihe. Dann ließ er Gott auf ihren Köpfen herumhüpfen. Bitte Markku, nicht so, sagte Tante Elly. Sei so lieb und setz dich. Riitta, kannst du vielleicht…?

Als wir mit dem Deckenkino fertig waren, war es wieder Zeit für ein Gedicht.

Wir Jungen und wir Mädchen, ob groß oder klein,
wir dürfen heute alle in der Sonntagsschule sein.
Die Jungen machen Diener, die Mädchen knicksen fein,
wir Jungen und wir Mädchen, ob groß oder klein,
wir wollen wie Daniel sein oder wie Ruth.
Wir wollen wie Daniel sein oder wie Ruth.
Denn Daniel war ein Mann von Mut
und Ruth, sie war so wahr und gut,
wir wollen wie Daniel sein oder wie Ruth.

Als ich die Zeilen zu Hause übte, sagte Mama, dass sie klangen,
als stammten sie aus der Steinzeit.

Unter dem Fußboden in der Sonntagsschule lag der letzte Ausweg. Mit großen Augen sahen wir zu, wie Onkel Helge den Fußboden anhob und den Eingang zur Unterwelt öffnete. Unter den Dielen lag ein großes Wasserbecken. Dort stieg man hinein und tauchte den Kopf und alles unter, wenn man getauft werden sollte.

Tante Elly und Onkel Helge gingen still voran, die kleine Holztreppe hinab. Sie wirkten feierlich. In meinem Kopf drehte sich alles, als wir direkt in Gottes Reich hinabsteigen sollten. Gott war ja dort unten. Ich sah Gott, wagte es aber nicht, ihn direkt anzuschauen. Gott hielt die Arme ausgestreckt und sagte, komm, komm. Und gerade als ich mit den Fingern fühlen wollte, ob das Wasser kalt oder warm war, stieß Onkel Helge mich sanft an. Jetzt gehen wir wieder hoch, sagte er.

Anschließend erklärte Tante Elly, wenn wir Gottes Willen befolgten, dann könnten wir uns in der Unterwelt taufen lassen, sobald wir groß genug waren. Sie sah erst Riitta an und dann mich. Dann wieder Riitta. Im Wasserbecken wurde man getauft, wenn man bereit war für den nächsten Schritt im religiösen Leben.

Ich war mir sicher. Wir waren auserwählt.
Nie hatte ich mich so erfüllt gefühlt wie an diesem Tag.
Riitta und ich waren etwas Besonderes.

Endlich war wieder Sonntag. Wir saßen auf den grauen Bänken,
wie immer mit gefalteten Händen. Tante Elly stieg aufs Podium
und erzählte, dass zwei junge Menschen da waren, zu deren
Herzen Gott, o Gott, an diesem Tag gesprochen hatte, und dass
sie nun bereit waren, das Heil und Gott, o Gott, zu empfangen.
Heute?
Ich glaubte nicht, dass Riitta oder ich alt genug waren, um getauft zu werden, aber wir waren ja errettet und fühlten uns
bereit für den nächsten Schritt im religiösen Leben, warum
also nicht?
Riitta und ich blickten uns um.
Ich dachte an Mama.
Aber Tante Elly leierte Mama aus meinem Kopf.
Die wunderbare Errettung, o Gott, o Gott.
Onkel Helge öffnete die Luke im Fußboden, und schon war er
auf dem Weg die Treppe hinunter. Riittas und meine Finger-
knöchel wurden weiß, unsere Wangen wurden rot, wir blickten
uns an. Tante Elly war anders als sonst, die ganze Zeit sagte
sie so komisch o Gott, o Gott. Sollten wir jetzt wirklich getauft
werden? Was würde Mama dazu sagen? Ich flüsterte in Riittas
Ohr:
– Vielleicht sollten wir warten und es heute nicht tun?
Riitta flüsterte zurück:
– Aber was sollen wir denn machen?
Ich flüsterte zurück:

– Wenn sie die Augen zumacht, wir hauen ab, wenn sie die Augen zumacht.

– Wann macht sie die Augen denn zu?

– Die ganze Zeit, siehst du das nicht?

– Aber was glaubst du, werden sie dazu sagen?

– Scheiß drauf, wir hauen jetzt ab.

Mama schimpfte mit mir, sobald sie hörte, was passiert war. Und noch mal, als sie sich wieder beruhigt hatte. Dann kam Helmi, und bevor sie auch nur Zeit hatte, sich zu setzen, war schon alles gesagt worden. Sie fielen einander ins Wort.

– *Voi saatana*, hast du schon gehört, was passiert ist?

– Ja, *voi saatana*.

– Jaa, *voi saatanan saatana*.

– Was zum Teufel denkt die sich eigentlich, ist sie völlig durchgedreht?

– Diesmal ist sie zu weit gegangen, das sage ich dir, sagte Mama.

Am nächsten Sonntag kamen Tante Elly und Onkel Helge zur üblichen Zeit, um uns mit dem Auto abzuholen. Tante Elly klingelte. Mama fing an zu fluchen, noch bevor sie an der Tür war. Als sie Tante Elly draußen stehen sah, streckte sie den Arm aus und schrie RAUUS. Tante Elly sah aus wie der nasse Mischlingspudel, der immer vor dem ICA-Supermarkt wartete. Es ist nichts passiert, sagte sie und fing an, in ihrer Handtasche zu wühlen. Als sie die Bibel gefunden hatte, legte sie die Hand darauf und sagte, ich schwöre, ich schwöre, es ist nichts passiert. Das habe ich nicht gewollt, verzeihen Sie, ich weiß nicht, was mich geritten hat.

Mama starrte sie an.

Elly erwiderte flehend ihren Blick.

Mama starrte.

Elly flehte.

Na gut, sagte Mama. Aber tun Sie das nie wieder.

Mama war erleichtert. Die Taufe, die nie zustande gekommen war, wurde zurückgenommen. Und Elly hatte verstanden. Zum Glück. Denn es war nicht die Rede davon, dass wir mit der Sonntagsschule aufhören sollten. Die Kinderbetreuungsstunden waren unersetzlich, meinte Helmi. Und ich wollte auf keinen Fall auf die Weihnachtssüßigkeiten oder die guten Sonntagsschulkekse verzichten. Auch das Luciafest wollten wir auf keinen Fall verpassen. Denn da durften wir unsere Gedichte auswendig vor Publikum aufsagen. Deutlich sprechen und über das Publikum hinwegsehen. Jedes Mädchen, das wollte, durfte Lucia sein, und alle Jungen Sternjungen. Das Publikum bestand aus Tante Ellys beiden älteren Schwestern und deren Männern, Tante Emma aus Revhusen und noch ein paar anderen alten Tanten, von denen wir nicht wussten, wie sie hießen. Ihre Männer waren genauso alt wie sie. Helmi kam zu jedem Luciafest. Mama und Papa kamen nie. Und nach der jährlichen Aufführung drängten wir in einer Schlange in den gesegneten Raum hinter dem eigentlichen Sonntagsschulsaal. Dort standen die Kuchen- und Plätzchenteller mit Goldrand auf gehäkelten Deckchen, dort standen der Saft und die schönen Gläser mit Apfelsinen drauf. Tante Ellys Plätzchen waren so gut, dass mir fast die Tränen kamen. Wir aßen und aßen und aßen.

Als wir schon eine ganze Weile in der Dritten waren, kriegten wir einen neuen Jungen in unsere Klasse. Es sprach sich schnell herum. Niklas Wallman. Ein Jahr vor uns geboren. Ein Jahr älter als wir anderen. Die Jungen erzählten sich, dass er vor nichts Angst hatte. In der Nacht, bevor er zu uns kam, träumte ich von ihm.

Nicke sah genauso aus wie die Jungen in Åses *Starlet*. Goldwei-ßes Haar, weiße Zähne. Er war drahtig und sah stark aus. Wenn er sich umdrehte, galoppierten in meinem Magen Wildpferde los.

Aber ich erkannte ihn wieder, er war das *Ekel*, das in unser Luciafest in der Sonntagsschule reingeplatzt war und den Chor unterbrochen hatte.

Sankta Lucia, es jucken die Läuse, gib mir 'n paar Mäuse, dann mach ich 'ne Pause.

Das würde ich ihm nicht verzeihen. Wo auf der Welt er sich auch befand, das würde ich ihm niemals verzeihen können, hatte ich damals gedacht. Aber jetzt fand ich es gar nicht mehr so schlimm.

Unsere Klassenlehrerin war Margot. Aus den Sommerferien kehrte sie sonnengebräunt zurück. Sie erzählte, dass sie jetzt nicht mehr Margot Fransson, sondern Margot Ferelius hieß. Sie hatte im Sommer geheiratet. So was, sie hatte also geheiratet. Ich wiederholte ihren Namen im Stillen. Ferelius Ferelius. Aber Fransson gefiel mir besser. Fransson Fransson. Ferelius Ferelius. Ihre Lehrerinnenstimme flog bis unters Dach. Ich sah sie in der Kirche. Superkurzes weißes Brautkleid, kurzer, weiter Schleier. Auf dem Scheitel eine kleine goldene Krone mit Perlen. Toupiertes Haar. Rosa Nagellack und weiße Perlmuttschuhe. Ihr Bräutigam sah bestimmt aus wie Rip Kirby.

Margot Ferelius hatte im Frühling und Sommer kurze schräggeschnittene Röcke an. Im Winter trug sie ausgestellte Hosen und tolle Hüftgürtel. Wenn sie sich über uns beugte, roch es nach Parfüm und Waschmittel, und außerdem hatte sie die schönste Handschrift der Welt.

Die Lehrerin hieß Nicke in der Klasse 3 A willkommen. Sie sagte, er würde sich in der Klasse bestimmt wohlfühlen. Alle wären nett und keiner garstig. Du bist herzlich willkommen, sagte sie.

Unsere Namen würde er allmählich lernen.

Jetzt würde er erstmal seine Bücher bekommen.

Dann würde er uns bald einholen.

Nicke bekam den Platz neben Patrik Karlsson in der dritten Reihe. Er war der Netteste und Schüchternste von allen. Jeden Tag wenn er in die Schule kam, hatte er Schlaf in den Augen. Manchmal sah er aus, als hätte er vergessen, sich den Pyjama auszuziehen.

Nickes erste Schulstunde war eine Feuerübung. Wir hatten mehrere Wochen lang geübt, aber die Lehrerin ging sicherheitshalber noch einmal die Regeln durch. Jetzt nehmen wir unsere Schreibhefte hervor, sagte sie dann, vergesst den Feueralarm. Der Sinn der Sache ist, dass diese Übung so natürlich wie möglich wird. Wir übten das Alphabet, aber diesmal sollten wir in Schreibschrift schreiben. Ich schrieb langsam auf die Linien, leichte Neigung nach rechts.

Mit einem Mal wurde die Stille unterbrochen, noch bevor der Feueralarm losging. Verwirrt schauten wir uns um. Wem gehörte die Stimme?

– *Follow me!*

Du meine Güte, er konnte schon Englisch. Nicke stand auf der Schulbank und machte eine ausladende Bewegung mit dem Arm. Er sprang von einer Bank zur nächsten. Jetzt stand er im Fenster. Bevor die Lehrerin sich vom Lehrerpult erheben konnte, öffnete er das Fenster sperrangelweit.

– *Follow me*, rief er wieder, oder wollt ihr verbrennen? Jetzt hauen wir ab! Los jetzt, ihr Feiglinge!

Dann warf er sich hinaus in den Schulhof. Er war geschmeidiger als Superman.

Einer nach dem anderen flogen wir durch das Fenster hinaus. Ich versuchte es nicht zu tun, aber es ging nicht. Als Allerletzte schwang auch ich mich hinaus.

Verzeihen Sie mir, liebes, süßes Fröken.

Die Klasse verwandelte sich. Die Jungs wurden freiwillige Mitglieder in Nickes Bande und bekamen neue Namen: Sadist-Magnus, Renn-Jonas Eins, Renn-Jonas Zwei und Stör-Björn. Bo

Peter Rosén wurde der Schlimmste von allen, er wurde Nickes bester Freund.

Wir Mädchen konnten keine Mitglieder werden, sollten aber tun, was die Jungs sagten. Die Regeln waren einfach. Wenn man nicht tat, was sie sagten, wurde man gefoltert. Die Bande zwang uns, zu spät zum Unterricht zu kommen. Wenn wir zu spät kamen, zog die Lehrerin einen Goldstern im Anwesenheitsbuch ab. Aber das war nur eine kleine Folter. Schlimmer war, wenn sie uns unsere Handarbeitssachen wegnahmen. Prügel auf der Toilette bekamen meistens die Jungs. Und keiner wollte in der Brennballmannschaft landen, in der Nicke nicht war. Oder von Schlägen mit dem Lineal blaue Flecken an den Oberschenkeln bekommen. Oder Stecknadeln in den Beinen oder im Rücken haben. Die schlimmste Folter war, eine Reißzwecke in den Hintern zu kriegen oder nicht aufs Klo zu dürfen, wenn man musste. Patrik erwischte es am schlimmsten.

Nach der Feuerübung saß Nicke wieder auf seinem Platz in der Schulbank, aber alle wussten, dass er die Macht in der Schule übernommen hatte.

– –

Nicke wohnte auch in Fridhem. Er war gerade erst hergezogen. Seine Eltern hatten sich scheiden lassen. Jetzt wohnte er in einer exakt gleichen Wohnung wie Åse, nur ein paar Häuser weiter und im zweiten Stock.

Nickes Mutter hieß Anita, sie war groß und sehr hübsch. Sie ging zum Friseur und hatte schulterlanges Haar, das nach innen gewellt war. Sie trug tolle Kleider und Lippenstift. Schau dir ihre Haltung an, sagte Mama, was für einen geraden Rücken sie hat, und wie sie nach vorn schaut, wenn sie geht. Wenn sie an mir vorbeiging, roch es nach Parfüm. Endlich hatte sie sich von Nickes Vater scheiden lassen, flüsterten Mama und Helmi. Ich wusste nicht, wer Nickes Vater war oder wo er wohnte. Mama flüsterte, dass er groß war und schwarze Holzschuhe trug und man ihn in Richtung Glemmingebro hatte gehen sehen. Er soff, das wussten alle, sagte Helmi. Nickes Mutter arbeitete bei Tempo in der Parfümabteilung.

Wir spielten nicht bei Nicke zu Hause. Seine Mutter hatte es gern hübsch und sauber. Ihre Sachen waren superschön und standen ordentlich aufgereiht. Nirgends lag Staub, und man konnte nicht einen einzigen Fingerabdruck an den Schranktüren finden. In der Speisekammer lag kein einziger Krümel Zucker, und Nickes Mutter putzte und putzte. Je mehr sie putzte, desto mehr entfernte sie sich von Nickes Vater, sagte Mama. Denn sie hatte Putzsucht. Genau wie man Trunksucht kriegen konnte, konnte man Putzsucht kriegen. Wie man trunksüchtig wurde, wussten viele, aber wie man putzsüchtig wurde, war nicht so bekannt, sagte sie.

Nickes Vater hatte Nickes Mutter vergewaltigt, wenn er betrunken war. Das letzte Mal hatte er mit einer Rasierklinge gedroht. Er wolle ihr die Fotze aufschneiden, hatte er gesagt. Nicke hatte alles gesehen und gehört und versucht, den Vater wegzuziehen. Da hatte Nickes Mutter ihn am Arm genommen und war mitten in der Nacht weggelaufen. Nickes kleine Schwester war im Schlafanzug hinter ihnen hergerannt. Glücklicherweise stand in Fridhem gerade eine Zweizimmerwohnung leer und glücklicherweise hatte Britta-Eselsfotze an dem Tag gerade gute Laune. Anita putzte und putzte, rückte Möbel und nach

nur einer Woche war alles an seinem Platz. Sie schaffte es so-
gar, Übertöpfe für die Blumen zu kaufen. Ich erfuhr alles über
Nickes Mutter von Åses Mutter, die es auf dem Balkon meiner
Mutter erzählte.

Die Buschtrommeln verbreiteten alles Wissenswerte. Zuverlässig kursierten die Gerüchte in der Stadt. Ein Jahrmarkt ist da. Ein Zirkus ist da. Lill-Babs tritt gratis im Gemeindezentrum auf. Svenne und Lotta sind in der Stadt. Am Strand sind Kartoffelkäfer angeschwemmt worden. Frau Nilsson kriegt wieder ein Kind. Beim Schmuggler gibt es jetzt Selbstgebrannten. Die Polen verkaufen im Hafen billige Marlboros. Zwiebel hat letzten Samstag einen Rappel gekriegt. Am Hälsobacken wird gefeiert. Heute gibt es bei Domus Kostproben. Klas-Mårten war am Freitag in Tingvalla. Der Kleinstadttratsch zieht durch die Stadt wie eine Herde Schafe, sagte Mama, wir können aufhören, die *Ystads Allehanda* zu abonnieren.

Klas-Mårten wohnte auch in Fridhem. Er war mindestens siebzehn. Er war ein bisschen spät dran mit allem. Er wohnte allein bei seiner Mutter und hatte immer frisch gebügelte Hemden und feine Hosen an. Nie ein Moped gehabt. Nie eine Freundin. Und nun erfuhren wir, dass er in Tingvalla gewesen war, zum Tanzen. Aber er hatte niemanden aufgefordert.

Klas-Mårten hatte die freundlichsten Augen, die ich je gesehen hatte. Für gewöhnlich stand er vor seinem Haus und grüßte die Leute, die vorbeigingen. Stand er nicht da, war er mit dem Fahrrad einkaufen oder mit seiner Mutter unterwegs. Er lächelte fast immer. Es sah aus, als wollte er, dass man stehenblieb und ein wenig mit ihm redete. Ich traute mich nicht, sondern fuhr oder lief an ihm vorbei. Aber ich grüßte ihn zurück.

Wir hatten keinen Plattenspieler oder Kassettenrekorder. Die Samstag- und Sonntagvormittage waren die Höhepunkte der Woche. An den Samstagen kamen die Kandidaten für die Hitparade, an den Sonntagen dann die Hitparade. Ich legte mich mit dem Radio ins Bett. Die Texte gingen direkt in mich hinein. *Där björkarna suusa.* Wo die Birken ra-auschen.
Säg är det konstigt att man längtar bort nån gång? Sag, ist es so seltsam, dass man sich manchmal fortsehnt?
Sofia dansar Go-Go. Sofia tanzt Go-Go.
Doch zum Geburtstag bekam Markku einen Stereoplattenspieler. Die Großmutter aus Finnland hatte Geld geschickt. In silbernen Buchstaben stand das Wort *Stereo* in der Ecke, und man konnte das Gerät zu einer Tasche zusammenpacken. Ein tragbares *Stereo*, in Styropor verpackt und mit auswechselbarer Nadel.

Eines Samstags ein paar Wochen später, als ich auf dem Bett lag und mir die Kandidaten für die Hitparade anhörte, klingelte es an der Tür. Außer Mama und mir war niemand zu Hause. Wir gingen beide hin, um zu öffnen, und stießen auf dem dunklen Flur zusammen. Mama wischte sich die Hände an der Schürze ab und schaltete das Licht ein. Klas-Mårten! Bist du das? Er trug einen Karton. Ich versuchte hineinzusehen, aber es ging nicht, Klas-Mårten war zu groß.

– Hab gehört, ihr habt eine Stereoanlage gekriegt, sagte Klas-Mårten und schaute mich an.

– Ja …

– Hast du denn Schallplatten?

– Nee …

– Ich hab welche mitgebracht, willst du sie haben?

Er streckte mir die Arme entgegen. Der Karton war voll mit Singles.

Mit Daumen und Zeigefinger zog ich eine Platte heraus.

– Du kannst sie alle haben, wenn du willst. Hier.

Mit offenem Mund nahm ich den Karton entgegen. Traute meinen Augen und Ohren nicht. Auch Mama traute ihren Augen und Ohren nicht. Wir bedankten uns beide. Lieber, lieber Klas-Mårten. *Voi voi*, danke danke. War er sich denn auch ganz sicher? Wollte er sie nicht selbst behalten? Du liebe Zeit. Willst du kein Geld dafür haben? Nichts zu danken, ja ja ja, nein nein nein, kommt nicht in Frage, sagte Klas-Mårten.

Ich schwang mich über den Balkon zu Åse.

– Åse, Åse, wir haben einen ganzen Karton Singles von Klas-Mårten bekommen.

– Einen ganzen Karton, ist das wahr?

– Ja, einen ganzen Karton, und er ist voll!

Åse und ich sprangen zurück auf meine Seite. Wahnsinn, richtige Schallplatten. Wir breiteten sie auf dem Boden aus und legten eine Single nach der anderen auf. Östen Warnerbring, *Du borde köpa dig en tirolerhatt.* Ich kauf mir lieber einen Tirolerhut. Gullan Bornemark, *Sudda Sudda,* Wisch, wisch, Cliff

Richard, *Congratulations*, Alf Robertson, *En liten femöres kola,*
Ein kleines Bonbon für fünf Öre, Family Four, *Härliga Sommar-
dag*, Herrlicher Sommertag, Lena Andersson, *Säg det med en
sång,* Sag es mit einem Lied.

Åse und ich holten den Hut und den Stock. Nun konnten wir
also Playback singen, so viel wir wollten. Wir wechselten uns
ab, eine Solonummer nach der anderen. Draußen wurde es
dunkel, wir machten Licht an und spiegelten uns im Fenster.
Eine von den Singles war besonders toll. *Chirpy, chirpy, cheep,
cheep*. Von Middle of the Road. Das Lied hatten Åse und ich
in Karins Hobbyraum gehört. Erwachsenenmusik. Wir hatten
es auf einem Klassenfest gehört und in den Top Ten. Weil wir
kein Englisch konnten, sangen wir mit, so gut wir konnten. Aus
Chirpy, chirpy, cheep, cheep wurde kurzerhand *Chip a chip a chip,
chip a chip a chip*. Åse und ich tanzten und sangen dazu. Es war
das fetzigste Lied von allen. Wir sangen es, wenn wir richtig
glücklich waren. *Chip a chip a chip*.

– –

Patrik Karlsson, der mit dem Schlaf in den Augen, der neben
dem Nicke in der Schule saß, wohnte auch in Fridhem, letzter
Hof, letztes Haus, letzter Treppenaufgang, Erdgeschoss. Zufällig hörte Nicke, wie Patrik in seinem Zimmer das Chirpy-Chirpy-
Lied sang. Patrik glaubte sich unbeobachtet, weil er allein zu
Hause war. Aber er hatte vergessen, das Fenster zuzumachen.
Genau wie Åse und ich spielte er das Lied immer wieder von
vorn. Wie wir konnte Patrik kein Englisch, wie wir hatte er sich
also einen eigenen Text ausgedacht. In seiner Version war *Chirpy, chirpy, cheep, cheep,* zu *Yes a mä a mä* geworden. Er sang es

vor dem großen Spiegel in seinem Zimmer und tanzte dazu. Seitwärts-Schritt und Rückwärts-Schritt.

Kurz darauf kündigte Nicke einen großen Spaß für die ganze Klasse an. Wir sollten uns gedulden, bis es das nächste Mal regnete und wir in der Pause im Klassenzimmer bleiben durften. Die Heimlichtuerei war groß und die Erwartungen hoch.

Wir brauchten nicht lange zu warten. Es war November und regnete fast jeden Tag. Im Unterricht vor der Pause machte das Gerücht die Runde in der Klasse. Wenn wir drinnenblieben, würden wir was Lustiges zu sehen bekommen. Eine kleine Aufführung sei geplant. Nicke fragte die Lehrerin, ob es in Ordnung wäre, wenn wir drinblieben. In Ordnung, sagte sie, wenn alles ruhig und gesittet zugeht. Die Lehrerin sammelte ihre Sachen zusammen und ging ins Lehrerzimmer. Nicke stellte sich neben das Lehrerpult. Er wirkte bester Laune. Heute wird Patrik für uns auftreten, sagte er.

Patrik zuckte zusammen.

– Ja, Patrik, du wirst für uns singen.

Patrik sah sich nervös um, aber sein Blick fand nichts, woran er sich festhalten konnte.

– Du weißt schon, dieser Popsong, *Chirpy, chirpy, cheep, cheep*, den kannst du doch?

– Nee, den kann ich nicht.

Es war mucksmäuschenstill im Klassenzimmer. Patrik versuchte geräuschlos zu schlucken.

– Ich kann den nicht ganz, sagte er.

– Das macht nichts, du brauchst nur den Refrain zu singen.

Patrik schluckte wieder. Und wieder. Dann begann er zu schwitzen.

Wir bekamen die Anweisung, uns um Patriks Bank zu sammeln. Patrik schluckte und schluckte und schwitzte und schwitzte. Blickte zur Tür und schluckte und schwitzte. Konnte die Lehrerin nicht zurückkommen? Konnte nicht irgendetwas passieren? Aber nichts geschah. Nun hatten wir einen dichten Kreis um Patrik gebildet.

– Stell dich hin.

– Ich will nicht …

Patrik rang die Hände und sah zu Boden.

– Stell dich hin.

Armer Patrik. Warum ausgerechnet er? Er war doch so nett. Und wurde ja schon wegen dem Schlaf in seinen Augen gehänselt. Und hatte schon Prügel auf dem Klo gekriegt. Noch nie hatte mir jemand so leidgetan. Ich konnte kaum hinschauen. Patrik hatte keine Wahl. Entweder er beugte sich Nickes Willen oder er bekam auf dem Heimweg Prügel. Er stellte sich hin. Seine Augen begannen zu glänzen.

– Sing.

– *Yes a mä a mä …*

Patrik brachte die Worte flüsternd hervor.

– Lauter.

– *Yes a mä a mä …*

– Noch lauter.

– *YES A MÄ A MÄ …*

– Tanzen.

– *Yes a mä a mä …*

Patrik machte einen Schritt zur Seite und einen Schritt nach hinten.

– Weiter, bis ich sage, dass du aufhören sollst.

– *Yes a mä a mä. Yes a mä a mä.*

Patrik schluckte und tanzte, schluckte und tanzte. Schwitzte, schluckte und tanzte. Seitwärts-Schritt und Rückwärts-Schritt. Es sah aus, als würde er jeden Moment in Tränen ausbrechen. Wenn er anfing zu heulen, konnte er sich genauso gut in die Hose pinkeln.

– Es reicht. Du kannst dich setzen. Bekommt Patrik etwas Applaus, bitte?

– Du bist echt ein widerliches Ekel.

Meine Mitschüler wandten sich in einer einzigen großen Kopfdrehung zu mir um.

– Du kleine Ratte, was fällt dir ein?

– Halt's Maul.

– Pass bloß auf, sonst bist nächstes Mal du mit Singen dran.

Stör-Björn war auf Nickes Seite und machte ein Kopf-ab-Zeichen mit der Hand. Die Bande nickte.

Die Pause wurde von der Lehrerin beendet. Trällernd kam sie zur Tür herein, von der Patrik eben noch ein Wunder erfleht hatte. Niemand verlor ein Wort darüber, was passiert war. Auch ich nicht.

– –

Nach den Sommerferien fingen wir in der Mittelstufe der Maria-Munthe-Schule an. Wie Riitta durfte ich jetzt im Per Hälsas Gård zu Mittag essen. Das Klassenzimmer lag im obersten Stock, wir hatten eine Aussicht über die ganze Stadt, und wir bekamen einen Mann als Fröken.

Unser neues Fröken hieß Magister. Magister, das war der schönste Name, den ich je gehört hatte. Ferelius, Fröken Margot Ferelius, wer war das noch gleich? Der Magister war dreiunddreißig Jahre alt, er hatte helle Locken, und wir waren die zweite Schulklasse, die er als Klassenlehrer bekam. Man sah sofort das Leuchten in seinen Augen. Am ersten Tag mussten wir uns im Flur vor dem Klassenzimmer aufstellen, bis wir still waren. Nicke und seine Kumpels versuchten, uns aus der Ruhe zu bringen, aber es gelang ihnen nicht. Der Magister blieb ruhig und unbeweglich stehen, bis wir alle still waren.

Der Magister war nicht nur ein Lehrer, er war ein Vater-Lehrer-Gott.

Er konnte singen und Gitarre spielen.

Sachen so erklären, dass wir sie verstanden. Sonnenfinsternis und Regen und Ebbe und Flut.

Wenn wir im Wald Blumen pflückten, die unter Naturschutz standen, konnte es sein, dass sie für immer verschwinden.

Er hörte zu.

Und er konnte Nicke am Ohr fassen und ihm gleichzeitig wichtige Fragen stellen.

Und was komisch war.

Nicke wurde im Lauf weniger Wochen zu einem Schüler wie alle anderen auch.

Wir erfuhren, dass er die dritte Klasse wiederholt und deshalb mitten im Schuljahr bei uns angefangen hatte.

Ich wollte nicht mehr nach Hause. Ich wollte immer in der Schule sein. Beim Magister.

Wir lernten Englisch und sangen Sofia tanzt Go-Go, dass die Zimmerdecke abhob. Wir durften *Omkring Tiggaren från Luossa,* Um den Bettler von Luossa, singen, bis uns die Tränen kamen.

Wir machten in der siebten Klasse eine Altpapiersammlung, um eine Klassenreise nach Stockholm zu finanzieren. Wir spielten Theater und Brennball und Fußball und jagten einander in gigantischen Fangspielen durch die große Turnhalle.

Der Magister las uns vor. *Onkel Toms Hütte*.

Er erzählte von seinem erfrorenen kleinen Zeh. Und wie er eine Katze vor dem Ertrinken gerettet hatte.

In seiner Freizeit spielte er auf dem Sportplatz Fußball. Wir fuhren mit dem Fahrrad hin und sahen zu. Eine richtige Tribüne. Eine richtige Fußballmannschaft. Er hatte ein richtiges Trikot mit blauen und weißen Streifen und echte Stollen unter den Fußballschuhen.

Ich mochte Mathe, Schwedisch, Sport, Musik, Englisch, Werken, die naturwissenschaftlichen Fächer, Sozialkunde. Ich mochte die schwarze Tafel, das Schulessen, den Schulhof, die Kreide, die Bänke, die Turnhalle, den Umkleideraum, die Dusche, die Treppen und den Weg zu Per Hälsas Gård. Ich hielt meine Bank in Ordnung, meldete mich, las vor und sagte die Hausaufgaben auf wie aus der Pistole geschossen. Ich war traurig, wenn ich nicht auf jede Frage antworten durfte. Ich stand gern neben der Bank oder an der Tafel, wenn ich antwortete. Nach einer Schwedischstunde sagte der Magister zu mir, du solltest Lehrerin werden, wenn du groß bist.

Wie? Ich konnte werden, was er war?

Normalerweise machte Weihnachten Spaß, aber diesmal war Papa die ganzen Feiertage betrunken. Er fing Streit an. Lallte Fotze. Hure. Fotze, Hure. Mama spuckte zurück, Hurensohn, Schwächling. Ich schämte mich und sah nach, ob die Balkontür und die Fenster geschlossen waren. Ich machte sie zu und zog die Vorhänge vor. Irgendetwas war anders. Denn Papa nannte auch mich Hure. Und die Großmutter. Und Mummi. Sogar Helmi, als sie zufällig gerade anrief. So war das normalerweise nicht.

Mama und Papa stritten sich wie nie zuvor.

Sie hörten gar nicht mehr auf zu streiten.

Ich faltete meine Hände noch fester als sonst.

Ich merkte, dass ich sie faltete, wenn ich auf dem Klo saß und pinkelte. Abends, wenn ich schlafen sollte, und morgens gleich nach dem Aufwachen.

Lieber Gott, mach, dass Mama und Papa aufhören zu streiten.

Mach dass wir einen ruhigen Weihnachtsabend haben.

In der Nacht wachte ich voller Panik auf. Ich wollte bei Mama schlafen, aber ich durfte nicht. Sie sagte, ich würde sie treten.

Ich schlich mich trotzdem zu ihr hinein. Wenn der Streit von vorne anfing, sagte sie zu Papa, seine Tochter schliefe mit gefalteten Händen und betete im Schlaf zu Gott. Papa sagte, es gibt keinen Gott und wenn doch, dann scheiße er auf Leute wie uns.

Terrie schlief unruhig unter der Decke.

Wenn wir keinen ruhigen Weihnachtsabend bekamen, drohte ich Gott, würde ich mit der Sonntagsschule aufhören.

Aber dann stand trotz allem der Weihnachtsschinken im Ofen. Papa hatte den Weihnachtsbaum vom Balkon geholt und die Kerzen angebracht. Nun stand er im Fernsehzimmer in der Ecke, und Sakari, Markku und ich schmückten ihn mit Großmutters finnischen Weihnachtsmännern, dem Glitter und den Plastikkugeln. Es war bald drei Uhr und Zeit für Donald Duck. Nach dem Weihnachtsprogramm sollte es Essen geben. Auf dem Tisch stand ein Teller mit Apfelsinen und Clementinen. Papa hatte den Weihnachtsmost hervorgeholt. Er und Mama tranken Wein aus unseren Milchgläsern. Wir saßen um den Sofatisch. Der Fernseher lief, doch der Streit hing noch in der Luft. Ein einziges Wort würde reichen. Und Mama sagte es.

– Willst du denn keinen Anzug anziehen, am Weihnachtsabend?

– Natürlich, gerne, aber dann musst du dir eine Schürze umbinden, Hure.

Mama stürmte in den Flur und zerrte unseren großen Koffer aus dem großen Wandschrank. Papas Finnlandkoffer. Mit großen, ausladenden Bewegungen riss sie Papas finnische Anzüge von den Kleiderbügeln. Schleuderte sie in den Koffer. Hemden, Pullunder, Krawatten und Gürtel, alles landete im Koffer.

Papa war sitzen geblieben und tat so, als würde er fernsehen. Mama knüllte die Kleider in den Koffer, drückte sie zusammen und kniete sich auf den Koffer, um ihn zu schließen. Nachdem er zu war, schauten an den Seiten Hosenbeine und Ärmel heraus.

– *Voi saatanan saatana.*

Sie stürmte in die Küche und holte die Küchenschere.

Kniete sich auf den Fußboden. Schnitt ab, was herausschaute. Überall im Flur lagen Papas Anzugsärmel und Hosenbeine verteilt.

– So. Gut so. Und jetzt raus. Raus aus meinem Haus!

Dann öffnete sie die Wohnungstür und schleuderte den Koffer ins Treppenhaus. Sie hielt Papa die Tür auf.

– Du kannst jetzt gehen, sagte sie.

– *Voi vittu*, verdammter Fotzendreck, von seiner eigenen Frau am Weihnachtsabend hinausgeworfen zu werden.

Wenn Papa noch verärgerter war, sagte er immer *voi vitun vitun vittu*, verdammte Fotzenfotze. Doch jetzt sagte Papa gar nichts mehr. Er stand auf und ging. Griff im Vorbeigehen nach dem Koffer und verschwand. Mama knallte die Tür hinter ihm zu. Wir saßen mit aufgerissenen Mündern da. Würde Papa so einfach gehen? Markku und ich schauten uns an, wir warteten auf die Fortsetzung. Wenn Papa seine Fluchlitanei fortsetzte mit *voi hevosen vitun vittu*, verdammte Pferdefotzenfotze, dann war er sehr wütend.

Draußen auf dem Hof änderte Papa seine Meinung und blieb mit dem Koffer in der Hand vor dem Fernsehzimmerfenster stehen.

– Lass mich rein. Aili, lass mich rein.

– Zum Teufel mit dir.

– *Voi vitun vitun vittu.*

– Zum Teufel mit dir, habe ich gesagt, sagte Mama.

Was sollten die Nachbarn denken? Ich saß mit Terrie auf dem Sofa. Streichelte ihn. Tipu lag wie gewöhnlich in Mamas Bett auf dem Rücken und schlief tief und fest. Sakari schaute mit Markku fern. Mäuseweihnachten. Die Mäuse sangen. Aschenputtel sollte auf einen Ball gehen. Aber ich folgte Mamas Schritten und Bewegungen mit meinen Blicken. Papa fluchte und brüllte vor dem Haus. Was würde jetzt passieren?

Ein großer Stein zertrümmerte unser Mittelfenster, das Kippfenster. Der Blumentopf fiel zu Boden, die Glassplitter flogen ins Zimmer. Sakari schrie auf, ich fing vor Panik an zu weinen. Markku sagte kein Wort, aber seine Augen waren riesengroß.

– *Voi hevosen vitun vittu*, sagte Papa.

Mama schaltete den Fernseher aus.

Voi saatanan saatana.

Dann rannte sie in den Flur und öffnete die Wohnungstür. Papa kam mit geballten Fäusten herein. Wehe dem, der jetzt was Dummes sagt.

Das restliche Weihnachten hing die weinrote Wolldecke vor dem Fenster. Die Decke, auf der Puti und Tipu Junge gekriegt hatten. Die Decke, die wir zum Picknick in Sandskogen mitnahmen. Die Decke, auf der Sakari im Kinderwagen gelegen hatte, als er klein war.

Der Hausmeister hatte über Weihachten frei und die Stadtverwaltung war zu.

– Gott sei Dank schneit es nicht, meinte Mama.

– Es sind nicht alle Anzüge kaputtgegangen, sagte ich.

– Will jemand eine Clementine?, fragte Papa.

Ich war gerade von der Schule nach Hause gekommen. Man hörte es deutlich. Åses Mutter war dabei zu putzen. Die Musik dröhnte durch unsere Wohnzimmerwand. Die Bässe. Sie hörte Tom Jones. Es war Freitag, und Inga-Lill hatte um zwei Uhr Feierabend. Mama und Papa schliefen. Betrunken. Unser Sofa stand mit dem Rücken zum Bettsofa von Åses Mutter auf der anderen Seite der Tapete. Ich beschloss, nebenan auf Åse zu warten.

Ich nahm Terrie mit, er durfte auf dem Weg pinkeln.

Inga-Lill öffnete.

Ich durfte mich solange aufs Sofa setzen und Donald Duck lesen. Terrie sprang hoch und legte sich neben mich.

Ich hatte Inga-Lill schon tausendmal putzen sehen. Zuerst öffnete sie mit einem Knacken das kalte Bier und füllte das Glas bis zum Rand. Leerte es im Stehen neben der Spüle. Goss sofort ein neues Glas ein und setzte sich hin. Stand auf, ging durch die Küche und ins Wohnzimmer. Sie besaß drei Schallplatten. Im Bücherregal stand Engelbert Humperdinck an Jim Reeves und Tom Jones gelehnt. Inga-Lill hatte mir und Åse gesagt, mit

Musik käme man in bessere Stimmung. Das Putzen machte mehr Spaß. Ich schloss mit Terrie eine Wette ab. Dass sie wieder Tom Jones auflegte. Die Plattenspielernadel kratzte. Gleich würde sie tanzen. Sowohl Terrie als auch ich verloren die Wette. Inga-Lill legte Jim Reeves auf.

Mary marry me.

Sie tanzte einen Schritt und drehte die Musik lauter. Nervös schaute ich zur Wand. Besser, Mama und Papa wachten nicht auf.

Mit dem Zeigefinger zog Inga-Lill einen gleichmäßigen Strich in den Staub auf dem Bücherregal. Sie strich ihren Rock glatt und kämmte sich mit den Fingern das Haar. Morgen wäre es wieder Zeit, zum Friseur zu gehen, sagte sie. Es wäre schön, ein wenig Zeit für sich selbst zu haben. Sten würde sich freuen, und vielleicht würden sie ein bisschen feiern. Aber zuerst würde sie putzen.

Der Staublappen lag schmutzig in dem rosa Eimer. Der Schrubber war voller Haare. Das Scheuertuch hing seit letztem Freitag auf dem Balkon. Heute muss sie die Schranktüren abwischen, dachte ich. Weil sie sie letzte Woche nicht abgewischt hatte. Sten würde es gar nicht schätzen, wenn er sah, wie schmutzig sie waren. Sten mochte keine Nachlässigkeit. Das Einzige, was er verlangte, pflegte er zu sagen, war ein wenig Ordnung und Disziplin.

Inga-Lill trank das Bier aus und legte los. Terrie hob den Kopf, als es anfing zu klappern. Dann machte er es sich wieder bequem. Als wüsste er, dass es nur Inga-Lill war, die putzte. Ich streichelte seinen Rücken. Er lächelte mir zu. Ich lächelte zurück. Inga-Lill putzte genau wie Riittas Mutter. Und wie Karin.

Wasser in einen Kübel, ein trockener Lappen, ein feuchter. Erst wischte sie die Ziersachen gründlich ab. Das Mädchen mit dem Korb, den Hund und die Glasvögel. Die Fotografien. Die Glasschale. Die Vase. Die Bilder waren wichtig, sonst vergilbten sie vom Zigarettenrauch. Sie wischte das Bettsofa mit dem feuchten Lappen ab. Sie arbeitete schnell und routiniert. Jetzt war es fast geschafft. An diesem Punkt pflegte sie sich wieder einen Moment in die Küche zu setzen.

Ich schloss mit Terrie eine Wette ab.

Stimmt, jetzt war es Zeit für eine Zigarettenpause. Das Klappern verebbte.

Sowohl Terrie als auch ich gewannen die Wette.

Rauch- und Bierpause war dasselbe. Aber zuerst legte sie die Platte wieder auf.

Mary marry me.

Inga-Lill wurde von Jim Reeves gepackt. Sie tanzte in die Küche. Schnipste ein neues Bier auf.

Dann kam Åse nach Hause. Sie freute sich, mich zu sehen. Sie warf mir ein schiefes Lächeln zu und nickte in Richtung Küche. Inga-Lill saß mit übergeschlagenen Beinen und geröteten Wangen da. Sie lallte und schob den Kiefer vor und zurück. Åse, Liebling …, komm, du kriegst einen Schmatz. Hast du gesehen, Leenapeena ist hier.

– Was glaubst denn du, ich stehe ja neben ihr!

– Sei nicht so neunmalklug, ich putze nämlich, weißt du …

– Das sehe ich. Scheinst es nicht gerade eilig zu haben.

– Was willst du damit sagen?

– Nichts.

– Darf man nicht mal eine Pause machen?

– Muss man in der Pause Bier trinken?

– Es ist Freitag.

– Ja, und?

– Man darf doch wohl ein Glas Bier trinken, wenn man die ganze Woche gearbeitet hat?

Inga-Lill schob das Kinn vor. Sie zündete eine neue Zigarette an und schob die Bierdose ein Stück von sich weg. Sie warf den Kopf in den Nacken und stieß den Rauch mit einem heftigen Atemzug aus.

– Ich rauche nur die eine, dann putze ich fertig.

– Tu das.

– Vielleicht machst du dein Zimmer sauber, dann putze ich die Küche und die Toilette?

– Sicher.

– Wir essen heute nur Bongs-Bouillon.

– Hab keinen Hunger.

– Du kannst ein Knäckebrot dazu essen.

– Komm Leena, wir gehen in mein Zimmer.

Åse knallte die Tür zu. Wütend setzte sie sich aufs Bett. Ich setzte mich neben sie. Sie streckte die Zunge raus, in Richtung Küche.

– Bestimmt bleibt Sten über Nacht.

– Meine Eltern sind auch betrunken.

Im Handumdrehen war es halb fünf geworden. Jetzt musste Inga-Lill sich beeilen, wenn sie rechtzeitig fertig werden wollte. Sie stand auf. Åse machte sie nach, ich lachte. Aber lautlos. Inga-Lill schwankte ins Wohnzimmer und nahm die Blumentöpfe, stellte sie auf den Sofatisch. Sie fegte Erde und Staub auf den Fußboden. Schließlich befeuchtete sie das Fensterbrett mit Ajax Fensterputzmittel und polierte es mit einem trockenen Lappen, bis es glänzte, wischte den Sofatisch erst mit dem feuchten, dann mit dem trockenen Tuch ab. Sie stemmte die Hände in die Hüften, soo, jetzt muss nur noch der Fußboden gemacht werden, sagte sie. Für den Boden brauche ich mit dem Staubsauger nur ein paar Minuten. Sten hat recht, Teppich ist wirklich pflegeleicht. Ein Glück, dass ich Sten habe, sagte sie. Åse streckte wieder die Zunge heraus. Aber jetzt ist es Zeit für eine Zigarettenpause, glaube ich. Inga-Lill ging zurück und setzte sich an den Küchentisch. Ich half Åse, ihr Zimmer sauberzumachen. Wir waren schnell fertig. Aber wir blieben in Åses Zimmer. Ich will nicht mit Mama reden, wenn sie betrunken ist, sagte Åse. Inga-Lill setzte sich und stand sofort wieder auf, sie wollte die Schallplatte wechseln. Jedes Mal das Gleiche. Die Zigarette legte sie in den Aschenbecher. Gleich darauf hüftwackelte Tom Jones' Stimme vom Plattenspieler.

Why, why, why, Delilah?

Inga-Lill sang mit, so gut sie konnte, wackelte auf dem Rückweg in die Küche mit dem Hintern.

Åse hielt sich die Ohren zu.

Ich musste lachen.

– Åse, bist du bald fertig?

– Ja.

– Es gibt gleich Essen.

– Ja.

– Sten kommt heute vielleicht vorbei.

Was habe ich gesagt?, sagte Åse zu mir. Zu Inga-Lill sagte sie, ich bin fertig, brauchst du den Staubsauger?

Inga-Lill schnipste ein neues Bier auf und füllte das Glas. *Tre Hjärtan*. Drei Herzen.

Ich hasse das Geräusch von *Tre Hjärtan*, sagte Åse.

– Stell den Staubsauger einfach hier in die Küche. Ich nehme ihn gleich.

Inga-Lills Kinn schob sich nach vorn.

– Es ist schön, wenn es sauber ist, findet ihr nicht auch, Mädchen?

– Doch.

– Das Wochenende macht dann viel mehr Spaß.

– Vielleicht.

– Vielleicht warte ich mit der Küche und dem Bad bis morgen. Man soll nicht alles auf einmal machen, stimmt's, Mädchen?

– Wir gehen raus.

– Ja, tut das.

– Darf Leena hier schlafen, wenn ihre Mutter Ja sagt?

– Natürlich darf sie das, Süße.

Inga-Lills Kinn schoss automatisch vor.

Åse und ich sahen Sten durch die Siedlung kommen. Wir versteckten uns. Er schritt lang und selbstsicher aus. In der Hand trug er eine Tüte. Wir wussten, was darin war. Ein Viertel Klarer und ein paar Coca-Cola.

Sten klingelte nicht. Er klopfediklopfte an die Tür und trat mit einem prüfenden Blick ein, frisch rasiert und mit nass zurückgekämmtem Haar. Ein Duft von Mennen-Rasierwasser teilte die Luft hinter ihm in zwei Teile. Åse hasste Mennen-Rasierwasser. Sie hasste es, wie er mit den Händen seine Oberschenkel rieb, wenn er sich an den Küchentisch setzte.

– Komm, wir beobachten sie heimlich.

– Sollen wir wirklich? Wir wissen doch sowieso, was sie machen …

– Komm!

– Na gut … aber hinterher gehen wir schaukeln …

Schnell liefen wir auf Åses Balkon. Die Tür stand offen. Wir hockten uns hin und saßen mucksmäuschenstill. Durch das Küchenfenster konnten wir hineinsehen, aber man musste

121

stocksteif an der Wand stehen und durfte keinen Laut von sich geben. Wir waren Expertinnen. Åse lauschte. Ich stand an der Hauswand und spähte. Stens Stimme hörte man zuerst.

– Darf ich zu einem Grog einladen?

Er beugte sich über den Tisch und gab Inga-Lill einen nassen Kuss. Er drückte seine Hand fest auf ihre Brüste.

– He, nicht so eilig, sagte Inga-Lill und nahm seine Hand spielerisch weg. Sie sah schelmisch aus. Nimm die Groggläser, die stehen hier links. Aber für mich nicht so viel!

Mit schiefem Lächeln schob Inga-Lill das Kinn vor, was bedeutete, dass sie log. Ich drehte mich zu Åse um und machte sie nach. Åse dummhimmelte mit den Augen. Ich flüsterte: Jetzt schraubt Sten den Verschluss vom Klaren auf und füllt sein Glas fast bis zur Hälfte. Für Inga-Lill gießt er die Hälfte von der Hälfte ein. Die Coca-Cola schäumte, als er sie aufmachte. Sten feilte seine Hosenbeine mit den Handflächen, vor und zurück. Mit einer Hand hob er Inga-Lills Kinn an. Es sah aus, als würde er sie zwingen, ihn zu küssen. Aber Inga-Lills Augen wurden groß hinter der Brille. Jetzt sagte ich Åse nicht, was ich sah.

Sten murmelte: Ordnung und Disziplin, das habe ich immer gesagt.

Und dann setzte er sich wieder auf die andere Seite vom Küchentisch. Seine Augen wurden schmal, er blickte Inga-Lill mit halbgeschlossenen Augen an und rieb die Hände aneinander. Die Finger bogen sich nach hinten, als er seine Handflächen feilte. Er nahm einen ordentlichen Schluck vom Grog.

– Was passiert jetzt?, fragte Åse.

– Nichts Besonderes, Sten sieht nur ein bisschen fies aus, oder wie soll man es sagen, sagte ich.

– Er hat Ordnung und Disziplin gesagt, habe ich gehört.

– Ja, ich habe es gehört, und sie haben sich geküsst.

– Jetzt hat er bestimmt was vor.

– Komm Leena, wir hauen ab. Das macht keinen Spaß, lass uns lieber zu den Schaukeln gehen und singen.

Unsere Mägen knurrten. Wir hatten fertig geschaukelt. Wir machten uns auf den Weg zurück zu Åse. Wir vereinbarten, noch mal zu fragen, ob ich bei ihr übernachten durfte. Ich drückte die Daumen, dass Inga-Lill Ja sagen und Sten nicht protestieren würde. Als wir reinkamen und Åses Blick auf ihre Mutter und Sten in der Küche fiel, drehte sie sich zu mir um und hässlichhimmelte mit den Augen. Der Staubsauger stand noch in der Küche. Er roch eklig. Das Spülbecken war halb voll mit grauem Wasser. Auf dem Küchentisch qualmte ein Zigarettenstummel im Aschenbecher. Die Groggläser waren fast leer. Wir tauschten unseren Spezialblick aus: Lass uns so wenig wie möglich auffallen.

– Darf Leena bei uns übernachten, Mama?

Sten antwortete.

– Übernachten, übernachten. Andauernd soll hier übernachtet werden.

Er trommelte mit den Fingerspitzen auf den Tisch. Aber dann fuhr er mit übertriebenem Wohlwollen in der Stimme fort:

– Natürlich darf Leena bei uns übernachten, oder was sagst du, Inga-Lill?

– Natürlich darf sie. Komm und setz dich her, Leenapeena, ich möchte dein langes Haar anfassen.

Inga-Lill strich ihren Rock glatt und klopfte mit den Händen auf die Knie, als wollte sie einen Hund zu sich locken. Ich zog die Schuhe aus und setzte mich brav auf den mir zugewiesenen Platz. Åse sah betreten aus. Inga-Lill drehte mein Haar zu einem harten Pferdeschwanz. Sten summte und pfiff irgendeine Melodie und trommelte den Takt auf dem Tisch. Er sah jetzt sehr nach Ordnung und Disziplin aus. Man sah ihm an, dass er sich eine seiner kranken Ordnungsübungen ausdachte. Inga-Lill ließ mein Haar los und ging zum Herd. Sie nahm einen kleinen Topf und wärmte die Suppe auf. Åse und ich holten Knäckebrot und Butter und nahmen zwei tiefe Teller aus dem Schrank. Als die Suppe heiß war, setzten wir uns schweigend an den Küchentisch und aßen. Bongs Fleischstücke blieben zwischen den Zähnen hängen, aber die Suppe schmeckte gut.

– –

Wisst ihr, dass Ordnung und Disziplin das Allerwichtigste sind, Mädchen? Sten fuhr sich mit der Hand durchs Haar. Es war jetzt trocken und fiel ihm hartnäckig in die Stirn. Direkt vor unseren Augen verwandelte er sich in einen Befehlshaber. Er sah aus wie die Soldaten in der Kaserne, und er benahm sich auch genauso. Rückte die Orden auf seiner Brust zurecht. Schlug die Hacken zusammen und entrichtete einen militärischen Gruß. Innerhalb von Sekunden war er aufgesprungen und hatte die Kontrolle über die zersplitterte Truppe übernommen, der jetzt eine lebenswichtige Übung bevorstand.
– Leena, weißt du, wie man Gläser spült?
– Ich glaube schon.
– Zeig mir, wie du ein Glas spülst.
Ich suchte Åses Augen.

– Aufstellung an der Spüle!

Sten erhob die Stimme und tat, als wäre es ein Scherz. Er deutete mit der Hand aufs Spülbecken.

– Jetzt leeren Inga-Lill und ich unsere Gläser. Du darfst sie abspülen.

Er ließ das graue Wasser ab und machte das Waschbecken fertig für den Test.

Widerwillig ging ich zum Becken. Ich ließ ein wenig warmes und kaltes Wasser einlaufen, gab Spülmittel hinein und reinigte die Gläser mit der Spülbürste sorgfältig von innen und außen. Währenddessen krempelte Sten die Ärmel seines Hemdes hoch. Gerade als ich fertiggespült hatte und das erste Glas auf den Geschirrständer stellen wollte, riss er es mir aus der Hand.

– Stopp!

– Aber …

– Falsch!

Er spülte das Glas erneut, genau so, wie ich es gemacht hatte. Dann ließ er warmes Wasser aus dem Wasserhahn laufen, bis es kochend heiß war. Er führte das Glas zwischen zwei Fingerspitzen unter das dampfende Wasser. Danach hielt er es vor mir und Åse hoch, und wir sahen mit großen Augen zu, wie das Glas in Sekundenschnelle trocknete. Simsalabim!

– Kaltes Wasser gibt weiße Flecken auf den Gläsern. Kalk.

– Aha …

– Man muss es mit heißem Wasser spülen. Kein Fleck.

Sten trommelte zufrieden mit den Fingern auf dem Spülbecken und pfeifsummte wieder die Melodie von vorhin.

Inga-Lill zündete sich eine Zigarette an.

Åse wand sich.

Ich verschränkte die Arme vor der Brust und merkte, dass ich mal musste.

Aber Sten lief jetzt zu Höchstform auf.

– Wisst ihr, wie man Wäsche bügelt?

Er starrte Åse aus schmalen Augen an.

– Ich glaube schon.

– Hol das Bügelbrett raus, Inga-Lill.

– Aber Sten …

– Und etwas Bügelwäsche.

Inga-Lill verknotete ihre Beine unter sich.

– Können wir es nicht ein wenig … gemütlich haben?

– Gemütlich haben wir es im Grab.

– Ich glaube, die Mädchen sind müde.

Sie zwinkerte mir und Åse zu. Schob mit schiefem Lächeln das Kinn vor.

Åse schämte sich. Inga-Lills Mundwinkel zeigte nach oben, wenn sie zwinkerte, das konnte Åse nicht leiden. Es sah aus, als könne sie nicht zwinkern.

– Holst du das Bügelbrett raus, Inga-Lill?

– Sten, bitte. Bitte, Sten.

– Heute ist der erste Tag vom Rest deines Lebens.

Sten schlug die Fersen zusammen. Stillgestanden.

Umständlich holte Inga-Lill Bügelbrett und Bügeleisen aus dem Putzschrank. Sie suchte ein paar zerknitterte Tücher heraus. Im Nu stellte Sten das Bügelbrett auf und füllte eine Schnapsflasche mit Wasser. Angespannt saß ich am Küchentisch und zerteilte ein Streichholz in winzige Splitter.

– Åse, du kannst jetzt dieses Tuch hier bügeln.

Åse stellte sich ans Bügelbrett. Sie schwieg. Sten krempelte die

Ärmel noch ein wenig weiter auf. Åse begann in der Mitte des Tuchs zu bügeln.

– Stop!

– Aber …

– Falsch!

Sten riss Åse das Bügeleisen aus den Händen.

– Du musste die Wäsche zuerst anfeuchten.

– Aha …

– Wenn die Wäsche nicht feucht ist, bekommst du die Falten nicht weg.

Oh, Sten hatte kleine Löcher in den Verschluss der Schnapsflasche gemacht. Es war jetzt eine Schnapsspritzflasche. Als er sie umdrehte, um das Tuch zu befeuchten, kamen lange Wasserstrahlen heraus. Als das Tuch feucht genug war, bügelte er es so, dass es dampfte. Er begann am einen Ende und hörte am anderen auf. Und schwuppdich sah das Tuch aus wie gemangelt. Als er fertig war, faltete er es ordentlich zusammen und trug es auf der Handfläche ins Wohnzimmer. Dort legte er es in den Schrank, in dem die gebügelte Wäsche war. Stens Mund war ein schmaler Strich, als er zurückkam. Er schaute Inga-Lill an, die auf die Tischplatte starrte.

– Åse muss ein wenig Ordnung und Disziplin lernen.

Inga-Lill schob die Brille auf der Nase hoch und wieder herunter. Ich sah, dass Åse zusammenzuckte. O nein, jetzt würde Inga-Lill bald anfangen zu weinen. Åse hoffnungsloshimmelte mir mit den Augen zu. Inga-Lill weinte so hässlich, und immer, wenn sie zu viel weinte, setzte sie sich auf den Boden.

– Immer ist alles mein Fehler.

– Mama, wir gehen raus.

– Immer.

– Wir gehen nur ein wenig in den Hof.

Inga-Lill hörte sie nicht.

– Mama, wir gehen in den Hof, tschüss.

– –

Åse und ich wussten, was bei ihr zu Hause nach einer Ordnungs- und Disziplin-Übung passierte. Es war jedes Mal dasselbe. Wir bleiben draußen, sagte Åse. Ich halte es nicht aus, wenn sie streiten. Immer wenn sie streiten, müssen sie hinterher vögeln. Wir zogen unsere Jacken an und gingen zurück zu den Schaukeln. Wir sangen im Dunkeln. Die gleichen Lieder wie immer. Wir schaukelten wahnsinnig schnell.

Zuerst kamen die Brüder Cartwright. Dann kam *I Kina mocka Kina*. Zuletzt kam *Full idag, full imorgon, så ska livet levas ut.* Heute blau und morgen blau und übermorgen wieder.

Und dann sangen wir auch das Isabellied. Das war unser verbotenes Lied.

Isabel, leg dich auf den Rücken,
dann kommt was, das wird dich entzücken.
Im Gras tun wir rumsen, saufen, kotzen und bumsen.
Kriegst du es hin und mein Schwanz will stehn,
Dann bums ich dich blau und grüüüün.

Nachdem wir die Lieder ein paar Mal gesungen hatten, war uns kalt, und wir gingen zu Åse zurück. Wir schlichen in ihr Zimmer, legten uns aufs Bett und versuchten zu lesen. Gut, sagte Åse, sie haben uns nicht gehört. Denn Sten und Inga-Lill stritten.

– Was ich auch tue, es ist falsch.

Inga-Lill rieb sich die Tränen mit dem Zeigefinger von den Wangen.

– Nichts ist falsch.

– Doch, das ist es, und du findest nicht, dass Åse etwas kann.

– Doch, das finde ich.

– Warum muss sie dann bügeln?

– Damit sie es lernt.

– An einem Freitag?

– Es spielt doch keine Rolle, an welchem Tag.

– Aber im Ernst, Sten…

– Aber Inga-Lill.

– Abere mich nicht so.

– Inga-Lill, haben wir nicht einen Wohnwagen und ein Auto? Du hast einen neuen Fußboden in der Küche, Teppichboden, die ganze Wohnung ist neu tapeziert und gestrichen.

– Du hast das Boot vergessen.

– Was ich zu sagen versuche: du hast es doch wohl jedenfalls besser als vorher?

– Aber musst du Åse so hart anfassen.

– Åse, immer nur Åse, lass uns das jetzt vergessen, komm und setz dich zu mir, meine Kleine.

Komm, dann kannst du was sehen, sagte Åse und stellte sich vors Schlüsselloch. Wir wechselten uns mit Gucken ab. Sten lupfte die Hosenbeine und rieb seine Hände auf den Oberschenkeln. Inga-Lill schlenderte zu ihm und setzte sich auf seinen Schoß. Jetzt kriegt Sten einen Ständer, sagte Åse. Inga-Lill rieb ihren Po an Stens Hose und begann durch die Nase zu atmen. Sten nahm

Inga-Lills Brüste von hinten fest in den Griff. Dann drückte er sein Knie zwischen ihre Beine und rieb es an ihrem Po. Und Inga-Lill rieb ihren Po an Stens Knie. Dann griff Sten Inga-Lill fest an den Schultern und schob sie vor sich her ins Wohnzimmer. Wir hörten, wie das Bettsofa mit einem Handgriff geöffnet wurde. Es klang, als würde Sten Inga-Lill aufs Sofa schubsen, und als hätten sie es eilig, sich auszuziehen. Inga-Lill sagte, verdammte Strumpfhose. Åse und ich wechselten schnell das Schlüsselloch, aber dort aus sahen wir nicht mehr so gut. Sten öffnete seinen Gürtel und zog seine Hose herunter. Es klang, als risse und zöge er an Inga-Lill. Dann stöhnte Inga-Lill auf. Wir sahen Sten von hinten, er kniete auf dem Sofa, hinter Inga-Lills Po.

Oh, so schön, oh, so schön, sagte Inga-Lill. Oh, so schön.

Man hörte nicht so viel von Sten wie von Inga-Lill, aber es waren Schläge zu hören, als würde er im Hof einen Teppich klopfen oder so. Während Inga-Lill immer lauter wurde, klang es, als würde Sten immer schneller klopfen. Dann hörte das Klopfen plötzlich auf. Es klang, als hielte er den Atem an und würde ihn dann herausblasen. Es war ziemlich lange still. Dann fragte Sten, war es gut, Liebling? Inga-Lill antwortete, es war wunderbar. Da sagte Sten, Papa weiß, wie kleine Mädchen es haben wollen, und jetzt kannst du dich waschen gehen. Inga-Lill sagte, sie sollten sich besser beeilen, stell dir vor, die Mädchen kommen herein. Wir schlichen vom Schlüsselloch weg. Wir hörten, wie Inga-Lill auf Zehenspitzen zum Klo ging. Sie brauchte ziemlich lange. Drehte den Wasserhahn auf. Da flüsterte ich Åse zu, dass Inga-Lill wahrscheinlich ihren Orgasmus selbst erledigte.

Es war jetzt kohlrabenschwarz draußen. Wir schlichen hinaus, liefen zu mir nach Hause und holten meine Zahnbürste und mein Nachthemd. In der Wohnung war alles still. Gut. Das bedeutete, sie schliefen. Åse wartete im Treppenhaus. Wir hofften, zurück in Åses Zimmer schleichen zu können, ohne mit Inga-Lill und Sten reden zu müssen. Aber sie saßen am Küchentisch und rauchten.

– Kommt man um diese Zeit nach Hause?, fragte Sten und stand auf.

Er zeigte auf seine Uhr.

– Es ist erst neun.

Åse zog ihre Schuhe aus.

– Es ist bald halb zehn, und kleine Mädchen sollten im Dunkeln nicht draußen sein.

– Es ist gar nicht so dunkel, wie du denkst.

– Da kann sonst was passieren.

Er rieb seine Handflächen aneinander.

– Was kann denn passieren?

– Sonst was, habe ich doch gesagt.

– Glaubst du, bei den Schaukeln gibt es Gespenster?

– Ein bisschen weniger naseweis, meine Liebe. Deine Mutter und ich haben uns Sorgen gemacht.

Er schwankte, als er Sorgen sagte.

– Ich bin nicht naseweis.

– Doch, das bist du.

– Und du bist betrunken.

Åse winkte mich mit Blicken zu sich. Wir gingen am Küchentisch an Inga-Lill vorbei, ohne ein Wort zu sagen. Inga-Lill rauchte und rauchte. Ihre Wangen waren gerötet.

Åse und ich zogen uns unsere Nachthemden an. Wir setzten uns mit zwei Donald-Duck-Heften ins Bett.

– Seid ihr nicht hungrig, Mädchen, wollt ihr kein belegtes Brot oder so haben?, rief Inga-Lill aus der Küche.

– Bist du hungrig?

Åse flüsterte.

– Ein bisschen, und du?

– Ich will nicht mit Sten in der Küche sitzen …

– Ich auch nicht.

– Sollen wir es sein lassen?

– Ja, wir warten bis zum Frühstück.

– Wir sind nicht hungrig, rief Åse. Wir legen uns jetzt schlafen.

Wie auf ein Signal hin kam Inga-Lill ins Zimmer geschwankt.

– Kriegt man denn nicht einmal einen Gutenachtkuss?

Sie schob den Kiefer vor und zurück. Sie roch nach Bierrauch und frisch gewaschenen Händen. Wir saßen mucksmäuschenstill da.

– Gute Nacht, Mädchen … Inga-Lill beugte sich zu Åse.

– Gute Nacht, Mama.

– Denk dir nichts wegen Sten.

– Du hast leicht reden.

– Du weißt doch, wie er ist. Spiel einfach mit, wenn er blöd ist, dann gibt es keinen Streit.

Åse schwieg. Inga-Lill beugte sich über sie.

– Darf ich dich drücken?

– Ich finde, du sollst nicht mit Sten zusammen sein, Mama. Es war vorher besser.

– Auf jeden Fall hat er dafür gesorgt, dass wir es jetzt besser haben, oder etwa nicht?

– Ich finde nicht, dass Wohnwagenfahren Spaß macht.

– Mach dir nichts draus, meine Süße. Schlaft jetzt, Mädchen, morgen ist ein neuer Tag. Küsschen und gute Nacht, ihr beiden.

Sie umarmte Åse und gab mir einen feuchten Kuss auf die Wange.

– Ich hasse Sten.

Åse sah mir in die Augen, nachdem Inga-Lill das Zimmer verlassen hatte.

– Er macht alles kaputt.

– Er schlägt nicht. Mein Papa prügelt Mama und sagt total hässliche Sachen, wenn er trinkt. Und Mama antwortet genauso hässliche Sachen …

– Ich weiß … ich hab sie durch die Wand gehört …

– Man hört es in ganz Fridhem, wenn sie sich streiten. Und Papa sieht lebendige Tiere und macht haufenweise komische Sachen.

– Er sieht Tiere?

– Ja, er kriegt immer so einen bestimmten Rappel, du weißt schon.

– Rappel?

– Ja, er sieht haufenweise komische Sachen in der Luft und so was.

In meinem Hals wuchs ein großer Kloß, aber ich schluckte ihn herunter.

– Und manchmal will Mama sterben.

– Echt?

– Wenn sie ganz lange getrunken haben, dann passieren bei uns haufenweise gruselige Sachen.

– Sten ist ein Psychopath.

– Mein Vater auch, aber anders als Sten. Wenn er arbeitet oder nüchtern ist, ist er kein Psychopath.

– Riittas Vater ist aber nicht so, oder?

– Nein, er ist bloß irgendwie die ganze Zeit betrunken und flirtet mit einem. Er sagt dann, man hat Titten gekriegt, obwohl man keine hat, und wie hübsch man ist und solche Sachen.

– Einmal sollten wir Sten dabei zuschauen, wie er mit dem Auto gegen einen Baum fährt. Er wollte sich umbringen, hat er gesagt.

– Und, hat er es gemacht?

– Bloß weil Mama nicht im Wohnwagen in Nybro campen wollte.

– Bloß deshalb?

– Ja, aber er ist ganz langsam gefahren und hatte sich angeschnallt. Es wollte uns bloß Angst einjagen.

– Und, hattest du Angst?

– Ziemlich.

– Ich habe richtig Angst, wenn Papa massenweise kleine Tiere und so was sieht.

– Mama ist total ausgeflippt. Sie hat geschrien, es war ihr Fehler, als Sten gegen den Baum gefahren ist.

– Und was ist dann passiert?

– Das Auto hatte nur eine kleine Delle. Am nächsten Tag stand in der Zeitung, ein Autofahrer wäre einem Hund ausgewichen. Seitdem tut Mama alles, was Sten sagt.

– Alles?

– Im Sommer haben wir drei Wochen in Halmstad gecampt. Lars war auch dabei, Stens Sohn, du weißt schon.

– Uääh.

– Die ganze Zeit haben sie gesagt, ich soll mit Lars spielen.

– Und, hast du?

– Er ist stinklangweilig. Ich wollte die ganze Zeit nach Hause. Aber wir haben Karten gespielt.

– Drei Wochen lang?

– Sie haben total viel getrunken, fast jeden Abend. Hering und Schnaps, supereklig. Im Wohnwagen roch es die ganze Zeit nach Fisch aus der Dose.

– Ich mag auch keinen Fisch.

– Weißt du, Lars kann nicht mal Poker spielen, so eine Trantüte ist das. Er kann noch nicht mal Badminton spielen.

– Es war furchtbar langweilig, während ihr weg wart. Es fühlte sich an wie der ganze Sommer. Es ist viel lustiger, wenn wir alle im Sommer zu Hause sind.

– Komm, wir legen uns hin und lesen. Wie sollen wir liegen?

– Wollen wir uns nicht nebeneinanderlegen?

Ich nahm mein Kissen und kroch unter Åses Decke. Ihr Haar duftete nach Fliedershampoo. Wir schliefen ein, ohne uns die Zähne geputzt zu haben.

Ich schreckte aus dem Schlaf hoch.

– Wach auf, Åse. Man hört was aus dem Zimmer.

Ich deutete auf die Wand zum Wohnzimmer.

– Ich höre nichts. Beruhig dich. Leg dich wieder hin und schlaf.

Åse drehte sich um und gähnte.

– Doch, ich höre was. Es klingt fürchterlich. Wach auf, Åse. Sten schlägt Inga-Lill.

– Sten schlägt Mama nicht.

– Hörst du nicht, dass sie weint?

– Sie weint nicht. Sie vögeln wieder.

– Vögeln…

– Dann hört sie sich so an, das weißt du doch!

– Schon wieder… Das glaube ich ehrlich gesagt nicht, nicht zweimal hintereinander…

– Dooch.

– Er schlägt sie, vielleicht brauchte sie unsere Hilfe, hörst du nicht…

– Komm.

Åse stieß die Decke von sich und zog mich zur Wand.

– Hör zu, dann hörst du sie. Man kann nichts sehen durchs Schlüsselloch, wenn es dunkel ist.

Ich legte das Ohr an die Tür. Ich hörte Inga-Lill wimmern, glaubte aber nicht, dass sie vögelten.

– Bestimmt schlägt er sie, vielleicht drückt er ihr den Hals zu, und sie kann deshalb nicht laut schreien.

Åse lachte auf.

– Ich weiß, was sie tun. Wenn sie sich gestritten haben, vögeln sie immer zweimal.

136

Ich legte das Ohr noch einmal an die Tür.

– Vielleicht... doch, jetzt hör ich... oh, wie schön, oh, wie schön...

Ich kicherte. Hielt mir die Hand vor den Mund.

– Ich habe meine Eltern nie gehört oder gesehen. Doch, einmal. Aber da habe ich eine Ohrfeige gekriegt. Ich bin mitten in der Nacht aufgewacht und zu ihnen reingegangen.

– Eine Ohrfeige?

– Papa ist furchbar wütend geworden. Aber das klang nicht wie bei deiner Mama und Sten, man hörte überhaupt nichts.

– Wie haben sie es denn gemacht?

– Papa lag auf Mama, Mama hatte ihr Nachthemd hochgezogen und ein Buch in der Hand...

– Sie hatte ein Buch in der Hand?

– Ja, es war aufgeschlagen. Es sah aus, als sollte Papa sich beeilen, damit sie weiterlesen konnte.

– Hast du sie nur das eine Mal gesehen?

– Ich glaube nicht, dass sie vögeln können, wenn sie betrunken sind. Das geht nicht. Papa kann sich kaum auf den Beinen halten. Und Mama sitzt meistens auf ihrem Stuhl oder passt auf, dass Papa nicht umfällt. Oder sie schlafen. Wenn sie streiten, prügeln sie sich, ich glaube nicht, dass man da so viel vögelt.

Wir wechselten uns mit dem Zuhören ab. Nach einer Weile hörten wir Sten schneller und schneller schlagen, danach hörte es auf. Ich hielt gerade das Ohr an die Tür gedrückt und hörte Sten flüstern: War es gut, Liebling? Wunderbar, flüsterte Inga-Lill zurück.

– Pschscht... wir müssen jetzt hier weg. Åse zog mich am Nachthemd. Mama geht gleich aufs Klo.

Wir schlichen zurück ins Bett.

– Was macht sie eigentlich auf dem Klo?

– Es rinnt raus.

– Was?

– Das Eingespritzte.

– Was denn für Eingespritztes?

– Das, was Sten in Mama reingespritzt hat.

– Sten hat was in deine Mutter reingespritzt?

– Ja, Sperma. Wenn der Mann kommt, kommt Sperma aus dem Pimmel.

– Der Mann kommt? Wie denn? Ist das der Orgasmus?

– Ja, wenn es für den Mann am schönsten ist, dann kommt Sperma aus dem Pimmel. Daraus werden dann Kinder, verstehst du?

– Kriegt Inga-Lill jetzt ein Baby?

– Nöö, sie nimmt die Pille.

– Was für eine Pille? Die man statt Kondom nehmen kann und von der die Mütter Pfropfen in den Beinen kriegen?

– Ja, die ist klasse. Weil man dann keine Kinder kriegt und der Mann es schön haben kann.

– Ist es denn nicht schön für deine Mama?

– Doch, aber nicht genauso schön.

– Warum denn nicht? Kann es für die Mütter nicht genauso schön sein? Meine Mama sagt, die Mütter erledigen ihren Orgasmus auf dem Klo selbst, wenn die Väter ihren gehabt haben …

– Ich weiß nicht genau …

– Woher weißt du das alles über das Einspritzen und so?

– Karin hat es erzählt.

– Ich finde, das klingt eklig. Und ich glaube, Sten zwingt deine Mutter dazu, glaubst du nicht?

– Wenn sie mit Bengt gevögelt hat, hat es sich ehrlich gesagt schöner angehört, er war irgendwie netter.

– Warum sind sie nicht mehr zusammen?

– Ich weiß nicht … Mama hat gesagt, er war dauernd weg.

– Hast du mal mit deinem Vater zusammengewohnt?

– Nee, fast gar nicht, Mama wollte eigentlich gar nicht, dass ich ihn treffe.

– Warum nicht?

– Weiß nicht.

– Aber er ist doch manchmal hier …

– Jeden zweiten Sonntag, ja, das fühlt sich total komisch an.

– Mein Papa zieht immer nur einen Anzug an, wenn er nach Finnland fährt, und manchmal, wenn wir bei Riitta feiern gehen.

– Mama hat auch nicht lang mit dem Vater von Karin und Maria zusammengelebt, er hat zu viel gesoffen und ist gestorben.

– Warum hören die Erwachsenen nicht mit dem Trinken auf, wenn sie wissen, wo das hinführt?

– Ich weiß nicht. Aber wenn ich davon betrunken würde, würde ich aufhören Süßigkeiten zu essen.

Åse gähnte und zog sich die Decke bis zum Kinn hoch. Ich kroch dicht an sie ran.

– –

Ein paar Stunden später schreckte ich wieder aus dem Schlaf hoch. Auf der anderen Seite der Wand hörte ich Mamas Stimme. Hilfe, sie schlugen sich. Mein Herz pochte laut unter der Bettdecke. Ich horchte, versuchte herauszuhören, wie schlimm der Streit war, für den Fall, dass ich nach Hause rennen und Mama helfen musste. Es machte mir Angst, allein wach zu sein. Aber

ich befürchtete, mich zu Tode zu schämen, wenn ich Åse weckte. Doch die Angst vor dem Alleinsein war größer. Ich flüsterte:
– Åse, Åse, wach auf, meine Eltern streiten sich.
Sie setzte sich sofort auf und versuchte, die Stimmen im Dunkeln zu unterscheiden.
– Schlagen sie sich, schlägt dein Vater deine Mutter?
– Ja, wahrscheinlich schlägt er sie blutig.
– Tut er das, warum denn?
– Manchmal. Das hängt davon ab, ob sie es verdient. Psst, wir müssen zuhören.
Mama stöhnte. Papa brummte und knurrte.
– Aber wieso denn verdient?
– Wenn sie sich verdient gemacht hat, wenn sie irgendwie darum gebettelt hat, glaube ich.
– Kann man um Schläge betteln?
– Ja, meine Mama bettelt um Schläge. Papa sagt das jedenfalls. Pst! Jetzt höre ich Mama wieder …
Ich legte das Ohr an die Wand, die an das Schlafzimmer meiner Eltern grenzte. Mama schrie auf. Man hörte mehrere dumpfe Laute hintereinander. Mein Magen verkrampfte sich, und ich begann zu weinen. Ich stand auf, um nach Hause zu laufen.
– Warte, Leena!
– Wenn ich nicht dazwischengehe, schlägt er sie noch tot.
Ich presste mir beide Hände auf den Bauch und rannte aufs Klo. Braun rann es aus mir. Immer wieder. Es brannte. Ich wand mich auf der Klobrille. Atmete keuchend, wenn die Krämpfe kamen. Åse hielt vor der Klotür Wache.
Inga-Lill wachte auf. Band den Morgenmantel um ihre Taille, gähnte.

– Was ist denn jetzt los?

– Leenas Eltern prügeln sich, und Leena hat Durchfall und will nach Hause und dazwischengehen.

– Ach meine Kleine …

Inga-Lill öffnete die Klotür und hockte sich neben mich.

– Ach meine Kleine, was hast du denn? Geh jetzt nicht nach Hause.

Unbeholfen zerzauste sie mir das Haar und zog den Morgenmantel fester. Ich fing an zu weinen. Ich weinte und zappelte auf der Klobrille, weil es so brannte.

– Ich muss nach Hause, er schlägt Mama, ich muss ihr helfen.

– Warte, ich werde mir das mal anhören. Ich finde, du solltest nicht mitten in der Nacht da hinein. Es ist nämlich halb drei.

Inga-Lill weckte Sten, der sofort aufsprang wie ein Reserveoffizier, als er hörte, was los war. Rasch kam er zu mir und verbot mir, nach Hause zu gehen.

– Kleine Kinder sollten nicht dabei sein, wenn Erwachsene sich prügeln.

Er war sehr bestimmt und verbot es mir noch einmal.

– Aber ich muss, presste ich hervor.

– Du bleibst hier, Punkt.

– Aber was ist mit Sakari …?

– Schlagen sie sich oft?

– Nur wenn sie trinken.

– Und was passiert dann?

– Die Polizei kommt, ich kann die Telefonnummer auswendig.

– Nimmt die Polizei deinen Vater dann mit?

– Nein, meistens nicht, nur manchmal, aber dann tut es Mama leid, und sie sagt, dass er sie nicht geschlagen hat.

– Das ist wirklich fürchterlich, aber wie auch immer, du bleibst hier, wahrscheinlich hören sie bald auf.

Ich fing wieder an zu weinen. Inga-Lill half mir, mich zu schnäuzen, und spülte die Toilette. Åse stand verschreckt im Flur und wusste nicht, was sie tun sollte. Der Streit wurde leiser. Nach einer Weile verstummten die Geräusche ganz.

– Komm, Leena, wir legen uns wieder hin. Åse streckte die Hand nach mir aus. Bestimmt haben sie jetzt aufgehört …

– Sicher?

– Kommt, Mädchen, ihr dürft ein bisschen Limonade trinken, bevor ihr wieder ins Bett geht … arme Leena, was hast du bloß für Eltern …

Das Letzte wollte ich nicht hören. Ich hielt mir die Ohren zu und betete. Lieber Gott, hilf Mama und verzeih mir, dass ich bei Åse bleibe. Lieber Gott, mach, dass Sakari schläft und nichts mitbekommt. Mach, dass Markku bei einem Freund übernachtet. Lieber, lieber Gott, ich trete nicht auf Striche und mache auch keine dummen Sachen.

– –

Als ich das nächste Mal aufwachte, roch es nach Rasierwasser.

– Bist du wach, Åse?

– Mmm.

– Ich bin hungrig, sollen wir frühstücken?

– Nur wenn Sten nicht in der Küche ist.

– Er ist wach, ich rieche Sten-Geruch.

– Hoffentlich fährt er zum Boot.

Wir standen auf und gingen in die Küche.

– Langschläfer!

Sten kam trällernd und dampfend aus dem Badezimmer. Hinter ihm her kam der Rasierwassergeruch. Åse verdrehte die Augen. Machte eine Kotzgrimasse und lächelte in Stens Richtung.

– Seid ihr schon auf? Er versuchte scherzhaft zu klingen. Es ist erst halb zehn.

– Es ist Samstag, antwortete Åse.

– Seht mich an! Ich bin schon angezogen, und schaut nur, was für herrliches Wetter heute ist. Wollt ihr nicht mit zum Boot kommen?

Åse und ich schüttelten gleichzeitig den Kopf. Inga-Lill kam im Morgenmantel angeschlurft. Sie stellte Kaffeewasser auf den Herd.

– Na ja, dann darf man sich also wieder wie üblich allein beschäftigen. Hier scheint ja keiner Interesse zu haben.

– Sten, es ist Samstag, sagte Inga-Lill.

– Jaja, aber das Boot muss hochgeholt werden, oder etwa nicht? Es ist ja wohl nicht mehrere Monate hintereinander September. Neiin, raus an die frische Luft, sage ich nur. Du hast deine Meinung also nicht geändert, Inga-Lill … bist du sicher?

– Nicht heute, Sten. Gern ein anderes Mal.

– Wer weiß, vielleicht ist es der letzte sonnige Tag in diesem Jahr.

– Glaubst du das wirklich?

Inga-Lill zündete sich eine Zigarette an und setzte sich an den Tisch. Sten erinnerte sie daran, dass sie nur ein einziges Mal mit ihm zum Boot gefahren war, und dass das Ewigkeiten her war. Er fand wirklich, sie sollte heute mitkommen. Aber Inga-Lill sagte, es mache ihr keinen Spaß, dazusitzen und Sten dabei zuzuschauen, wie er am Boot herumschliff, kratzte, malte oder scheuerte. Da wäre es doch besser, wenn sie zum Beispiel putzte. Sten meinte, Inga-Lill hätte überhaupt keine Freizeitinteressen und das könne schädlich sein. Inga-Lill bat Åse, die Balkontür aufzumachen, damit ein wenig frische Luft hereinkam.

Ich half Åse, den Frühstückstisch zu decken. O'boy, Weißbrot und Marmelade. Oh, wie gut das schmecken würde! Wir aßen je drei Brote und leerten fast einen Liter Milch. Inga-Lill trank schwarzen Kaffee und rauchte drei Zigaretten.
– Heute machen wir nichts Besonderes, Åse. Ich putze die Wohnung fertig, und heute Abend essen wir was Schönes.
– Muss Sten dabei sein?
– Quengel jetzt nicht, Süße, ich muss erst ein wenig Kaffee in mich hineinbekommen.
– Darf Leena heute wieder bei uns übernachten?
– Wir warten ab.
Åse und ich tauschten Frohblicke aus und beschlossen, nach dem Frühstück bei den Schaukeln zu singen. Bevor wir uns auf die Schaukeln setzten, schaute ich bei mir zu Hause vorbei. Sie schliefen. Alles war still. Ich ließ Terrie in die Büsche. Er pinkelte lange. Ich musste ihn am Halsband zurück ins Haus ziehen. Er sah traurig aus. Ich kriegte ein schlechtes Gewissen. Aber ich hielt es nicht aus, mit ihm da zu bleiben. Nicht eine Minute. Ich gab ihm einen Kuss auf die Schnauze und rannte hinaus.

Inga-Lill saß auf ihrem Stuhl in der Küche, ein Bierglas vor sich, als Sten an die Tür klopfediklopfte. Es war Viertel vor sechs. Åse und ich spielten auf dem Boden China-Schach. Inga-Lills Stimme war brüchig.

– Alles-ist-kaputt, heulte sie.

Die Wochenendkoteletts schwammen in einer Blutpfütze auf einem Teller neben dem Herd. Eine Kartoffeltüte lag zusammengefaltet auf der Spüle. Inga-Lill war rot im Gesicht, hinter den Brillengläsern sahen ihre Augen riesig aus. Das Einzige, was unbeschädigt wirkte, war ihre Frisur. Über die Abendzeitung war Bier gelaufen.

– Kaputt?

Sten rieb sich die Oberschenkel.

– Ja, alles ist kaputt. Verstehst du? Einfach alles.

– Wie kann das sein?

– Alle hackt ihr auf mir herum. Wenn nicht du, dann Åse, und wenn nicht Åse, dann Karin. Bestimmt kommt Maria auch bald nach Hause und sagt irgendetwas Gemeines zu mir.

– Mach dir nichts draus, du bist doch schließlich erwachsen.

– Karin hat wieder angerufen, sie sagt, ich bin eine schlechte Mutter.

– Karin hat doch selbst gar keine Kinder, woher will sie wissen, wie eine Mutter zu sein hat?

– Sie sagt, ich bin eine schlechte Mutter, und sie findet, du solltest nicht hier sein.

– Sie ist doch nur eifersüchtig.

– Aber du solltest wirklich nicht hier sein, und ich bin wirklich eine schlechte Mutter.

Jetzt weinte Inga-Lill schrecklich. Åse hielt sich die Ohren zu und versuchte sich aufs Spiel zu konzentrieren. Es ging nicht. Durch die geschlossene Tür hörten wir jedes einzelne Wort. Åse öffnete die Tür wieder. Vielleicht brauchte Inga-Lill bald Hilfe. Inga-Lill rutschte vom Stuhl. Sie kümmerte sich nicht darum, dass ihr Rock sich hochschob. Die Brille fiel zu Boden. Sie schluchzte. Es reichte ihr jetzt, sagte sie. Es reichte ihr mit allem. Ich scheiße darauf, schrie sie. Hörst du, ich scheiße darauf. Bestimmt konnte man bis in den zweiten Stock hören, wie sie weinte und schrie.

Sten setzte sich an den Küchentisch und rieb mit den Handflächen seine Hosenbeine.

Inga-Lill schrie weiter.

– Ich kann bald nicht mehr. Ich kann nicht mehr … Ich hasse dich, Sten, und ich hasse die Arbeit. Ständig tut mir der Rücken weh, und der Nacken. Ich hasse es. Immer bin ich müde. Müde, müde, müde. Und nie haben wir Geld. Åse braucht neue Winterstiefel und einen neuen Mantel. Ständig ist sie allein zu Hause. Und ohne dich können wir nicht in Urlaub fahren.

Ich kann nicht mehr. Es reicht, ich kann nicht mehr, ich kann einfach nicht mehr.

Inga-Lill weinte und schluchzte. Ihr Gesicht war knallrot und tränenüberströmt. Die Brille lag neben der Türschwelle. Sten saß am Tisch. Er rauchte. Åse und ich gingen in die Küche. Ich konnte Inga-Lills Schenkel sehen. Es sah eklig aus mit den Nylonstrumpfhosen, wenn man den Schritt sehen konnte. Åse sagte ihr, sie solle sich den Rock herunterziehen. Man sah ihr an, dass sie sich schämte.

– Mama, steh auf.

Inga-Lill blickte zu Boden. Schniefte.

– Sie hört nicht auf mich, sagte Sten.

– Du bist ja auch nicht ihr Chef, oder?

Åse starrte Sten an. Sten wurde sauer. Ich verhielt mich still. Ich weiß nicht warum, aber irgendwie war es schön, dass Åses Mutter auch verrückt war.

– Mama, es wird nicht besser, bloß weil du da sitzt.

– Ich gehe jetzt, nur dass ihr's wisst, sagte Sten.

Jetzt kommt's, dachte ich. Auto und Boot und Wohnwagen. Urlaub in Halmstad und neuer Küchenboden. Neue Tapeten und Teppich in allen Zimmern. Die Wörter flogen durch meinen Kopf. Åse streckte ihre Arme nach Inga-Lill aus.

– Hoch jetzt mit dir, Mama.

Sten ging im Flur auf und ab, stachelte sich selber auf, blieb plötzlich stehen.

– Inga-Lill, willst du, dass ich bleibe oder gehe?

Inga-Lill saß wieder am Tisch, schob das Kinn vor.

– Kümmer dich nicht um ihn, Mama, sagte Åse.

– Ach, ich soll also gehen, ja?

Sten legte die Hand auf die Klinke.

– Ich glaube, Mama muss sich ein bisschen ausruhen, sagte Åse.

– Willst du das wirklich, Inga-Lill?, fragte Sten.

Inga-Lill bückte sich und hob ihre Brille auf. Sie schloss die Lippen erst um das eine, dann um das andere Glas, hauchte, bis es beschlug. Mit dem Rocksaum polierte sie langsam die Brille. Hielt sie gegen das Licht, um zu prüfen, ob sie noch schmutzig war, polierte erst das eine, dann das andere Glas und sagte, dass sie bald ihre Periode kriegte.

– Gut, dann gehe ich jetzt, sagte Sten.

– Und am Montag muss ich wieder zur Arbeit.

Åse nickte mich hinaus. Am besten gehst du jetzt, bedeutete das. Als ich hörte, dass Sten aus der Haustür war, öffnete ich die Wohnungstür. Ohne einen Laut schloss ich sie hinter mir.

Am letzten Schultag der vierten Klasse gewitterte es. Papa sagte, es sei ein verfluchtes Tonnerfetter, aber nach Regen würde immer wieder die Sonne scheinen.

Die Kirche war voll. Ich hielt nach meinen Eltern Ausschau, obwohl ich wusste, dass sie nicht da waren. Macht nichts, dachte ich. Aber gleichzeitig tat es im Bauch und im Hals weh. Nicht weinen, nur nicht weinen. Ich habe nichts anzuziehen, hatte Mama gesagt, als ich fragte, warum sie nicht zur Jahresabschlussfeier kommen konnten wie die anderen Eltern. Außerdem fühle ich mich so dick und hässlich, du würdest dich ja doch nur für mich schämen. Und eine Jahresabschlussfeier ist schließlich nicht die Welt, wir feiern ja auch keine Geburtstage, Schatz.

In der Kirche stellte ich mich ganz nach hinten, hinter alle anderen.

So klein wie möglich.

So leise wie möglich.

Dann verdrückte ich mich, bevor jemand sehen konnte, dass ich allein war.

Wie immer war ich froh, als es vorbei war.

Der heiße Asphalt wurde weich. Meine Füße waren gewachsen, ich fand, unter meine Füße passte mehr heißer Asphalt als im letzten Jahr. Riitta war dreizehn geworden, sie war jetzt ein Teenager. Markku wurde bald vierzehn. Obwohl er es noch nicht durfte, fuhr er fast jeden Tag Moped.

Im Sommer besuchte Riittas Familie die Verwandtschaft in Finnland. Sie wohnten in Konttula außerhalb von Helsinki. Helsinkis kleines Fridhem, wie Helmi sagte. Nur dass dort alle eine Sauna in der Wohnung hatten. Und es keine Polen gab. Sie hatte dort nur die eine oder andere Frau aus Somalia gesehen. Dem Land, in dem die Menschen langsam gingen. Hinter einem Somalier will man nicht die Treppe hinuntergehen, sagte Helmi. Sonst wohnten in Konttula nur Finnen.

Es war einsam, während Riitta in Finnland war und Åse im Wohnwagenurlaub. Aber da ich ein Händchen fürs Putzen hatte und mehrere Male freiwillig Helmis Speisekammer aufgeräumt hatte, durfte ich mich ums Haus kümmern, wenn sie wegfuhren, die Blumen gießen und hin und wieder die Fische füttern. Nils und Birgit kümmerten sich um Zack.

Nach ihrer Rückkehr lobte Helmi mich. Sie hätte keinen Großputz erwartet, sagte sie. Ich hätte das oberste Bord nicht abstauben müssen. Ich hätte die verwelkten Blätter nicht aufsammeln müssen. Sie selbst kam ja nie dazu, die Speisekammer aufzuräumen. Wie schön sie jetzt aussah! Dann lachte sie und sagte, ich könnte jederzeit einen Job in der Reinigungsbranche kriegen.

Die Putzstelle von Riittas Mutter im Restaurant Fenix war Schwarzarbeit. Schwarzarbeit war Arbeit, die man heimlich machte. Wir durften niemandem davon erzählen, denn sonst bekam sie von der Polizei noch eine Strafe aufgebrummt. Sie brauchte das Geld dringend, sagte sie, aber sie hatte es satt, jedes Wochenende zu arbeiten.

Das Fenix war ein Ecklokal am Stortorget. Papa hatte dort als Kartoffelschäler gearbeitet, als wir nach Ystad kamen. Riitta und ich durften mitkommen und zur Probe putzen, als sie aus Finnland zurück waren. Sieh mal an, sagte Helmi, ihr habt beide ein Händchen fürs Putzen. Das liegt wohl an den Genen. Wir sahen genau zu, wie Helmi es machte, dann übernahmen wir den Scheuereimer und den Staubsauger. Helmi fand, dass wir unsere Arbeit gut machten. Sie redete mit Mama über die Sache. Mama sagte, ich hätte schon als Vierjährige die Töpfe von außen geschrubbt, und sie wäre sicher, wir würden das hinkriegen. Auch Riitta war bestens für die Arbeit geeignet. Sie war es gewohnt, Verantwortung zu übernehmen, und sie war gut in der Schule.

Riitta und ich durften die Arbeit an den Tagen machen, an denen Helmi das Geld nicht unbedingt brauchte. Es war unser erster richtiger Job. Im Sommer Unkraut jäten auf dem Acker in Köpingebro zählte nicht. Das hier war schon wie ein richtiger Job. Mit richtigem Lohn und einem eigenen Schlüssel.

Es war aufregend, um fünf Uhr morgens aufzustehen und durch die ganze Stadt zu radeln, wenn sonst noch niemand auf war. Die Schule hatte noch nicht angefangen. Die Julimorgen waren feucht und heiß. Der Sommertau lag weiß und nass auf den

Pflastersteinen und auf den Dächern. Es duftete nach Meersalz und Seetang und nach frisch gebackenem Brot von Möllers und von Kaffekoppen.

Wir wechselten uns damit ab, den Kücheneingang aufzusperren. Bevor wir mit dem Putzen anfingen, gingen wir herum und schauten uns um. Es war viel aufregender, jetzt, wo wir allein waren. Wir begannen damit, die Kühlschränke, Gefriertruhen und Schränke zu öffnen. Da standen kartonweise Tomaten. Kartonweise tiefgefrorenes Fleisch. Soßenpulver in den Vorratsregalen. Weizenmehl in großen Säcken. Wir schlossen die Schränke wieder. Gingen in die Bar. Dort lag in raschelndes Goldpapier eingewickelte Minzschokolade. Wir nahmen jede eine, aber sie schmeckten genauso übertrieben nach Minze wie After Eight. Die Limonade war verführerisch, aber wir trauten uns keine zu nehmen. Wir dachten, man würde das sehen. Wir durften nicht stehlen, hatte Helmi gesagt. Probieren gern, aber wenn ihr was probiert, dann darf man das auf keinen Fall merken. Dann werde ich rausgeworfen.

Das Restaurant hatte zwei Stockwerke. An den Wänden hingen dunkle Tapeten und auf dem Boden lag abgewetzter roter Teppichboden. Die Stühle waren mit grün-rotem Stoff bezogen, vor den Fenstern hingen schwere, dunkelrote Samtgardinen.

Es stank. Nach kalten Zwiebeln und kalten Kartoffelschalen in der Küche. Nach Sauce Béarnaise und Bratendunst. Nach abgestandenem Zigarrenrauch in den Polstern und Teppichen im Speisesaal. Alkoholdunst und der Geruch nach süßen Getränken waberten durch die Luft. Wir konnten noch das Gemurmel und Gelächter der letzten Gäste hören. Oh, wie schön das Restaurant Fenix war!

Riitta und ich arbeiteten wie besessen. Wir hatten drei Stunden Zeit. Zwanzig Kronen in der Stunde. Die Stereoanlage auf voller Lautstärke. Ziel war, die Arbeit von drei Stunden in zwei zu machen, damit der Lohn die Mühe wert war. Helmi hatte es uns genau gezeigt. Gewusst wie, sagte sie. Man muss wissen, wie man alles sauber kriegt. Man muss wissen, in welcher Reihenfolge man putzen muss. Und man muss wissen, wie man Zeit sparen kann, ohne dass man es sieht. Das ist die Kunst.

Riitta und ich wechselten uns mit den spannenden und den langweiligen Arbeiten ab. Das Klo zu scheuern war das Letzte. Besoffene pinkelten im Stehen daneben. Es roch ätzender als Säure, und die Bazillen sprangen uns entgegen. Ich kannte den Geruch. So roch es zu Hause, wenn Papa danebengepinkelt hatte. Aber Helmi hatte uns gezeigt, wie man beim Atmen die Nase verschließt. Wir nannten das Fenix-Atmen. Riitta und ich wurden Weltmeisterinnen im Fenix-Atmen. Außerdem sollten wir Gummihandschuhe überziehen, wenn wir das Klo putzten. Den Küchenfußboden zu putzen war anstrengend, machte aber Spaß. Zuerst musste man den Boden ganz nass machen. Dann musste man ihn trockenwischen. Während eine von uns den Boden putzte, wischte die andere die Sets auf den Tischen im Speisesaal ab und begann, die Stühle umzudrehen und auf die Tische zu stellen. Die Teppichböden auf beiden Etagen zu saugen war schweißtreibend. Wir wechselten uns ab. Am schwierigsten war die Treppe. Der Staubsauger war schwer und unhandlich. Die Messingstange hingegen war ein leichtes Spiel. Mit Ajax und einem Stofflappen die Bar entlangzugehen und die Fingerabdrücke abzuwischen war, als verwandelte man eine Holzplanke in Gold.

Den geheimen Ort zeigte mir Riitta, als wir das erste Mal allein putzten. Obwohl Helmi ihn ihr nicht gezeigt hatte, wusste sie genau, wo er zu finden war. Herr im Himmel. Ich konnte kaum fassen, dass es so viele Sorten gab. Auf den Festen am Hälso-backen trank man Vino Blanco und Vino Tinto. Man rauch-te rote Commerce oder selbstgedrehte John Silver. Wenn es Schnaps gab, dann war er klar wie Wasser und hieß Explorer oder Wodka, oder er wurde aus Plastikkanistern serviert. Im Schnapsschrank im Fenix-Keller gab es bauchige und schmale Flaschen, lange und kurze, roten und grünen Schnaps. Es gab Flaschen in Spiralform und Flaschen mit goldenen Etiketten. Gelben und orangenen Schnaps. Glitzernde Etiketten. Ich hielt Flasche um Flasche hoch. Riss Mund und Augen weit auf. Riitta klang stolz:
– Und es gibt massenweise Zigaretten.
– Das müssten unsere Väter mal sehen, sagte ich.

Riitta war es, die auf die Idee kam, abends, wenn alle gegan-gen waren, im Fenix zu putzen. Auf diese Weise konnten wir die Arbeit behalten, morgens trotzdem ausschlafen und nachts ein bisschen Spaß haben. Wir planten ein kleines Fest. Helmi erzählten wir nichts von unseren Plänen. Die Eingeladenen durften niemandem etwas verraten. Auch wir wären unseren Job los, wenn man Helmi rauswarf.
Unser Plan war, zunächst eine Weile im Fenix zu bleiben und dann mit einer Strandparty weiterzumachen. Wir kannten Strandpartys vom Hörensagen. Jetzt wollten wir unsere eige-ne haben.

Wir hatten nicht vor, viele Leute einzuladen. Eigentlich nur Markku und Pavve. Vielleicht Åse und Cecilia. Nicke natürlich. Und ganz vielleicht den Rettich. Und dann durften die Jungs noch jemanden mitbringen. Vielleicht Tripper-Tine.

Sonntags schloss das Fenix um neun. Bis halb zehn war manchmal noch Personal dort, die Gäste konnten also um zehn kommen. Dann wäre sicher niemand mehr da.

Mama und Papa sagte ich, ich würde bei Riitta übernachten. Riitta sagte, sie würde bei mir übernachten. Ach was, es würde schon gutgehen. Es fragte sowieso nie jemand, wo wir waren.

– –

Als man das erste Moped hörte, schlossen wir auf und schauten hinaus. Wir nahmen den Haupteingang, schließlich war es ein besonderer Anlass. Es waren Markku und Pavve, die auf Veikkos Lastenmoped ankamen.

– Ihr müsst aber versprechen, nichts zu verraten.

– Versprochen. Wo ist der Schnaps?

Ich zeigte ihnen den Weg hinunter zum Schnapsschrank. Beide hatten eine Flasche von zu Hause mitgebracht und gossen ein wenig Schnaps aus jeder Flasche hinein. Ich bekam Angst. Ich hatte angenommen, sie würden nur eine Flasche dabeihaben, nicht zwei. Und ich hatte geglaubt, wir würden nichts trinken, bevor wir nicht am Strand waren.

Kurz danach kam der Rettich. Åse und Cecilia. Und Tripper-Tine. Als Nickes helles Haar im Licht der Straßenlaternen sichtbar wurde, spürte ich mein Herz im Hals schlagen. Stör-Björn und Bo-Peter kamen hinter Nicke, aber die sah ich kaum.

Die Jungs stürmten in den Keller. Åse und Cecilia gingen mit mir hinunter. Ich bereute das Ganze schon jetzt. Mein Körper versteifte, und ich konnte kaum sprechen. Ich erkannte am Gang der Jungs, dass es schon viel zu spät war, sie zu bitten, nicht so viel zu nehmen. Lieber Gott, hilf mir und Riitta. Bitte lass sie nicht so viel Schnaps und Zigaretten nehmen, dass man es sieht. Wir setzten uns im Kreis auf den Boden. Sie öffneten ein Paket Prince. Riitta stellte einen Aschenbecher in die Mitte. Markku blies Ringe in die Luft. He, schaut mal, ich bin ein Indianer, sagte er und pustete den Rauch nach oben. Stör-Björn hatte eine Zigarettenpackung in die Brusttasche seiner Jeansjacke gestopft. Eine Flasche mit schmutzigbrauner Flüssigkeit wurde zwischen uns herumgereicht. Ich war kurz vor dem Nervenzusammenbruch. Ungefähr wie damals, als wir Einatmen-Ausatmen spielten und ich bewusstlos unter den Tisch fiel. Als ich mit Probieren dran war, schloss ich die Augen und reichte die Flasche weiter. Ich wagte nicht einmal einen Schluck davon zu trinken.

Man würde es sehen.

Ich war mir sicher. Man würde Helmi rauswerfen.

Papa würde mir eine Tracht Prügel verpassen.

Und nie wieder würde ich Riittas Haus putzen dürfen, wenn sie in Finnland waren.

Mama würde den Verstand verlieren.

Was hatte ich getan?

Der Rettich begann genau in dem Augenblick zu kotzen, als Riitta einen Kicheranfall kriegte. Auch Åse fing an zu lachen. Ich sah sie an. Sie sahen komisch aus. Wie konnten sie nur Schnaps trinken? Ich versuchte die Kotze vom Rettich mit dem Aschenbecher aufzufangen, aber zu spät. Sie landete wie feuchter Durchfall auf dem Boden. Im gleichen Moment hörte ich, wie oben die Tür ging. Hilfe, hatten wir vergessen abzuschließen? Markku rief, wir sind hier unten, kommt her! Es gelang mir nicht, ihm rechtzeitig den Mund zuzuhalten. Man hörte die Stimmen der Neuankömmlinge schon auf der Treppe.

Der Keller füllte sich mit Mopedtypen, die ich nie zuvor gesehen hatte. Schüler aus der Västervång-Schule. Pfui Teufel, sagte Markku. Der Abschaum aus dem Villenviertel. Wer hat die denn eingeladen?

Ich versuchte mit Riitta zu reden.

– Sollten wir sie nicht besser bitten zu gehen?

– Beruhig dich, Leena, reg dich nicht auf.

– Aber das hier wird man sehen, Riitta.

– Ach was, niemand wird was merken.

– Riitta, die werfen deine Mutter raus, kapierst du das nicht?

– Wir putzen schpäter, ssei jetzt nich sso langweilich, Leena.

– Ich finde, wir sollten jetzt gehen.

– Unsinn, es ist doch klasse Schtimmung hier, bald haun wir ab zum Schtrand.

– Riitta?

Hilfe, sie lallte genauso wie Rut auf den Festen am Hälsobacken. Bald würde die ganze Stadt hier sein. Dumpf hörte ich die Buschtrommeln im Hintergrund schlagen. Bitte, lieber Gott. Jetzt kotzte auch noch Markku. In einen Blumentopf. Riitta wankte zur Stereoanlage und stellte sie an. ABBA, so laut es nur ging. Sie sang mit und tanzte. *Ring ring, bara du slog en signal*. Ring, ring, why don't you give me a call? Ich rannte hin und drehte wieder leiser. Wir müssen leise sein, kapierst du das nicht?

Bo-Peter hatte den Arm um Cecilia gelegt. Ich schaute Riitta fragend an. Aber Riitta schien sich nicht darum zu scheren. Cecilia ihrerseits saß mit großen Augen da und starrte vor sich hin. Sie war nicht die Bohne verknallt in Bo-Peter. Ein Pulk Jungs stand neben dem Schnapsschrank. Sie aschten beim Rauchen auf den Boden.

Mama, hilf mir.

Bitte, lieber Gott, hilf mir.

Geh, Leena, geh.

Ich stand auf und verließ Riitta, Markku und das Restaurant Fenix. Es konnte mir jetzt egal sein, was passierte. Ich setzte mich aufs Fahrrad und fuhr nach Hause. Als ich mich umdrehte, stand Nicke draußen auf der Treppe und sah mir nach.

Im Morgengrauen klopfte jemand an mein Fenster. Es war Riitta.

– Leena, bist du wach? Wir müssen ins Fenix und putzen.

– Putzen? Ist das Fest vorbei? Wie spät ist es denn?

– Halb sechs. Komm, steh auf, wir müssen uns beeilen.

– Ich habe gerade geträumt, dass das Fenix abgebrannt ist. Glaubst du, es ist noch da?

– Komm jetzt.

Ich setzte mich im Bett auf. Im Handumdrehen war ich angezogen. Noch war Zeit genug, die Situation zu retten. Spätestens um neun Uhr mussten wir fertig sein. Wir radelten wie verrückt.

– Jetzt müssen wir so schnell putzen wie noch nie, sagte Riitta.

– Du riechst nach Fenix, sagte ich.

Riitta sagte, sie könnte das Klo putzen.

Und das Erbrochene aufwischen.

Sonst sagten wir nichts.

Aber es sah gar nicht so fürchterlich aus. Wir würden es hinkriegen.

Als wir fertig waren, fragte ich:

– Wart ihr am Strand?

– Ich weiß nicht genau, ich glaube schon.

– Du glaubst es?

– Ja, ich habe Sand im Haar.

– Ist noch was vom Schnaps übrig?

– Ich glaube schon.

– Und von den Zigaretten?

– Ich glaube schon.

– Hast du den Schnapsschrank ordentlich zugemacht?

– Ja, und die Flaschen zurechtgerückt.

– Wo hast du geschlafen?

– Ich bin zu Hause aufgewacht.

– Wie hast du es überhaupt geschafft aufzuwachen?

– Reines Glück. Wahrscheinlich hat Mama den Wecker für mich gestellt.

Immer wieder das finnische Sisu, die berühmte finnische Ausdauer und Zähigkeit. Papa und Veikko saßen vor ihren Gläsern in der Küche. Sie waren betrunken. Die Weinflasche stand unterm Tisch. Papa rauchte. Veikko hatte eine große Portion Mundtabak unter die Oberlippe geklemmt. Der rann braun heraus. Wenn Papa den Kopf zur Seite drehte, war es, als flatterte in seinen Augen die finnische Flagge.

Hakkaa päälle, suomen poika. Los, Finnland, hau drauf.

Länderspiel im Fernsehen.

Die Weißen, die Roten.

Der Winterkrieg, der Fortsetzungskrieg.

Karelien und der gefährliche Russe, der in den Grenzschützengräben lauerte und nur auf eine Gelegenheit wartete, die Macht zu übernehmen.

Und die Sauna.

Die Sauna reinigt nicht nur den Körper, sie reinigt auch die Leber, sagte Papa und prostete Veikko zu. Veikko prostete zurück und sagte, die Sauna sei gut für alle Organe, inklusive der

Eier. Ich verkroch mich in mein Zimmer. Mama schlief. Terrie folgte mir, sprang auf mein Bett und legte sich hin. Er hatte den Schwanz eingezogen, die Augen halb geschlossen und ließ die Ohren hängen. Langsam sah er alt aus. Ich kraulte seinen Bauch. Legte mich neben ihn. Er schleckte meine Hand. Papa und Veikko machten weiter mit ihrer Finnlandaufschneiderei. Ich schämte mich, hoffte, dass niemand sie hörte, dass die Balkontür geschlossen war. Papas Stimme klang verraucht. Er hustete und sagte, dass es keinen besseren Schnaps auf der Welt gab als Koskenkorva, der war, hol mich der Teufel, reiner als Spiritus. Veikko sagte, nicht einmal Brasilien könne es im Tango mit Finnland aufnehmen. Plötzlich schrie Mama, sie schrie vom Bett aus, Männer würden in der Sauna doch bloß ihre Schwänze vergleichen und sonst nichts. Halt's Maul, du Hure, misch dich nicht ein, wenn wir uns unterhalten, schrie Papa zurück. Ich hielt mir die Ohren noch fester zu.

Kroch näher an Terrie heran.

Manchmal konnte man gar nicht so schnell schlucken, wie man eigentlich musste.

Wie viele Male hatte ich Papas und Veikkos ewiges Suffgespräch schon gehört? Eins stand fest, bessere Skilangläufer und Langstreckenläufer als in Finnland gab es nirgends. Paavo Nurmi, sagte Veikko, saugte an seinem Tabak und erinnerte Papa an die Aufschrift an der Statue in Tampere: Paavo Nurmi hat Arme wie ein Gorilla, Fäuste wie Bärentatzen, einen Brustkorb wie ein Bandit und einen Rücken wie ein Wolf.

Dann leierte Papa die finnischen Weltrekorde herunter:

10 000 Meter in Stockholm 1921.

1 500 Meter in Helsinki 1924.

3 000 Meter in Berlin 1926.

2 000 Meter in Kuopio 1927.

Veikko schwadronierte weiter über Paavo Nurmi. Er lief nicht wie Verlierer auf normalen Straßen, nein, wenn er trainierte, rannte er auf Bahngleisen hinter Zügen her. Und Papa schwadronierte weiter über Lasse Virén, ging seinen Weltrekordlauf noch einmal in allen Einzelheiten durch: Wie er ungefähr auf halber Strecke stürzte. Wieder aufstand und weiterlief, dreißig Meter hinter den anderen. Sie nach einer halben Runde eingeholt hatte. Und wie es ausgegangen war, wusste ja die ganze Welt...

1972. Olympisches Gold für Finnland und ein neuer Weltrekord. Und nur wenige Tage später, sagte Papa, setzte Virén noch einen drauf. Er stellte einen weiteren Weltrekord auf und erlief Gold auf 5 000 Metern. Lasse Virén. *Voi voi.* Papas Augenbrauen hüpften auf und ab. Lasse Virén, *voi voi*, was für ein Teufelsfinne.

– –

Bei jedem Fußballspiel und jedem Eishockeyspiel saß Papa wie gebannt vor dem Fernseher. Bei jeder Olympiade. Bei jeder Weltmeisterschaft, jedem Europacup oder Weltcup. Bei jedem Länderspiel und bei allen Sportnachrichten. Er sagte, im Fernsehen würde viel zu wenig Sport gezeigt. Er schrieb die Ergebnisse auf und lernte Längen und Höhen auswendig. Er konnte von Fußballtoren erzählen wie Mama Brot backen konnte. Und er gab uns Unterricht. Seht ihr, wie er das Tor schießt? Seht ihr, wie er dribbelt? Seht ihr, was für lange Schritte er macht, wenn er rennt? Man kann nicht nur auf den Ball dreschen, man muss auch Köpfchen haben. Wisst ihr, dass es im Stabhochsprung mehr auf Technik als auf Stärke ankommt? Man wirft nicht einfach einen Diskus oder einen Speer. Man springt beim Hochsprung nicht einfach nur über die Latte.

Samstags tippte er. Er tippte und tippte. Träumte von dreizehn Richtigen. Jedes Wochenende war er König Millionär. Er versprach uns das Blaue vom Himmel, mir Lackstiefel und einen feinen Mantel. Markku würde einen Ringeranzug bekommen und Sakari ein Tretauto. Wir sollten nur abwarten. Wenn es diese Woche nichts wurde, würde es nächste Woche klappen. Irgendwann schlägt es ein, sagte er.

Es kam vor, dass Papa zu Schweden hielt.

Leider war Finnland noch keine Tischtennisnation.

Leider gab es keinen finnischen Stellan Bengtsson.

In der Schule hielt ich zu Schweden. Zu Hause zu Finnland. Und beim Paarlauf saßen Mama und ich zusammen vor dem Fernseher und hielten zur Sowjetunion. Irina Rodnina und Alexei Ullanov. Überragend, sagte Mama. Sie gewinnen jedes Jahr EM-Gold. Was für eine Technik. Weißt du, Leena, in der Sowjetunion lassen sie sich die Sportler und Kulturarbeiter etwas kosten.

Unfair!, rief Papa aus der Küche. Kein Staat sponsert Lasse Virén.

Als er jung war, war Papa ein vielversprechender Fußballspieler gewesen. Rechtsaußen. Schnell, hart, ein Bomber. Darüber redete er aber nur, wenn er betrunken und im Ernstredestadium war. Dann verwandelte er sich in einen Fußballprofi. Mit Augen und Händen lief er von Spielfeldhälfte zu Spielfeldhälfte. Schoss die Tore mit dem ganzen Körper und mit kaum merklichen Bewegungen der Finger. Spannte im Nahkampf den ganzen Körper an. Nahm mit den Füßen Anlauf, wenn er ein Tor schießen sollte. Spannte das Gesicht an, wenn die gegnerische Mannschaft kurz davor war, ein Tor zu schießen, und wenn sie verloren, sagte er *voi vittu. Voi vitun vitun vittu.* Wenn das Spiel vorbei war, atmete er aus.

Er erzählte vom frühen Aufstehen und dem harten Training bei Regen und Schnee. Von den Heimspielen und den Auswärtsspielen. Von den Pokalen, die Großmutter in Finnland noch immer aufbewahrte. Und er erzählte, wie unmöglich alles am Ende geworden war. Es hatte ihm die Motivation gefehlt, sagte er. Großmutter hatte ihn ermuntert, aber es hatte ihm die richtige Motivation gefehlt. Jetzt bereute er das. Er hätte ein Fußballprofi werden können.

Ich hörte ihn nicht gern über seine Zeit als Fußballer reden, wenn er betrunken war. Er tat mir irgendwie leid. Mein Vater sollte mir nicht leidtun.

Aus ihm hätte ein Fußballprofi werden können, aber leider...

Er hätte ein richtiges Ass in der Schule sein können, aber leider...

Er hätte Techniklehrer werden können, aber leider...

Es schien so vieles zu geben, was «aber leider» war.

Außer Kokkolamummi und der Großmutter in Helsinki hatten wir keine Verwandten in Finnland. Papa war ein Einzelkind, und Mamas jüngere Schwester wohnte auch in Schweden.

– Mama, warum fahren wir im Sommer nicht nach Finnland wie Riittas Familie?

– Weil dein Vater das Geld versäuft.

– Aber Mama, du trinkst doch auch …

– Ich trinke, um es mit deinem Vater auszuhalten.

Es war ganz normal, dass man nicht in Urlaub fuhr. In unserem Block gab es viele Kinder, die das nicht taten. Obwohl nicht immer alle da waren. Weil wir uns in der Sommerkolonie der Stadt abwechselten, in der Nähe vom Strand, in einem schönen alten Holzhaus mit vielen Zimmern. Man musste anstehen, damit man dort hinkonnte, sagte Mama. Und wer in der städtischen Sommerkolonie gewesen war, war am Ende der Welt gewesen. Ich war zweimal dort gewesen. Das Ende der Welt war am ersten Steg, wo wir andauernd badeten. Zum ersten

Steg kam man, indem man durch den kleinen Wald neben den Bahngleisen radelte, durch den Sandskogen und vorbei an dem kleinen Eiskiosk beim *Saltsjöbad*.

Beim ersten Steg stand ein Klettergerüst mit drei Ebenen, auf dem man mit dem Kopf nach unten baumeln oder Umschwünge machen konnte. Es machte eigentlich keinen so großen Unterschied, ob man in der Sommerkolonie war oder nicht. Wenn man dabei war, bekam man um drei Uhr Saft und Sonnenbrötchen, und die kleinen Kinder mussten einen Mittagsschlaf machen. Außerdem gab es Spielzeug und Gruppenspiele für alle.

In diesen Sommerferien aber war es so weit, wir würden nach Finnland fahren. Ich hatte den Fenix-Lohn gespart und eine eigene Geldbörse dabei. Einige Wochen vor dem großen Ereignis bekam Mama Reisefieber. Sie erzählte Helmi am Telefon, wie alles geplant war und was wir mitnehmen würden. Zuerst würden wir Kokkolamummi besuchen, dann Helsinkimummi. Sie sagte, sie hätte keine Übung darin, zu packen und zu reisen, und dass sie und Papa sich über fast alles stritten. Trotzdem klang sie fröhlich. Kimmo sagt, ich soll bloß nicht zu viel mitnehmen, erzählte sie. Er ist ganz aufgeregt. Wohin mit Terrie, was machen wir mit den Blumen, und wir müssen daran denken, Inga-Lill den Schlüssel dazulassen. Als hätte ich nicht schon an alles gedacht. Wer, bitteschön, kümmert sich bei uns denn sonst um alles, und plötzlich kommt der große Weltumsegler und macht sich Gedanken. Helmi erzählte, wenn sie nach Finnland fuhren, war sie schon froh, wenn Veikko am Abreisetag zu Hause war. Und wenn er dann noch nüchtern war, war das der Himmel auf Erden. Papa wollte unbedingt einen seiner beigen Finnlandanzüge mit Bügelfalte anziehen, erzählte Mama. Kannst du dir das vorstellen? Bloß weil er sich vor seiner stinkvornehmen Mutter produzieren will. Ich finde, wir sollten bequeme Sachen anziehen. Aber sie würde vor der Reise noch zum Friseur gehen, sagte sie. Einmal alle zehn Jahre, das ist wohl nicht zu oft? Am liebsten würde sie auch zwanzig Kilo abnehmen. Aber das musste bis nach den Sommerferien warten.

Endlich waren wir bereit, es konnte losgehen. Wir hatten niemanden gefunden, der auf Terrie aufpassen konnte, deshalb sollte er in einer Tasche über die Grenze geschmuggelt werden. Er hat ja schließlich keine Tollwut, meinte Papa. Zum ersten Mal in seinem Leben ging Terrie an der Leine. Er sträubte sich und zog, es sah aus, als würde er sich selbst erdrosseln. Zack und Terrie kamen nicht miteinander aus, bei Riitta konnte er also nicht bleiben. Inga-Lill würde nach Puti sehen und sie füttern. Sie hatte einen Schlüssel und würde die Blumen gießen und die *Ystads Allehanda* reinholen. Nein, das war gar kein Problem, Puti hatte im Frühling geworfen. Es würde wohl in diesem Jahr nicht noch einen Wurf geben. Diesmal hatte Papa alle Katzenjungen ertränkt. Mama hatte nicht nachgegeben. Das war gut so, sagte Inga-Lill. Noch eine Katze wäre zu viel gewesen.
Wir nahmen den Schienenbus nach Malmö. Dort stiegen wir in den Zug, der uns nach Stockholm bringen sollte. Stolz zeigte Papa dem Schaffner unsere Fahrkarten.
– Wir fahren nach Finnland, sagte er, Freunde und Familie besuchen.
– Sieh an, sieh an, sagte der Schaffner.

– Ja, man muss ja schließlich seine alte Mutter besuchen ...

– Seht nur zu, dass ihr die Fähre nicht verpasst.

– Wird schon schiefgehen ...

Wir verstauten unsere Sachen im Abteil, dann entkorkte Papa einen Vino Blanco und zündete sich eine Zigarette an. Mama ging Plastikbecher holen. Wir Kinder bekamen je eine pyramidenförmige Orangenlimonade. Das Fest konnte beginnen.

Noch vor Höör lagen sie sich in den Haaren. Papa füllte seinen Plastikbecher nach und zündete eine neue Zigarette an.

Wenn er nur nicht anfängt, von seiner Fußballkarriere ernstzureden.

– Müsst ihr denn trinken?

Ich versetzte der Sitzbank vor mir einen Fußtritt.

– Wir trinken nicht, wir genehmigen uns ein Glas, sagte Mama.

– Bestimmt fangt ihr an, euch zu prügeln, und das darf man im Zug nicht.

– Wir prügeln uns nie, sagte Papa.

– Und wenn, rufe ich den Schaffner.

– Sei jetzt still, Leena, sonst ...

– Du hast mehr Platz für deine Beine als ich, sagte Markku und schubste meine Füße weg.

– Hab ich gar nicht. Mama, Markku schubst mich.

– Zum Teufel, benehmt euch ordentlich.

Markku bekam eine Ohrfeige von Papa.

– Leena schlägst du nicht, sagte Mama.

Papa beruhigte sich. Ich atmete auf. Erleichtert. Sakari schlief, mit den Füßen an der Fensterscheibe. Als der Zug einen längeren Halt machte, nutzte Mama die Gelegenheit, um mit Terrie auf den Bahnsteig zu gehen. Er musste mal. Ich stellte mich an die Tür und passte auf. Panik ergriff mich. In der Zugtür stehend sah ich Mama verschwinden. Den Zug davonfahren und uns in Finnland landen, allein mit Papa, betrunken.

– Mama, Mama, beeil dich.

Ich heulte und schrie.

– Hör auf, Leena. Wir haben noch ein paar Minuten.

– Mama, der Zug fährt los …

– Jetzt hör aber auf, Leena, sei nicht so hysterisch!

Bitte, lieber Gott, lass uns bald in Finnland ankommen.

– –

Bei Kokkolamummi war es viel ärmlicher, als ich geglaubt hatte. Kein Mensch in ganz Fridhem war so arm. Alles, was Mama und Helmi gesagt hatten, stimmte. Mummi hatte nur ein kleines Zimmer und eine winzige Küche. Die Wohnung lag in einem Holzhaus mit zwei Stockwerken. Eine schmale Treppe, auf der man sich nicht umdrehen konnte, führte zu ihr hoch. Das Außenklo aus Holz teilte sie mit ihren Nachbarn. Man musste mit einer Leiter hinaufsteigen. Ein Pinkel- und ein Kackloch und ein kleineres für Kinderpos. Der Kot sah aus der Entfernung aus wie eine lebende Mondlandschaft. Es stank, nach Ammoniak, sagte Mama. Mummi hatte in der Wohnung einen Eimer, in den sie nachts pinkelte. In der Küche kam nur kaltes Wasser aus dem Hahn. Es gab nur eine Herdplatte. Keine Waschmaschine, nicht einmal eine gemeinsame Waschküche, wie wir sie hatten. Eine Gemeinschaftssauna im Garten. Die durften alle im Hof benutzen. Bei Mummi gab es nur drei Teller und wenig Besteck, fast keine Gläser und nur zwei verbeulte Töpfe.

Mummi hatte für uns Matratzen in ihr Zimmer gelegt. Sie wa-

ren fast genauso hart wie der Boden und rochen nach Pferde-
futter. Sie selbst würde auf ihrem Küchensofa in der winzigen
Küche schlafen. Auf diesem Sofa ist der Ukki gestorben, euer
Großvater, erzählte Mummi. Und manchmal liegt er hier, wenn
ich mich am Abend hinlegen will. Wenn ich mit ihm schimpfe,
dann rückt er ein wenig zur Seite. Dieses schmale alte Sofa ist
viel zu eng für zwei Personen, das sieht man doch, sie lachte,
es gibt gerade genug Platz für mich und die Katze. Ich schaute
das Sofa an. Ich konnte die Umrisse von Ukki erkennen, obwohl
ich ihn nie gesehen hatte. Er war dünn.

Bei Mummi gab es zwei Lehnstühle, einen kleinen Tisch und
ein niedriges Bücherregal. Plastikblumen in einer grünen Vase.
Ein Porzellanreh. Eine Porzellankatzensammlung. Die schönste war eine große Glasfigur aus einer Glashütte. Es gab zwei
schwarze Rahmen mit Fotografien. Auf dem einen Bild war ihre
Mutter und auf dem anderen ihre Tante. Ich fand, sie sahen aus
wie Gefangene, die man an die Wand gestellt hatte. Mummis
Blume hieß Fleißiges Lieschen und hatte mindestens hundert
Blüten. An der Wand hing ein großes Gemälde. Es nahm fast
die ganze Wand ein. Ein Seeadler hielt einen gerade erbeuteten
Hecht zwischen den Krallen. Er saß auf einem Felsen, es sah aus,
als wolle er sich in die Luft erheben, aber als wäre der Hecht
zu schwer dafür. Blut rann aus dem Hechtbauch. Das Blut sah
aus wie die Krampfadern an Mummis Beinen. Das Bild hätte
einen goldenen Rahmen haben und beleuchtet werden sollen,
wie die Bilder bei Tante Elly und Onkel Helge, dachte ich. Ich
war sprachlos. An der anderen Wand hing ein gesticktes Bild.
Gott ist Liebe, stand darauf. In Schwarz und Gold. Die anderen
Bilder waren klein und zeigten Finnlands Natur, schmale Kies-

wege und Wälder. Seen und blauen Himmel. Sakaris, Markkus und meine Augen waren groß wie Untertassen.

– Du hast aber viele Bilder, Mummi, sagte ich.

– Ich sammle Kunst, meine kleine Schöne.

– Wer hat die Bilder gemalt?

Mummi lachte auf, dann sagte sie:

– Leena-Schätzchen, mach den Mund nicht so weit auf, wenn du mit mir redest.

Viel später hörte ich Mama und Helmi am Telefon flüstern. Der Künstler war zwanzig Jahre jünger als Mummi. Ein Vagabund. Aber er kam immer wieder zurück zu Kokkolamummi.

Am Abend, wenn Mama und Papa mit Mummi im Garten saßen und Wein tranken, kam Ritva, eine Nachbarin, und gesellte sich zu ihnen. Sie hatte ein schwarzes Akkordeon. Markku spielte vor dem Haus Pfeilwerfen mit einem ihrer Söhne. Sakari saß auf Mamas Schoß und schlief langsam ein. Terrie trottete im Garten umher und markierte zum wiederholten Mal sein Revier. Ich rollte mich wie eine Katze auf meinem Stuhl zusammen und versuchte mich unsichtbar zu machen. In Kokkola schien die Sonne am Tag und in der Nacht, hatte Mama erzählt. Mit ihren leuchtenden Farben hielt sie uns fast die ganze Nacht wach. Ritva spielte Akkordeon. Papa und Mummi sangen alle Lieder von Olavi Virta, die sie kannten: *Tango Desiree, Tyttö metsässä, Laulava sydän* und *Kultainen nuoruus*. Mädchen im Wald, Singendes Herz und Goldene Jugend. Immer wieder. Olavi Virta war gerade gestorben und ganz Finnland trauerte. Jetzt verstand ich, warum Papa sagte, er wollte zurück nach Finnland.

Nach einer Woche bei Mummi nahmen wir den Zug nach Helsinki. Großmutter wohnte in einer Zweizimmerwohnung im ersten Stock in einem alten, großen Steinhaus mit vier Stockwerken mitten in der Stadt. Sie war viel wohlhabender als Kokkolamummi. Sie hatte einen Kristallleuchter an der Decke, ein Bettsofa, zwei schöne Sessel, ein richtiges Bücherregal mit schönen Sachen drin. Sie hatte einen Schaukelstuhl, überall gehäkelte Deckchen, Schmuck in einem Schmuckkästchen und goldene Ohrringe an den Ohren. Die Zimmer waren groß, mit hohen Decken und vor den Fenstern hingen lange weiße Rüschengardinen aus feinem Stoff. Bei ihr ging das Fest weiter. Aber es gab keinen Garten, deshalb saßen Mama und Papa in Großmutters kleiner Küchennische und tranken. Papa und Mama stritten sich. Unser Geld war alle, und für uns Kinder gab es nichts zu tun. Markku und ich stritten uns dauernd. Papa ohrfeigte uns, weil wir keine Ruhe gaben, wenn wir ins Bett gehen sollten. Mama und Großmutter waren in allem unterschiedlicher Meinung.

Nach ein paar Tagen bat Großmutter uns zu fahren. Sie sagte, dass Mama und Papa nüchtern sein müssten, falls sie irgendwann noch einmal zu Besuch kommen wollten. Es täte ihr wegen der Kinder leid. Aber sie halte es mit uns nicht aus, sagte sie. Als wir über den Hof gingen, sah ich Großmutter am Fenster hinter den Gardinen stehen. Es sah aus, als würde sie die Lippen aufeinander pressen und am ganzen Körper zittern.

– –

Die Helsinkifähre erreichte Stockholm im Morgengrauen. Papa war nicht bereit, den vollen Preis für das Hotelzimmer zu bezahlen, und diskutierte mit dem Nachtportier. Sakari jammerte, dass ihm die Füße weh taten. Markku saß im Foyer auf dem Boden und schlief. Mama rauchte und schwankte. Hunde waren in diesem Hotel nicht erlaubt.

Bitte, Papa.

Bitte, Mama.

In derselben Bucht, in der Mummi in den Wintern Laken und Teppiche für die Frauen reicher Männer gewaschen hatte, hatte Esther Williams eine Schwimmschule für Mädchen eröffnet. Mama lernte, wie man im Wasser Pirouetten drehte und wie man mit dem Kopf über Wasser kraulte.

Mama sagte, Esther Williams' blumengeschmücktes Gesicht wäre durch die Filmplakate im Handumdrehen in aller Welt bekannt geworden. *Badende Venus. Flitterwochen zu dritt.* Esther Williams, die an der Olympiade in Finnland teilnehmen sollte, aber wegen des Krieges, den alle so verabscheuten, nie eine Goldmedaille gewonnen hatte. Esther Williams, die stattdessen ein Filmstar wurde. Esther Williams, der Tarzan unter den Frauen. Mama sagte, die Esther-Williams-Filme hätten die Sportkultur in der gesamten westlichen Welt verändert. Mädchen konnten also auch schwimmen, sieh mal einer an. Sicher wälzte sich Präsident Roosevelt in der Ferne im Weißen Haus schlaflos im Bett. Jetzt galt es, die Bälle, Speere, Schlittschuhe und Stäbe festzuhalten, sonst würde vielleicht bald eine Frau

Präsidentin von Amerika. Mama gehörte zur ersten finnischen Esther-Williams-Truppe. Sie hatte eine Badekappe mit Gummiblumen und kraulte genauso gut wie Esther-Tarzan. Im finnischen Schärenmeer schwamm ich buchstäblich ins Leben, sagte sie.

Mama setzte mich ins Schwimmbecken, als ich vier war. Sie musste eine Sondergenehmigung unterschreiben, dass ich an Plantsch & Spiel teilnehmen durfte, weil ich eigentlich noch nicht alt genug war. Das würde schon in Ordnung gehen, sagte Mama der Schwimmlehrerin, weil ich Schwimmhäute zwischen den Zehen hätte und mich im Wasser wohler fühlte als an Land. Bald lernte ich so gut schwimmen, dass ich zum Schwimmtraining gehen durfte. Inzwischen schwamm ich schon sehr lange. Von der ersten Klasse an.

Bengt Brink war der Vorsitzende von Ystads Schwimmverein, YSV. Er war berüchtigt für seine Strenge. Wenn Bengt Brink auf etwas zeigte, streckte er immer den ganzen Arm aus, und er lachte nie. Auf eine Weise ähnelte er Sten, er war bloß größer. Alle wussten, worauf er aus war. Ystads Schwimmverein sollte der beste Schwimmverein im ganzen Land werden. Die Jungs vom Handball bekamen jedes Jahr den Löwenanteil vom Sportbudget, aber bald würde der YSV aufholen. Bald würde man Ystad landesweit als Schwimmstadt, nicht als Handballstadt kennen. Das hatte Bengt Brink den Leuten von der Zeitung gesagt.

Pausen waren Luxus für faule Hunde. Bengts eigener Sohn, Ulf Brink, zählte zu den besten Schwimmern. Er war zum Eliteschwimmer oder Elitisten, wie wir sie nannten, ausgewählt worden. Nur wenige von uns wussten, was das Wort Elite bedeutete, aber der Gehalt des Worts war klar. Genauso wie man wusste, was ein Psychopath war, wusste man, was ein Elitist war. Ulf Brink erschwamm die funkelnden Pokale für den Verein. Er war eine Hoffnung. Er und Monica Cassel waren unsere Idole. Wir wollten genauso gut sein wie sie. Ich vergötterte Monica, die Königin des Schwimmbads. Geschmeidig wie Ulrika Knape und schön wie Esther Williams. Sie trug genau so einen Badeanzug, wie ich ihn mir wünschte. Monica schwamm wie ein Pfeil. Ihr Badeanzug hatte nicht einmal Zeit, nass zu werden. Ich schwamm in einem dunkelblauen Turnanzug, den Mama im Rathauskeller gefunden hatte und der erst mal herhalten musste. Er klebte am Körper und wurde hinten schwer. Monica Cassel war Polizistentochter, erzählte Mama Helmi am Telefon im Flüsterton. Und auch ihr Bruder Tom Cassel schwamm. Ein netter Kerl, der immer freundlich grüßte. Dem Vater der beiden war ich schon begegnet. Einmal war er es gewesen, der zu uns kam, als Mama und Papa Krach hatten und die Polizei kam. Er hatte einen großen Schlagstock und eine Pistole im Halfter, die beim Gehen rasselten. Terrie und ich waren unter den Tisch gekrochen, damit er uns nicht traf, falls ein Schuss losging. Ansonsten begegneten wir ihm nur flüchtig bei Schwimmwettkämpfen und wenn Terrie einen Hasen oder ein Kaninchen aufspürte und von seiner Runde nicht nach Hause kam. Die Polizei wusste genau, wem der kleine reizbare Hund mit der weißen Brust und dem schwarzen Rücken gehörte. Wenn Monicas Vater im Dienst war, rief er uns an und teilte mit, dass Terrie in der Stadt beinahe wieder überfahren worden sei. Mama stand Todesängste aus, wenn sie ranging, denn was, wenn die Frage nach der Hundesteuer aufkäme? Aber das geschah nie. Polizist Cassel blieb bei der Sache: Ihr könnt den Hund auf der Wache abholen. Vergesst nicht, wir bekommen zehn Kronen für die Unkosten.

Ich fand, Ulf wurde von seinem eigenen Vater schlechter behandelt als Åse von Sten. Obwohl irgendwie anders. Er tat mir leid. Selbst wenn er gewann, schrie Bengt ihn an. Aber es war wahrscheinlich Bengt zu verdanken, dass auch ich mich zu einer Hoffnung entwickelte.

Spurtet, zehn Mal hundert Meter, strengt euch verdammt noch mal an, trödelt nicht herum, ihr könnt es besser, zum Teufel, ihr vergesst ja, eure Beine zu bewegen.

Bengt Brink wurde Hitler genannt.

– –

Åse kam mit zum Schwimmen. Inga-Lill und Mama hatten das beschlossen. Åse hatte Angst vor dem Wasser und kniff die Augen zusammen, sobald jemand sie anspritzte. Am Strand traute sie sich nicht weiter als bis zu den Knien ins Wasser. Wenn sie schwamm, sah es aus, als würde sie im Wasser sitzen. Das war peinlich. Wenn wir Wasserball spielten, fing sie ihn mit abgewandtem Kopf auf. Wie gut, dass sie jetzt mit dem Training anfing, meinte Inga-Lill. Ich sollte mich ein wenig um sie kümmern, das würde schon gutgehen.

Auf dem Weg zum Training erzählte ich ihr, dass unser Trainer ein wenig streng wirken konnte. Am besten kümmerte sie sich gar nicht darum. Tat einfach nur, was er sagte.

Hitler begutachtete sie von oben bis unten.

– Spring ins Wasser, damit ich sehe, wie du schwimmst.

Åse konnte die Füße nicht heben. Sie hatte Zementfüße bekommen.

– Na los. Ich hab schließlich nicht ewig Zeit, hier zu stehen.

Åse blinzelte, und bevor sie reagieren konnte, griff Hitler ihr unter die Achseln, hob sie hoch und ließ sie ins Wasser fallen. Auf der tiefen Seite des Schwimmbeckens. Kurz war ich versucht, ihr hinterherzuspringen, aber ich traute mich nicht. Hitler war der Einzige, vor dem ich Angst hatte. Einmal hatte ich mitten während des Trainings Durchfall bekommen. Während der kurzen Pinkelpause musste ich unbedingt aufs Klo. Das lag im Schwimmbadbereich. Schnell rannte ich dorthin. Sofort bildete sich eine Schlange, aber ich konnte nicht vom Klo aufstehen. Rufe wurden laut, wer denn so lange da drinnen saß. Ich traute mich nicht zu antworten. Mucksmäuschenstill saß ich da und hatte eine Riesenangst, dass der Geruch durch den Spalt zwischen Tür und Boden kriechen und sich draußen ausbreiten würde. Als meine Schwimmkameraden unter der Tür durchschauten, zog ich die Füße hoch. Sie glaubten, dass da jemand saß, der den Schwimmunterricht schwänzte.

Ich hörte Hitlers Stimme. Er würde das hier schon deichseln. Er holte einen Schraubenzieher und fing an, das Türschloss von außen aufzuschrauben. O nein, bitte, bitte nicht. Ich versuchte, den Badeanzug hochzuziehen, schaffte es aber nicht rechtzeitig. Bei dem Versuch ihn hochzuziehen, rollte sich der Turnanzug zu einer Wurst zusammen. Als Hitler die Tür aufriss, war ich beinahe nackt. Die gutaussehenden Jungs meiner Träume standen in der Toilettenschlange und lugten einander über die Schultern. Und Monica. Die schöne, schnelle Monica. Wahrscheinlich hatte sie noch nie Durchfall gehabt. Hitler bellte. Was sitzt du denn hier und brütest Eier aus? Er stand breitbeinig da, die Hände in die Hüften gestemmt. Seine kurzen weißen Hosen spannten über den Oberschenkeln. Es gibt noch andere, die mal müssen.

Die schönen Badehosen lachten mich aus. Ich duckte mich, wie Terrie, wenn Papa ihm einen Fußtritt verpasste. Ich merkte, dass ich Hunger hatte. Und sag deiner Mutter, dass sie dir einen besseren Badeanzug kaufen soll.

Hitler versetzte mir einen Stoß in den Rücken. Mit Mühe zog ich den Badeanzug an und sprang zurück ins Wasser. Und seitdem hatte ich Angst vor Hitler. Jederzeit konnte die Klotür aufgerissen werden. Jederzeit konnte die beste Freundin ins Wasser geschubst werden.

Ich bückte mich und streckte meine Hand nach Åse aus. Arme Åse. Nie wieder würde sie sich trauen mitzukommen. Sie schnappte nach Luft und ruderte mit den Armen. Der Schreck flackerte in ihrem Blick. Hitler war bereits verschwunden. Åse war bereits kein Thema mehr für ihn. Sie konnte Ystads Schwimmverein auch gleich verlassen. Aber das sagte er nicht.

– –

Cecilia aus meiner Klasse schwamm in derselben Gruppe wie ich. Sie kam immer auf den zweiten Platz. Ich brauchte mich kaum anzustrengen. Ich war eine Spur besser als sie. Das kam daher, dass ich immer fror und schwamm, um mich warm zu halten. Wenn die anderen Pause machten, schwamm ich weiter. Wenn Cecilia beim Training oder im Wettkampf in meine Nähe kam, brauchte ich einfach nur ein wenig Gas zu geben. Sofort befand sie sich wieder in einem angenehmen Abstand.

Wir trugen im Wasser einen stillen Kampf aus. Ich genoss es, die Beste zu sein. Cecilia sagte nichts, aber sie war neidisch. So etwas wusste man. Ich war neidisch, weil sie auf sechzig Meter schneller rannte als ich.

In der Sportwoche im Februar arrangierte die Stadt Aktivitäten für die Schulkinder. Man konnte im Jugendhof Batik ausprobieren, töpfern, Handball spielen, fechten, Fußball spielen und bei Löschübungen der Feuerwehr dabei sein. Überall in der Stadt gab es Sachen, die wir machen konnten. Alles war gratis, und für jede Aktivität gab es freiwillige Leiter. Auf diese Weise versuchten die Vereine neue Mitglieder zu werben, sagte Brink. Außerdem war es gut, dass Kinder, die es sich nicht leisten konnten, in den Sportferien wegzufahren, auch etwas zu tun hatten, sagte Mama. Der YSV war natürlich dabei, mit Schwimmtraining und Wettkämpfen.

Eigentlich wollte ich gar nichts Neues ausprobieren und beschloss, auch in der Sportwoche zu schwimmen. Und da, beim Wettkampf in den Sportferien, entdeckte ich, dass ich schneller war als die meisten anderen. Nicht bloß schneller als Cecilia. Das war eine Überraschung.

Ich hörte, wie mein Name über Lautsprecher genannt wurde, und wunderte mich. Hitler sagte immer, dass man sich nicht zu früh freuen sollte. Also bildete ich mir nichts ein. Absolut nichts. Doch als mein Name immer öfter im Lautsprecher genannt wurde, sah Hitler so aus, als wäre er fast ein bisschen stolz. Cecilia sagte, ich müsste zur Preisverleihung. Du hast gewonnen, sagte sie. Über Lautsprecher wurden die Namen wiederholt. Der erste Preis geht an. Die Siegerin auf hundert

Meter ist. Mit der Zeit. Aber ich bekam einen Krampf im Bauch und musste zuerst aufs Klo gehen.

Ein alter Mann brachte die Medaillen auf einem Tablett. Ich stolperte auf das Siegerpodest, krebsrot im Gesicht. Als er mir die Medaille um den Hals hängte, stießen wir mit den Köpfen zusammen. Ich machte mir beinahe in die Hosen. O nein, ich bekam auch ein Paket überreicht. Wie reagierte man denn da? Ich verneigte mich, wie ich es in der Sonntagsschule gelernt hatte. Ich verneigte mich bis zum Boden.
Jesus liebt alle Kinder.
Sechs Stück Obstmesser. Ich hatte keine Ahnung, was ein Obstmesser war, aber ich freute mich so, dass ich beinahe platzte. Schade, dass Mama oder Papa nicht hier waren. Sie wären stolz auf mich gewesen. Aber sie würden sich auf jeden Fall über die Obstmesser freuen.
Cecilia bekam den zweiten Platz und eine Flasche Shampoo.

Das Siegen fiel mir immer leichter. Am Ende gewöhnte ich mich daran. Der Medaillenhaufen zu Hause wuchs. Ich wurde der Schwimmstar der Klasse. Traute mich, vom höchsten Sprungbrett zu springen. Vom Steg ins Wasser zu tauchen. Mich kopfüber in die Wellen zu werfen. Die *Ystads Allehanda* fotografierte uns. Ein großes Bild auf der Sportseite mit den Schwimmhoffnungen von Ystad. Ich und Cecilia zusammen mit Ulf Brink und Monica Cassel. Papa galoppierte in Sten-Åke-Cederhök-Manier durch die Küche. Er sang *Låt hjärtat va' me*, Nimm's Herz mit. Sein kleines Sportmädchen. Nein so was, in der Zeitung und alles.

Eines Tages rief Brink Cecilia und mich während des Trainings zu sich. Wir sollten vorschwimmen. Man sagte uns nicht wozu, wir sollten einfach unser Bestes geben. Jede auf einer Bahn, zuerst Brust, dann Freistil und schließlich Rücken und Schmetterling. Ich gab mein Bestes. Die Sache war klar. Wir sollten bei den Elitisten anfangen. Juhu, hätte ich beinahe laut gejubelt, aber ich schluckte es runter. Genau wie Cecilia. Denn Hitler wies uns darauf hin, dass man seinen Platz in der Mannschaft jederzeit wieder verlieren konnte. Trotzdem Glückwunsch.

Ich hörte nicht hin.

Bei den Eliteschwimmern, da schwammen sie wie der Blitz. Genauso gut wie Gunnar Larsson und Mark Spitz.

Als Cecilia und ich in der Sauna saßen, beschlossen wir zu feiern. Im Umkleideraum durchwühlten wir die Kleider der anderen. Wir klauten acht Kronen und stellten uns beim Kiosk in der Cafeteria an.

Eine Lakritzstange, zwei Kaugummis und ein wenig vermischte Süßigkeiten.

Wir gingen zur alten Sporthalle rüber und sahen beim Badmintontraining zu.

Als die Süßigkeiten aufgegessen waren, gingen wir leichten Schrittes über die Hejdegatan nach Hause.

Zuckersatt.

Die Glücklichsten in der Stadt.

– –

Nur ein paar Wochen nach unserem Eintritt bei den Elitisten bot man uns an, in ein Trainingslager auf Mallorca zu fahren. Es sei kein Problem, von der Schule befreit zu werden. Einen ganzen Tag ging Mama in der Küche auf und ab, dann vereinbarte sie einen Termin beim Sozialamt. Andernfalls konnte ich unmöglich mitfahren, sagte sie. Mama schwitzte, wie immer, wenn sie einen Termin beim Sozialamt hatte, aber diesmal machte sie sich mit geradem Rücken auf den Weg, denn die Situation war eine ganz andere. Ihre Tochter würde in dieses Trainingslager fahren, und wenn es das Letzte war, wofür sie sich ins Zeug legte. Nötigenfalls würde sie Pfandflaschen einsammeln, um das Geld für die Reise zusammenzubekommen.

Man bewilligte uns einen Betrag, der die Reisekosten deckte. Außerdem erhielten wir einen Zuschuss für einen neuen Badeanzug. Einen Anzug vom Schwimmverein, mit Abzeichen und allem Drum und Dran. Ich wählte einen flammendroten wie Monica einen hatte. Man spürte den Stoff kaum, wenn man ihn trug. Und mit einem richtigen Badeanzug schwamm man noch schneller.

Mama vereinbarte einen Termin beim Fotografen. Wir mussten ein Passfoto machen lassen, sagte sie. Ich war noch nie beim Fotografen gewesen, und eine Kamera hatten wir auch nicht. Es kribbelte im Bauch, und ich konnte in der Nacht nicht schlafen. Markku reagierte ungewöhnlich neidisch, als er die Neuigkeit hörte.

– Ich will auch nach Mallorca fahren, sagte er.

– Aber wir haben nur Geld für eine Reise bekommen.

– Warum soll ausgerechnet Leena fahren?

– Markku, es ist nun einmal Leena, die zum Training geht.

– Das stimmt nicht.

– Aber sie schwimmt schon viel länger als du.

– Tut sie nicht.

– Doch, das tut sie, und sie hat die meisten Wettkämpfe gewonnen.

– Ich will auch zum Fotografen gehen.

– Du warst bei einem Fotografen in Finnland, als du klein warst.

– Aber ich kann mich nicht mehr daran erinnern.

Ich wurde wütend und mischte mich ein.

– Ich erinnere mich nicht daran, dass ich in Finnland gewohnt habe.

– Ich erinnere mich nicht daran, dass wir nach Schweden gezogen sind.

– Hört jetzt auf, Kinder, sagte Mama.

Eine ganze Woche hatte Markku schlechte Laune. Zog mich auf, sobald andere in der Nähe waren, hackte auf Sakari herum. Du verpestest die Luft, sagte Papa und gab Terrie einen Fußtritt. Kann man sich in dieser Familie denn nicht ein einziges Mal freuen, sagte Mama, die nervös war und geschäftig. Sie versprach, dass Markku und Sakari ein anderes Mal etwas anderes bekommen würden.

Jetzt war nun einmal Leena an der Reihe.

Konnte Sakari nicht mal aufhören zu weinen?

Ich zog meine weiße Seidenbluse an und kämmte mein Haar sorgfältig. Der Pony platt. Ein schönes Lächeln auf den Lippen. Wie Liz Taylor im Lassie-Film. Obwohl mein Haar vom Schwimmbadwasser chlorgebleicht war und nicht schwarz. Ich stand lange vor dem Spiegel. Wenn man fotografiert wurde, dann musste einfach alles gut aussehen. Mama hatte gute Laune und half mir, einen Rock zur Bluse auszuwählen.

Ich hielt die Passbilder auf dem ganzen Weg nach Hause in der Hand. Sah sie immer wieder an. Der Fotograf musste etwas falsch gemacht haben. Meine Bluse war kaum zu erkennen. Mein silbrig glänzendes Schwimmbadhaar sah plötzlich ganz grau aus. Die Schneidezähne waren riesengroß, und er hatte das Foto nicht gemacht, als ich lächelte wie Liz Taylor. Ich fragte gar nicht erst, ob wir neue machen konnten. Das wäre viel zu teuer geworden.

Mama ging mit den Fotos und meiner Geburtsurkunde zum finnischen Konsulat in der Östergatan. Ich bekam einen dunkelblauen Pass, der gut roch. Der Pass wanderte zu Hause von Hand zu Hand. Sieh an, sagte Papa, jetzt bist du ein richtiger Diplomat. Der einzige in der ganzen Verwandtschaft.

Keiner in der Familie war jemals geflogen. Keiner in der Familie besaß einen Pass oder einen Führerschein, und keiner war jemals so weit gereist, außer Mama, die als Kindermädchen in London gearbeitet hatte. Aber das war so unwirklich, dass wir nie darüber redeten. Außerdem war sie mit dem Schiff dorthin gereist, nicht geflogen. Keiner in der Familie hatte nach der neunjährigen Grundschule eine weiterführende Ausbildung gemacht. Und keiner hatte je eine bessere Arbeit gehabt als Großmutter, die als Bedienung im Restaurant eines Theaters gearbeitet hatte. Wir besaßen nichts, es gab nichts zu erben, und fast alle Erwachsenen in unserer Umgebung hatten Fabrikverstümmelungen an der rechten Hand. Die Mallorcareise sprach sich bald überall herum. Alle wollten mitkommen. Nur Inga-Lill war schon einmal in Bulgarien gewesen. Die Nachricht hatte sich damals wie ein Lauffeuer verbreitet, und wir hatten über nichts anderes mehr geredet. Bulgarien lag auf der anderen Seite der Erdkugel.

Die Flugreise war zu viel für mich.

Ich konnte mich hinterher nicht mehr daran erinnern. Konnte, als ich nach Hause kam, nicht erzählen, wie es über den Wolken aussah. Aber unter dem Hotelbett hatte es von riesengroßen Käfern gewimmelt. Die Palmen auf den Straßen sahen aus wie im Donald-Duck-Comic. Die Sonne war viel größer als in Ystad, Papa hätte sie mal sehen sollen. Was für Tomaten er da auf unserem Balkon ziehen könnte. Der Himmel war blauer. Das Meer war größer und tiefer, und die Jungen hatten schwarzes Haar und braune Augen und sagten, dass sie uns heiraten wollten.

Die fünfte Klasse ging schneller vorbei als die vierte, und bald waren wieder Sommerferien. Es machte immer noch genauso viel Spaß, in die Schule zu gehen. Ich war Eliteschwimmerin und gut auf der Blockflöte. Aber Mama und Papa wurden immer komischer.

Mit den Feiern am Hälsobacken war es vorbei. Riittas Mutter hatte Veikko verboten, Leute nach Hause einzuladen. Sie hatte keine Kraft mehr, sich sowohl um Besoffene als auch um ihre fünf Kinder zu kümmern, sagte sie. Ihr Zuhause war beinahe zu einem Festlokal geworden. Die Spanska Leva geht ja gar nicht mehr zu sich nach Hause. Das geht nicht. Ich bin es schließlich, die sich um alle kümmern muss, wenn sie sinnlos betrunken sind. Es geht nicht, es geht nicht mehr. Wenn Veikko sich nicht besserte, würde sie sich scheiden lassen. Sie sah traurig aus.

Mama und Helmi trafen sich und riefen einander an wie früher. Nur nicht, wenn Mama und Papa betrunken waren. Dann sah Helmi stattdessen nach ihnen, so wie ich.

Ich liebte Helmi. Sie war die Einzige, die immer nüchtern war.

Das Wort Feier hatte einen speziellen Klang in meinen Ohren bekommen. Ständig feierten die Erwachsenen. Sie schauten herein. Sie kamen gerade auf dem Weg irgendwohin vorbei. Man braucht eine Unterbrechung im tristen Alltag, sagten sie. Ein wenig Spaß braucht der Mensch. Und sie hatten zufällig eine Flasche dabei. Oder zwei. Bei uns dauerten die Feiern über lange Zeiträume ohne Unterbrechung an. Meine Eltern waren Quartalssäufer.

Karin war es, die mir das sagte, während sie ein Schaumbad nahm. Es war das letzte Mal, dass Åse und ich neben der Bade-wanne saßen. Wir waren zu alt dafür geworden.

– Dein Papa ist Quartalssäufer, Leena.

Sie tauchte im Schaum unter und wieder auf.

– Was ist ein Quartalssäufer?

– Jemand, der wochenlang trinkt.

– Ist das so was wie ein Schlachter oder Schreiner?

– Nein, nicht direkt ...

Karin saugte Wasser in ihren Mund und ließ es auf ihren Bauch spritzen.

– Aber meine Mama trinkt auch.

– Dann ist sie auch Quartalssäuferin.

Sie tauchte im Schaum unter und wieder auf.

– Das heißt Quartalssäufer?

– Sagt man so.

– Woher weißt du das?

– Sagt man so.

Ich schwieg. Verfluchte Karin. Doch endlich.

Endlich ein Name für das, was ich so gut kannte, wovon ich aber nicht wusste, wie ich es nennen sollte.

Quartalssäufer.

Ich schmeckte dem Wort in meinem Mund nach.

Nicht schlecht.

Auf jeden Fall besser als Mörder.

Dann kam die Osteraufführung mit dem Flötenorchester. Wir sollten im Theater auftreten. Ich spielte die zweite Stimme und hatte fleißig geübt. Mama und Papa würden stolz auf mich sein. Die Vorführung begann um sechs.

Nach der Schule gingen Åse und ich auf den Speicher. Wir kletterten über die Gitterwände zwischen den Verschlägen und durchsuchten die Kartons und Taschen der Leute nach Sachen-die-man-zu-was-brauchen-konnte. Als ich zwischen all dem Gerümpel eine Blockflöte fand, fiel mir mein Auftritt wieder ein. Sicher war es längst höchste Zeit. Ich ließ alles stehen und liegen und kletterte über das wackelige Gitter. Auf dem Weg durchs Treppenhaus nach unten überschlugen sich meine Gedanken.

Okay, vielleicht blieb mir keine Zeit zu duschen.

Okay, vielleicht musste ich aufs Essen verzichten.

Okay, aber ich würde schon rechtzeitig kommen.

Mama! Heute ist unsere Aufführung. Wir müssen uns beeilen.

Keine Antwort. Maamaa, du musst mir anziehen helfen.

O nein. Sie waren betrunken.

Vorsichtig schaute ich ins Schlafzimmer. Beide lagen da und schliefen.

Okay, ich würde es schon selber hinkriegen.

Noch konnte ich es rechtzeitig schaffen. Es war zwanzig vor sechs.

Ich öffnete den Schrank. Dort hing das feinste Kleid aus dem Rathauskeller. Das ich immer für einen besonderen Anlass aufgehoben hatte. Ich freute mich, ich hatte es völlig vergessen. Anfangs war es zu groß gewesen, aber jetzt war ich sicher hineingewachsen. Es würde gut aussehen. Kurz, aus grauweißem Stoff mit schmalen Streifen. Der Rock ein wenig ausgestellt. Es war ärmellos und hatte Knöpfe am Rücken. Mit rotgesäumtem Halsausschnitt. Ich zog mich aus und zwängte mich hinein. Ich schaute in den Flurspiegel. O nein. Ich war viel zu sehr gewachsen. Man konnte den Po sehen. Es spannte unter den Armen. Was sollte ich jetzt nur anziehen? Ich wühlte im Schrank, suchte nach etwas anderem, aber es gab fast keine sauberen Kleider. Jedenfalls keine, die ich anziehen konnte. Mama und Papa hatten es versäumt zu waschen.

Okay, da war nichts zu machen.

Ich ging ins Badezimmer. Durchsuchte den Wäschekorb. Es roch nach Papas Unterhosen. Ich Fenix-atmete. Ganz unten fand ich mein dunkelblaues Matrosenkleid mit dem Anker auf der Brust. Das würde für die Aufführung gehen. Ein bisschen zu winterlich vielleicht, aber okay. Ich roch daran und schüttelte es aus. Okay, okay, es musste jetzt einfach taugen. Ich band meine Haare zu einem Pferdeschwanz, zog eine Strumpfhose an, packte Flöte und Notenbuch ein und setzte mich aufs Fahrrad. Ich hatte keine Zeit, die Jacke zuzuknöpfen.

Zwei Minuten vor sechs kam ich auf die Bühne. Wo hast du dich denn rumgetrieben, Fräulein, fragte die Flötenlehrerin und schob mich zur zweiten Stimme, die auf der rechten Seite der Bühne ganz vorne stand.

Das Theater war voll besetzt. Eltern und Geschwister saßen fein gekleidet und erwartungsvoll in einer Bankreihe hinter der anderen. Schnell setzte ich die Flöte zusammen und blies ein paar Töne. Dann blickte ich über das Publikum. Mama und Papa lagen in ihren Betten und schliefen. Ihr Atem ging schwer. Papa schnarchte laut. Mama schnarchte leise.

Wie konnte ich nur so dumm sein?

Nun hatte ich nichts, woran ich meinen Blick festmachen konnte. Das Theater fing an zu wachsen. Um mich herum winkten Kinder ihren Eltern zu.

Ich spürte, wie meine Füße den Kontakt zum Boden verloren und ich langsam unter die Decke segelte. Dort schwebte ich umher. Sah mich selbst einsam im Theater.

Sah mich selbst einsam bei Schwimmwettkämpfen.

Im Schulhof. In der Klasse.

Und jetzt kam der Hunger.

Dann die Panik.

Dann plumpste ich plötzlich wieder hinunter.

Nur nicht weinen.

Pschscht. Das war die Flötenlehrerin. Es wurde mucksmäuschenstill. Das Konzert begann. Wir sollten *Gånglåt från Äppelbo*, Wanderlied aus Äppelbo, *Puff the Magic Dragon* und *Visa i Molom*, Lied in Molom, spielen.

Meine Finger fanden die Griffe, ohne dass ich zu denken brauchte. Aber die Flöte gab keinen Laut von sich. Ich wusste nicht mehr, wie man hineinblies. Das spielte übrigens keine Rolle. Meine Töne hatten keine Ohren, in die sie fliegen konnten. Ich fingergriff mich durch die Vorstellung.

Dann kam der Applaus, der nicht mir galt. Aber ich verneigte mich, wie wir es gelernt hatten. Hinterher, als alle Klassen gespielt hatten, strömten die Mütter und Väter auf die Bühne. Nur nicht weinen.

Ich verdrückte mich aus dem Theater.

Als ich mit dem Fahrrad auf dem Weg nach Hause war, begriff ich mit einem Mal, dass alles wahrscheinlich viel schlimmer war, als mir klar gewesen war.

Ich gab Terrie die Blockflöte, als ich nach Hause kam.

Er zerbiss sie im Handumdrehen.

Als wäre sie ein Knochen.

– –

Wohin verschwanden Mama und Papa, wenn sie betrunken waren? Wo waren sie dann nur? Mama, Mama. Papa, Papa. Ich malte in der Schule Bilder für sie. Versuchte, es meinen Freunden nachzutun. Faltete meine Hände, sagte keine dummen Sachen, war zu niemandem gemein. Ich wollte ihnen sagen, dass sie immer seltsamer aussahen, dass die Wochen einfach vergingen und vergingen, und ich wollte ihnen erzählen, wie müde, wie traurig und wie hungrig ich war. Aber es war, als trügen Mama und Papa Masken über ihren Gesichtern, und es war einfach nicht möglich, mit ihnen zu reden. Ich wich immer weiter zurück, bis ich schließlich durch die Wand verschwand und mich auflöste. Und wenn ich versprach, dass ich niemals mehr um etwas bitten oder über etwas jammern würde?

Manchmal, wenn Mama und Papa langsam wieder nüchtern wurden, bekam Sakari Sprechprobleme, obwohl er sie sonst nicht hatte, und Markku begann den Unterricht noch mehr zu stören, obwohl man das nicht durfte. Ich rückte alles zurecht, was schief lag, obwohl der Magister sagte, dass das nicht nötig war.

Mama und Papa wurden zum Elterngespräch gebeten. Um damit klarzukommen, legte Mama dick Schminke auf, und Papa zog einen Anzug an. Als ich sie mit Stützkragen und auf Krücken forthumpeln sah, begriff ich, dass es für mich keinen Zweck hatte, weiterzumachen.

Als sie heimkamen, lief Papa die Treppe hoch zum Schmuggler. Denn jetzt waren ihre Nerven wieder runter.

Die Wochen, die Monate gingen dahin, keiner schien Zeit zu finden, unseretwegen Meldung zu machen. Die Zeit war länger geworden. Und ich veränderte mich. Ich merkte, dass ich Laute und Sekunden auswendig lernte. Ich konnte mich an jede Geste erinnern, die einen Duft absonderte, an jedes Auge, das meinem Blick auswich. Ich zählte die vielen hundert Tage, die in meiner Schultasche lagen, immer wieder. Wie sahen sie aus? Terrie und ich gingen mit gebeugtem Kopf und Körper umher. Ich kam mit weniger und weniger aus, aber ich fand es seltsam, dass Mütter und Väter so viel trinken durften, wenn ihre Kinder in die Schule gingen und ihre Hausaufgaben machten.

Ich fragte mich, wer noch lange leben würde.

Es war, als würde mein Körper der Länge nach in ein Gasfeuerzeug passen, das in winzig kleinen Dosen abgebrannt wurde, wenn Mama und Papa ihre selbstgedrehten Zigaretten anzündeten.

Ich brannte wahrscheinlich so schön wie eine Wunderkerze.
Ich brannte wahrscheinlich so schön wie eine Glühlampe, die
gerade kaputtgegangen war.
Puff!

Bo-Peter war der Reiche in der Klasse. Sein Vater war Arzt, Vorsitzender des Heim- & Schulvereins Ystad und Trainer im Handballverein. Er war groß und umgab sich mit den großen Jungs, die den Ball jederzeit in jeden beliebigen Schornstein setzen konnten. In den Osterferien war Bo-Peter in Amerika gewesen. Amerika. Sein Vater kam in die Schule und zeigte in einer Bunten Stunde Dias aus Disneyland. Ich traute meinen Augen nicht. Eine Mickymaus, die größer war als Bo-Peters großer Handballvater.

Bo-Peters Mutter war Klassenmutter, zusammen mit der Mutter von Jeanette. Zu den Luciafesten und Klassenfeiern brachten sie schönes selbstgemachtes Gebäck in großen Körben mit. Bo-Peters Mutter hatte heidelbeerblaues Haar, das aussah, als trüge sie einen Insektenkokon auf ihrem Kopf spazieren. Ihre Frisur war noch mehr Frisur als die von Inga-Lill.

Bo-Peter wohnte in einer großen, quadratischen Villa auf der anderen Seite der Stadt, weit außerhalb von Fridhem, in einem Neubaugebiet mit hohen Hecken und Zäunen. Es gab zwei Garagen, zwei Autos, ein Untergeschoss, ein Zwischengeschoss und ein Obergeschoss und einen Keller. Die Kinder aus Fridhem hatten kaum Anlass, dort hinzukommen. Gelegenheit, in einer Villa oder einer besseren Genossenschaftswohnung zu Gast zu sein, hatten wir eigentlich nur zu Geburtstagsfeiern wie dieser. Im Februar bekamen wir einen Brief mit Goldrand. Es war eine Einladung zu Bo-Peters zwölftem Geburtstag. Die ganze Klasse war eingeladen. Wir sollten Badezeug mitbringen, obwohl das Wasser kalt war und sie gar nicht in Strandnähe wohnten.

Ich klingelte an der Tür. Bo-Peter öffnete. Fast alle waren gekommen. Man konnte vom Flur in ihre Küche sehen. Hilfe, die Festtafel sah aus wie ein Feuerwerk. Ich zog meine Jacke aus und stellte mich ganz hinten an. Sobald ich weiter nach vorn rückte, stellte ich mich wieder hinten an. Die Klasse bewegte sich wie eine langsame, unförmige Masse. Niemand wusste, wo es hingehen sollte. Ich sah mich um. Ich konnte nicht aufhören zu schauen. Fast schmerzte es in den Augen. Es gab so schöne Bilder. Möbel. Teppiche. So viele Zimmer. So schöne Türen. So schöne Fenster. So hübsche Wände. Und Frau Heidelbeerhaar hielt sich so gerade und aufrecht. Sie trug einen Barbierock und die Hundertkronenscheine wuchsen ihr aus den Ohren. Ich fand, sie war die schönste Frau der Welt. Als wir hineinkamen, servierte sie neonfarbene Drinks mit glitzernden Antennen. Wir sollten zuerst alle in die Küche kommen, sagte sie.
So, jetzt könnt ihr euch alle setzen. Auf den Tellern liegen Karten mit euren Namen. Bitteschön. Hilfe, durften wir wirklich die Sachen anfassen, die auf der feinen Feuerwerkstafel standen? Auf einem silbern glänzenden Teller lagen bunt leuchtende Baisers und giftgrüne Eiscreme. Und eine Torte stand da, die

sah aus wie die Keramiktorte im Schaufenster der Konditorei Kaffekoppen. Die Zimtschnecken waren so perfekt rund, dass ich es nicht wagen würde, hineinzubeißen. Plätzchen und Süßigkeiten. Himbeerlakritze und Sahnebonbons in Goldpapier und mit einer knusprigen Füllung. Und Unmengen Obst. Weintrauben und alles. Frau Heidelbeerhaar füllte ständig nach.

Ich aß und aß und fragte mich, wann wir mit dem Essen aufhören würden.

Da sagte Frau Heidelbeerhaar, dass es jetzt weitergehen würde. Wir sollten in den Partykeller gehen und uns auf den Boden setzen. Dort würden wir Russische Post spielen, sagte sie und ging voraus. Und so bekam ich hinter einer walnussfarbenen Tür meinen ersten Kuss, von Patrik Karlsson. Nicht gerade das, wovon ich geträumt hatte, aber es war wunderbar. Und jetzt spielen wir Flaschendrehen, sagte sie. Zweimal musste ich auf einem Bein die Treppe zum Partykeller hinauf und wieder runter hüpfen. Das war nicht schwer, aber auch nicht besonders lustig. Und jetzt gehen wir baden, sagte Frau Heidelbeer dann. Baden? Das Badezeug fiel mir wieder ein. Jetzt schwimmen wir im Swimmingpool, erklärte sie. Die Mädchen ziehen sich rechts um, die Jungen links. Es gibt Handtücher für alle.

Himmel, hatten sie ein ganzes Schwimmbad bei sich zu Hause? Wir zogen uns um und sprangen ins Wasser.

Die Heidelbeermutter blieb die ganze Zeit im Hintergrund mit dabei. Jetzt legte sie Musik auf, drehte sie aber leise. *Oh mamy blue, oh mamy mamy.*

Von der Musik kriegte Nicke einen Steifen, und das steckte die anderen Jungen an. Hängematte, Palmen, Korbstühle und eine ganze Wand, die ein Fenster war. Die Jungen jagten die Mädchen in die Sauna. Mein Puls, oder was das war, hüpfte. Lieber Gott, mach, dass ich Nicke küssen darf. Mutter Heidelbeer ging mit Limonade auf einem Tablett herum. Chips und Popcorn. Sie füllte ständig nach, und die Musik floss wie Eiscreme aus den Lautsprechern.

Zum Schluss bekam jeder eine Tüte mit Süßigkeiten und Bo-Peters großer Vater zeigte noch einmal die Dias aus Disneyland. Da bekam ich Kopfweh und musste nach Hause gehen.

Die ganze Nacht lag ich wach und dachte an den Bonbonbecher von Domus, den Bo-Peter von mir zum Geburtstag bekommen hatte. Mama hatte ihn in Folienpapier eingeschlagen. Und ich hatte ganz vergessen HERZLICHEN GLÜCKWUNSCH zu sagen, als ich ihn überreichte.

Mir ging auf, dass es zwei völlig unterschiedliche Wege gab, die in die Klasse 5 C der Maria-Munthe-Schule führten. Als ich schließlich eingeschlafen war, jagte Frau Heidelbeerhaar in einem roten Sportauto hinter mir her.

Sie hatte einen Goldzahn, mit dem sie nach mir schnappte.

Nach der Klassenfeier geschah etwas mit mir, was ich nicht kannte. Ich begann auf dem Weg zur und von der Schule zu frösteln. Die Häuser mit den gewölbten Türgriffen und flotten Briefkästen begannen zu mir zu sprechen. Ich schaute durch die funkelnden Fensterscheiben ins Innere. Hier blühten immer Blumen. Hier saß man in bequemen Sesseln. Hier hatten alle ein eigenes Zimmer und noch mehr. Mein Blick glitt unruhig von einem schönen Möbelstück zum nächsten. Porzellanhunde starrten durch die Fensterscheiben heraus. Wer wohnte in diesen Häusern? Niemand, schien es. Plötzlich fiel mir auf, dass es in diesen Vierteln nicht nach Schweinefleischeintopf und Schweiß roch. Und man hörte keine lauten Stimmen und Auseinandersetzungen.

Es war, als müsste ich zerspringen.

Mama sagte, ich hätte entdeckt, wie sich Neid anfühlte.

Und der Abstand wurde vor meinen Augen immer größer. Ich fragte Mama, was ich da eigentlich sah, und sie erklärte mir, der Weg zu einem Sommerhaus und einem prasselnden Feuer im Kamin sei weiter, als ich es mir vorstellen konnte. Sie sagte, es sei viel weiter zu einem eigenen Auto, als ich glaubte. Sie brachte mir bei, wie weit weg die sonnigen Urlaubsorte waren, von denen einige meiner Klassenkameraden erzählten. Sie sagte, bis zu einem eigenen Haus sei es genauso weit wie in den Weltraum. Und dann erzählte sie, dass die meisten bei uns in Fridhem im Supermarkt ein orangefarbenes Heft zum Anschreiben hatten. Verzeih mir, sagte sie dann, du bist eigentlich zu jung, um das zu erfahren und es zu verstehen, aber wo du es nun selbst gesehen hast, kann ich dir ja auch nichts vormachen. Nein, ich verstand nicht, warum alles so war, wie es war, aber ich hatte begonnen, die Dinge anders zu betrachten. Ich wurde älter, aber das war im Spiegel nicht zu sehen.

Blumen und Bäume bekamen andere Namen.

Die Menschen bekamen andere Gesichter und das Glück bekam Preisschilder.

Außerdem bemerkte ich, wie die Erwachsenen sich unter meinen Blicken duckten.

Alles, selbst die geraden Linien im Hof, enthielt plötzlich eine Mitteilung.

In Mamas trockenen Händen lag eine Botschaft.

Ich begann mir Gedanken zu machen über den Zusammenhang zwischen ihrem krummen Rücken und den Streitereien, die immer schlimmer wurden. Ich hielt es nicht mehr aus, sie abends und in den Nächten weinen zu hören. Die Fragen legten sich wie eine feuchte Mullbinde um meinen Kopf. Ich war voller Fragen ohne Antwort. Ich bekam oft Kopfweh, und meine Nächte waren unruhig. Ich konnte nicht schlafen, nicht mal, wenn Mama und Papa nüchtern waren. Die Unruhe setzte sich zu mir auf den Bettrand und drückte mir die Hände auf die Brust. Wie konnte der Unterschied so schrecklich groß sein, obwohl wir doch in dieselbe Klasse gingen und dieselben Schulbücher lasen?

Warum sollten ausgerechnet ich und Riitta und Åse nicht in einem Bo-Peter-Haus wohnen?

Warum sollten ausgerechnet ich und Riitta und Åse in den Osterferien nicht nach Amerika fahren?

Warum sollten ausgerechnet meiner und Riittas und Åses Mutter keine zusammengerollten Hundertkronenscheine aus den Ohren wachsen?

Lieber Gott, mach, dass wir es zu Hause ein bisschen schöner kriegen.

Lieber Gott, gib Åses Mutter ein bisschen mehr Geld, damit sie nicht mehr mit Sten campen müssen.

Lieber Gott, Riittas Familie könnte auch ein wenig Hilfe brauchen, es reicht nicht, dass nur Helmi arbeitet. Sie brauchen mehr Obst und mehr Möbel und mindestens ein Zimmer mehr.

– –

Der Frühling war eiskalt. Der Wind peitschte Regen auf die Hausdächer. In allen Richtungen war Gegenwind. Ich ging mit

Terrie ans Meer. Blickte über die Ostsee. Da lag Polen. Da lag Bornholm. Da lag Kåseberga. In mir breitete sich eine unbestimmte Sehnsucht aus. Fort. So weit fort von hier wie möglich. Ich wusste nicht, was ich tun würde, aber ich stellte mich schon mal an. In eine Warteschlange für einen völlig anderen Kurs in meinem Leben. Ich erzählte es niemandem, es war ein Geheimnis, sogar vor mir selbst. Und währenddessen stellte ich mich wie sonst auch in die Warteschlange für die Sommerkolonie.

Die Schule war meine einzige Rettung.

Tag für Tag fanden meine Beine den vertrauten Weg zur Maria Munthe. Ich sammelte das Stimmengewirr, das aus den gekippten Fenstern unserer Häuser drang.

Träumte von besseren Zeiten.

Es kamen keine besseren Zeiten. Die nüchternen Quartale bekamen unscharfe Konturen. Die betrunkenen scharfe. Ich verlor immer mehr den Boden unter den Füßen. Und jetzt war es mal wieder so weit.

Ein Quartal begann damit, dass es zum letzten Mal saubere Schränke, gefüllte Brotkörbe und heiße Schokolade gab. Es war jedes Mal wie ein Schock. Dabei wusste ich genau, wann es wieder so weit war. Das hatte ich gelernt. Die Stofftasche am Fahrradlenker, die Milchweingläser, Mamas Geschrei und wie sie immer fahriger wurde, die Art und Weise, wie Papa zu Boden starrte und fluchte. Die auslösenden Phrasen.

Es hat alles keinen Zweck. Es ist hoffnungslos. Es bringt doch nichts.

Ich konnte die herannahende Besuchspatrouille wittern. Es fühlte sich an, als würde ich jedes Mal, wenn ich mich aufgerappelt hatte, wieder umgeschubst und auf dem Bauch landen. Die Gäste waren nicht geladen und kamen wie wir von Orten ohne Wurzeln und aus Familien, die aus dem Takt geraten waren. Sie brachten Süßigkeiten mit. Aber sie saßen unser Sofa kaputt.

Ich hasste Spanska Leva. Ich hasste Rut und Konrad. Ich hasste Veikko. Ich kannte sie nicht alle mit Namen. Aber ich hasste sie. Und eines Tages würde ich den Schmuggler verpfeifen, der uns an Samstagen und Sonntagen Schnaps verkaufte. Eines Tages würde ich ihn mithilfe der Polizei hinter Gitter bringen. Es war nur eine Frage der Zeit. Und der liebe Gott würde mir helfen. Es spielte keine Rolle, was ich tat. Aber ich tat es so gut ich konnte. Ich spürte immer rechtzeitig, wenn sich eine Gelegenheit zum Feiern ankündigte. Es galt, kurz vorher oder nachher zuzuschlagen, sonst erzielte man keine Wirkung. Ich wandte mich an Mama. Wollt ihr jetzt wieder saufen? Ich schoss Giftpfeile mit dem Blasrohr ab. Die Pfeile trafen Mama mitten ins Herz. Es fiel ihr schwer zu atmen, wenn das Gift sich ausbreitete. Sie verschluckte die Tränen, die ihr im Hals steckten, und leerte gleichzeitig schnell ihr Glas. Wir saufen nicht, antwortete sie, wir trinken nur ein Glas. Papas Bein fuhr unwillkürlich auf und ab. Seine Hand zitterte. Ich war zwar zufrieden mit ihren Reaktionen, aber im Inneren zerfiel ich vor ihren Augen zu Staub. Die Quartalstage waren länger als gewöhnliche Wochentage. Die Quartalstage reihten sich graublutig aneinander.

Mir war schlecht. Mit angespannten Muskeln ging ich von Zimmer zu Zimmer. Führte meine Tätigkeiten aus wie eine Sklavin. Wenn doch wenigstens jemand etwas zu essen einkaufen würde.

Ich kam von Åse nach Hause. Als Expertin roch ich schon im Treppenhaus, wie die Lage zu Hause war. Heute Abend hing der Zigarettengeruch wie billiges Parfüm in den Wänden. Ein Parfüm, wie Spanska Leva es benutzte. Das Warnschild an unserer Tür leuchtete. Während der zehn Schritte zu unserer Tür hielt ich den Atem an. Einen kurzen Moment blieb ich stehen, holte tief Luft und sammelte meine Kräfte. Dann öffnete ich die Tür mit einem Ruck. Es roch muffig und ungelüftet. Schnell und ohne zu blinzeln sah ich mich in der ganzen Wohnung um. Ich konnte um die Ecken und durch geschlossene Türen sehen. Das war eine spezielle Seh-Technik. Es war still. Das Sofa im Fernsehzimmer war leer. Das bedeutete, dass sie schliefen. Das bedeutete, dass es heute nichts zu essen geben würde. Ich dachte an Inga-Lills Makkaroni mit weißer Soße. Ich schluckte. Wenn Mama und Papa aufhörten zu kochen, bedeutete das, dass sie mindestens drei Wochen verschwinden würden. Mama und Papa kochten kein Essen und wuschen keine Wäsche mehr. So war das in den Quartalen. Und wenn es vorüber war, sprach niemand darüber. Ich hatte danach keine Worte dafür und keine Erinnerungen daran. Wie sehr ich mich auch anstrengte, es gelang mir nicht, hinterher Erinnerungen an Bilder, Laute oder Gesten hervorzurufen, denen ich vertrauen konnte. Es ging nicht, wenn Mama wegschaute. Wenn Papa wütend wurde. Wenn kein Erwachsener Fragen stellte. Die Wochen, die vorbei waren, waren vorbei. Nicht einmal die Polizei glaubte mir, wenn ich anrief und ihnen erzählte, dass wir wochenlang nichts zu essen bekommen hatten.

Ich zauberte.

Zu meinen Zaubertricks gehörte, dass ich die Augen bewusstlosschließen und Fenix-atmen konnte, dann zauberte ich mich selbst weg und war trotzdem noch da.

Die Verwandlung war schon abgeschlossen, während ich noch im Flur stand. Dann musste ich nur noch in den Ekel hineintauchen. Aber ohne Åse, Riitta und die Schule ging es nicht. Ich machte meine Hausaufgaben, bevor ich nach Hause ging. Ich aß in der Schule und nahm das Angebot an, bei Åse und Riitta zu essen. Ich wusste selten, was Markku und Sakari aßen. Oder wo sie sich herumtrieben.

Ich achtete auf meine Kleidung. Putzen konnte man vergessen. Erst, wenn es mit dem Trinken vorbei war, putzte ich die Wohnung vom Boden bis zur Decke. Ich hatte ja ein Händchen dafür und beherrschte die Kunst und hielt es am schlechtesten von allen aus, wenn die Dinge nicht an ihrem Platz waren.

Blutflecken ertrug ich nicht. Wenn ich Blutflecken sah, kniete ich mich hin und schrubbte sie weg. Blut war schlimmer als Urin und Kot. Es war, als wäre Mamas Herz auf dem Fußboden ausgelaufen.

Ich bekam heimlich Geld von Mama. Manchmal viel Geld. Das war ihre Art, mich zu belohnen. Es war nicht gerecht, dass von den Kindern nur ich putzte. Aber es war auch ihre Art, mich zum Schweigen anzuhalten. Wenn sie ungewöhnlich lange getrunken hatten, panikputzten sie selbst. Es kam ganz darauf an. Mir war das egal, Hauptsache es wurde geputzt, denn dann wurden wir wieder eine gewöhnliche Familie. Mit Häkeldeckchen auf dem Tisch und Blumen in der Vase.

Ich schwieg mich durch die Wochen. Nicht fühlen, nicht denken. Ich war für kurze Augenblicke eins mit Terrie. Tipu hielt sich instinktiv außer Haus. Das war ihr Glück.

Auch Terrie bekam nichts zu fressen. Er hatte an einer Ofenform genagt, die auf dem Küchenboden stand. Der Boden war schmutzig. Dünne Streifen liefen die Ränder der ganzen Ofenform entlang. Er hatte es nicht geschafft, mit den Vorderzähnen in die Ecken zu kommen. Da hatte er nur geschleckt. War weggegangen und zurückgekommen und hatte geschleckt.

Dass eine Ofenform so eklig aussehen konnte.

Unter dem Küchentisch lag ein abgenagter Knochen. Ich pfiff nach Terrie, der zögernd aus Mamas und Papas Schlafzimmer kam.

– Na Kleiner, hast du unter dem Bett geschlafen?

Ich flüsterte und strich mit der Hand über Terries Rücken.

– Du hast Wollmäuse auf dem Rücken, weißt du das?

Terrie nickte.

– Du bist hungrig, stimmt's? Komm, dann schaue ich nach, ob ich etwas für dich finden kann.

Ich öffnete die Kühlschranktür. Im Kühlschrank sah es genauso eklig aus wie auf dem Küchenboden. Die schönen roten Tomaten waren in sich zusammengefallen und hatten schwarze Flecken. Die Gurke eine faltige Schale. Die Plastikverpackung der Leberpastete fing an sich aufzurollen. Der Käse war dunkelgelb und hart. Die Milch war alle, auch die Sauermilch.

Ich gab Terrie die Leberpastete, und er verschlang sie mit einem einzigen Biss. Ich gab ihm den Käse. Den würde sowieso niemand essen. Die Fleischwurst sah noch gut aus, aber Terrie kriegte sie auch. Es würde sowieso niemand etwas damit machen. Ich nahm alles aus dem Kühlschrank, was Terrie fressen konnte. Dann machte ich seine Wasserschüssel sauber und füllte sie bis zum Rand mit frischem Wasser. Er trank und sah ein bisschen fröhlicher aus. Er warf mir einen flehenden Blick zu. Ich antwortete ihm, dass er gleich zum Pinkeln raus dürfte. Er wedelte mit dem Schwanz. Mein eigener Hunger war verflogen. Der Anblick der abgenagten Ofenform hatte ihn vertrieben.

Herrgott, wo war Sakari?

Terrie pinkelte direkt vor die Tür. Scharrte mit den Hinterbeinen und hielt die Schnauze gen Himmel in den Wind. Seine Augen wurden wacher. Wir gingen zur Hundewiese und blieben dort, bis mir am Rücken kalt wurde. Terrie streunte lustlos herum. Man merkte ihm an, wie mitgenommen er von dem Zustand bei uns zu Hause war.

– Komm jetzt, Terrie, wir gehen heim.

Er ließ wieder die Ohren hängen. Er wusste, was ihn erwartete. Wie ich konnte er die Quartalswochen auswendig.

Während der Quartalsnächte wollte Terrie in meinem Bett schlafen. Aber ich wollte nicht zu Hause schlafen. Nicht heute Nacht. Ich ließ Terrie im Stich, genauso wie ich Mama und Sakari im Stich ließ. Markku kam allein zurecht, so hoffte ich. Aber ich versuchte, hin und wieder mit Terrie Gassi zu gehen. Und wenn niemand hinsah, zweigte ich vom Schulessen kleine Portionen für ihn ab.

Ich fragte mich, ob Terrie, wenn ich fort war, die ganze Zeit unter dem Bett lag. Ob er viel Prügel bekam oder ob er, so wie ich, gelernt hatte abzuschalten und sich unsichtbar zu machen.

Am Ende fraß Terrie alles.

Ich nicht.

In diesem Punkt unterschieden wir uns.

Sakari, in welchem Winkel oder Schlupfloch saß Sakari?

Was machte er die ganze Zeit, wenn ich nicht bei ihm war?

Ich hatte keine Kraft, darüber nachzudenken.

Es gab Urinpfützen unter den Betten, wenn ich eine Weile nicht zu Hause gewesen war. Terrie sah traurig aus, wenn er ins Haus gepinkelt hatte. Er hatte nicht einmal Kraft, sich zu freuen, wenn ich nach Hause kam, um nach ihm zu sehen.

Ich nahm Terrie die Leine ab, streichelte ihn und ging. Ich war erstaunt. Draußen stand Åse.

– Hast du schon gegessen?

– Nein.

– Ich auch nicht... wollen wir zu den Schaukeln?

Ich hatte keine Ahnung, wie der Abend und die Nacht werden würden oder wo ich schlafen würde. Ich betete zu Gott, dass Sakari bei Heikki war. Und dass Markku bei Pavve war. Wahrscheinlich war es so.

Inga-Lill hatte gute Laune. Ich konnte bei ihnen übernachten, sagte Åse. Wir bekamen Wurst und Nudeln. Wenn auch keine Nudeln mit weißer Soße. Dafür war Inga-Lill zu müde.

– –

In der Nacht schreckte ich hoch. Mama schrie. Man konnte einen dumpfen Knall hören. Sakari weinte. O nein, er war zu Hause. Ich setzte mich auf und wollte aufstehen, um nach Hause zu gehen, aber ich fiel sofort wieder zurück. Der Krampf im Bauch hielt mich zurück. Ich begegnete ihm mit Schaukeln und kräftigen Atemzügen. Bitte lieber Gott, hilf Mama und Sakari. Mach, dass Papa aufhört Mama zu schlagen. Verzeih mir, dass ich nicht zu ihnen gehen kann.

Kümmere dich um Markku.

Tief in mir keimte es. Sobald ich ein bisschen größer war, würde ich von zu Hause ausziehen. Ich rückte einen Schritt auf in der geheimen Warteschlange.

Die Wand verstummte.

Ich schlief wieder ein.

Wie immer brannten in meinen Träumen die Häuser.

Papa hatte ein schwedisches Lied gelernt. *Tio tusen röda rosor.* Zehntausend rote Rosen. Er sang solo. Er kippte beinahe vornüber. Spanska Leva applaudierte. Veikko schlief im Sitzen auf dem Sofa. Mama sah aus, als hätte sie ihre Ohren und das Gehör verloren. Dann tanzten Papa und Spanska Leva. *Green Green Grass of Home.* Und Tango. *Laulava sydän*, Singendes Herz von Olavi Virta. Bäcker-Olsson, unser Nachbar von oben, hängte sich an Mama und erzählte, was in der Vanillesoße in den Zuckerbrötchen von Möllers alles drin war. Nie im Leben würde er die selber essen. Er hatte eine Brottorte mitgehen lassen. Beinahe abgelaufen. Mit Lachs und Garnelen. Jeder, der wollte, bekam etwas ab. Dann legte er seine Elvis-Platte auf und ließ auf dem Sofa sitzend die Hüften kreisen. *Dschäilhaus Rock.* Spanska Leva applaudierte, traf aber ihre Hände nicht. Åse und ich standen da und sahen zu. Bei ihr zu Hause war es nicht besser. Es war wie gewöhnlich Putzwochenende, und auch Inga-Lill war betrunken. Hast du gesehen, sie haben Markkus Stereoanlage genommen, flüsterte ich Åse zu. Bestimmt kotzen sie drauf. Ja, sagte Åse, oder sie stolpern drüber, und sie geht kaputt.

Es klingelte. Inga-Lill war an der Tür. Sie wollte kurz reinschauen, denn sie hatte gehört, dass hier gefeiert wurde. Sten hatte sich geärgert und war nach Hause gefahren, sagte Åse. Bäcker-Olsson war von allen am nüchternsten. Er servierte ihr ein Stück Brottorte und ein Glas Schnaps. Sie aß nichts, leerte aber das Glas schnell. Sie war es nicht gewöhnt, ein ganzes Glas starken Schnaps ohne Coca-Cola zu trinken. Sie übergab sich sofort. Ihr Gebiss landete in unserer Toilette. Åse schämte sich bis in die Zehenspitzen. Nicht spülen, sagte Bäcker-Olsson, ich helf dir suchen. Er grub mit seinen Bäckerhänden im Abfluss, fand aber die Zähne nicht. Inga-Lill begann zu weinen. Die Zähne waren ganz neu, wie sollte sie sich neue leisten?

Wenn Inga-Lill bei uns war, konnte ich nicht über den Balkon abhauen. Wir machten aus, dass Åse stattdessen bei mir schlafen würde. Ihre Mutter war betrunkener als sonst und sah ohne Zähne furchtbar aus. Åse ging ihre Anita-Hegerland-Platte holen. Wir holten uns Markkus Stereoanlage wieder. Wir setzten uns auf das Bett in meinem und Markkus Zimmer, hielten je einen Lautsprecher auf dem Schoß und schrien so laut wir konnten *MITT SOMMARLOV*, DU SOLLST NICHT WEINEN. Als wir uns hingelegt hatten, kam Inga-Lill zu uns herein. Sie war bei klarem Bewusstsein, schien es. Nur ohne Zähne im Oberkiefer. Wir spürten ihre schmale beschützende Hand in unserem Haar. Krimskramsend bat sie uns, uns nicht um die anderen zu scheren.

Schlaft jetzt, Kinder, sagte sie, morgen ist alles wieder wie sonst, lispelte sie.

Morgen ist alles wieder wie sonst, hämmerte es mir in den Ohren.

Wenn Inga-Lills Kinn nach vorne schoss, sah ich, wie Åse es mit Blicken zurückschob, bis der Kiefer knackte.

Betrunkene Erwachsene hatten Gummiarme und Gummibeine.

Betrunkene Erwachsene stanken aus jeder Pore nach Brottorte.

Betrunkene Erwachsene blickten einem Kind nie in die Augen.

Durch die Wände hasszielten wir auf sie.

– –

Ich hörte auf, die durchfeierten Tage und Nächte zu zählen. Das Gelalle blubberte aus Papas und Mamas Mündern, sobald sie nur das Geringste tranken. Die Fotzenwörter und die Beschuldigungen. Es war, als wären ihre Stimmbänder krank. Die Stimmbänder, die uns in der Schule erklärt wurden.

Es hallte von unseren Wänden.

Hiebe und Schläge.

Ich hielt mir die Ohren zu und wiegte mich vor und zurück. Wartete auf die Ruhe nach dem Sturm. Ich parierte mit hochgezogenen Schultern.

Es schien, als könnten Mama und Papa immer noch betrunkener werden. Ich versuchte an ihnen vorbei und über sie hinweg zu sehen. Es ging nicht. Gegen meinen Willen registrierte ich jede kleine Bewegung, jede Veränderung. Das Gift floss durch die Verästelungen des Körpers, die Augen drehten sich nach innen. Es sah aus, als würden sie auf etwas warten. Auf ein Ereignis, das ihr Leben verändern würde.

Wenn ich die Augen schloss, spielte der Verlauf sich hinter meinen Lidern ab. Wenn ich hinschaute, strengte ich mich immer noch gewaltig an, um nicht zu sehen, dass Mama genauso viel trank wie Papa. Manchmal sogar mehr.

Ich entwickelte eine Wut, die aller Welt Angst machte. Wenn jemand Sakari an der Kleidung zog oder ihn schubste, kam ich im Salto durch die Luft geflogen oder tauchte durch eine unsichtbare Tür auf. Geheimagentin Modesty Blaise war jederzeit bereit, ihre verborgene Waffe zu ziehen. Aber im Innern fühlte ich mich wie das Marienkäferchen, das ich erst angezündet hatte und dann doch leben ließ.

Die neuen warmen Sommerferien kleideten Fridhem in grünes Laub und Hagebuttenbüsche. Die Menschen in leichte Kleider und die Stadt in neue Stockrosen. Das Radio spielte ununterbrochen *Waterloo*. Alle in Fridhem schienen bessere Laune zu haben, seit ABBA den Grand Prix gewonnen hatte. Åse und ich sammelten ABBA-Bilder. Åse bekam eine ABBA-Single von Karin. *Ring Ring* auf der einen Seite und *Waterloo* auf der anderen. Åse war Agnetha, und ich war Anni-Frid. Im August würde ich in die sechste Klasse kommen und endlich zwölf werden. Riitta würde in die siebte kommen und auf dieselbe Schule gehen wie Markku, die Norreport-Schule. Wenn man dort anfing, war man Teenager und kriegte vielleicht einen Freund. Sakari ging noch in die Österport-Schule. Mama und Papa befanden sich in einer nüchternen Phase.

Mama nahm die Thermoskanne mit nach draußen auf die Bank. Helmi kam mit dem Fahrrad aus der anderen Richtung. Sie setzten sich, und Mama stellte Tassen hin. Den Aschenbecher stellte sie auf den Boden. Helmi schüttete Kaffeepulver in die Tassen und goss heißes Wasser auf. Sie rührten um und zündeten sich

Zigaretten an. Ich saß unsichtbar auf einer Bank daneben und ließ Terrie in den Beeten herumschnuppern. Es war windstill. Sie redeten über den Schmuggler.

— —

Der Schmuggler hatte einen Ring am kleinen Finger der linken Hand, einen Siegelring aus Gold. Im Sommer trug er einen Strohhut und im Winter einen Hut aus dickem schwarzen Stoff. Er hatte, wie Helmi wusste, nicht gearbeitet, seit wir in Ystad wohnten. Sein Schnapshandel zählte nicht als Arbeit, sagte sie und fand, er sah aus wie ein typischer schonischer Mafiaboss. Denn der Schmuggler fuhr einen dunkelblauen Mercedes und rauchte Zigarren und hatte buschige Augenbrauen und ein hageres Gesicht. Mama sagte, dass die Frau des Schmugglers eine Sonnenbrille trug, weil sie ein blaues Auge hatte. Die Frau des Schmugglers musste sich ganz allein um die Kinder kümmern, sagte Helmi. Glenn war der Älteste und hatte seinen Ruf weg, bevor er mit der Schule anfing. Er biss die Kinder auf dem Hof, und die anderen Eltern wollten nicht, dass ihre Kinder mit ihm spielten. Glenn hatte zwei Geschwister. Ulrika war ein Jahr älter als ich, und sein kleiner Bruder Morgan war vier.
Markku fühlte sich von Glenn angezogen. Mama fand das nicht gut. Nichts gegen Glenn, aber Markku kommt in die falsche Gesellschaft, sagte sie zu Helmi. In der Familie herrscht keine Ordnung. Schließlich wissen alle, was sein Vater macht. Und Glenn hat bei uns zu Hause einen Apfel geklaut, und man klaut kein Obst. Ich fürchte, es kommt genau so, wie man in Schweden sagt: Es fängt mit einer Stecknadel an und hört mit der Silberschale auf.

Dann erzählte Mama Helmi, wie Markku ein Viermannzelt von Onkel Persson geerbt und es im Hof aufgebaut hatte. Er war so stolz, ein richtiger Hauseigentümer. Markku konnte ja selten genug mit etwas angeben, sagte Mama. Sie hatte hin und wieder durch das Kippfenster zu ihm hinausgesehen. Markku arbeitete mit flinken Händen. Nicke, der Rettich und Tripper-Tine kamen ihm zu Hilfe. Als das Zelt stand, krochen die Jungen hinein und Markku zog den Reißverschluss zu. Mama war wieder in die Küche gegangen und hatte Mohrrüben geschält.

Aber dann ist natürlich Glenn mit seinem Moped vorbeigekommen, erzählte Mama. Es hatte sich natürlich sofort herumgesprochen. Glenn war vom Moped gestiegen und hatte das Zelt in Grund und Boden getrampelt. Dann war er wieder auf sein Moped gesprungen, hatte eine Kehrtwendung gemacht und Vollgas gegeben.

Zurückgeblieben waren die Überreste vom Zelt in einem wirbelnden Staubhaufen.

Markku hatte nicht geweint, aber er war völlig am Boden zerstört.

Mama sagte, Glenn nähme Kindern Sachen weg, denn Markku hatte erzählt, dass er sie zwang, ihm Fahrräder und Mopeds zu überlassen, damit er sie prüfen konnte. Er kontrollierte, ob man das Vorderrad hochsteigen lassen konnte und ob sie sich für Schleuderfahrten eigneten. Glenn war auch der Erste, den wir kannten, der auf dem Marktplatz lag, weil er etwas Gefährliches und Starkes genommen hatte, das wir nicht kannten. Stärker als Alkohol. Und das Glenngerücht breitete sich weiter aus.

Mama informierte sich über Drogen.

Gefährliches Zeug, sagte sie zu Helmi. Wir müssen aufpassen, weil man es kaum merkt. Aber sie bekommen rote Augen und können anfangen viel zu lachen, und dann sollte man sich Sorgen machen. Auch wenn sie den ganzen Tag schlafen. Joo, sagte Helmi, Glenn war bestimmt so ein typischer Drogensüchtiger. Mama verbot Markku, mit Glenn zusammen zu sein. Sie machten aus, dass Papa mit Markku reden sollte, und eines Abends, als wir uns schlafen gelegt hatten, kam er in unser Zimmer.

– Nimm dich in Acht vor Rauskiftsüchtigen, Markku.

– Ach was, keine Angst, Papa.

– Denk dran, du bist Leenas und Sakaris großer Bruder.

– Das weiß ich selbst!

– Aber du musst es auch zeigen.

– Du kannst dich auf mich verlassen, Alter.

– Vertamt, Markku.

– Ja!

– Rauskift ist schlimmer als DDT, Markku.

– Was ist DDT, Papa?

– Keine Ahnung, aber die Fische im Meer sterben davon.

Der August war trocken und heiß, und im September fuhren wir am Wochenende zu einem Paar, das Mama und Papa über Veikko kennengelernt hatte. Sie kamen von der Westküste und waren kürzlich nach Schonen gezogen. Sven-Erik fand, dass Papa ein netter Kerl und Mama irgendwie interessant war. Sie wohnten in einem niedrigen weißen Haus außerhalb der Stadt. Sven-Erik holte uns mitten am Tag mit dem Auto ab. Er war groß und dünn wie Riittas Vater. Braunes Haar und aufgeknöpftes Hemd. Solveig kam uns an der Farstubrücke entgegen. Sie hatte gelbes Haar, das im Nacken zu einem Knoten hochgesteckt war. Sie trug ein geblümtes Sommerkleid und rote Sandalen.

Terrie kam auch mit, und es war geplant, dass wir über Nacht bleiben sollten. Ich wäre lieber bei Riitta oder Åse geblieben, aber das durfte ich nicht.

Die Weinflaschen wurden auf den Küchentisch gestellt. O nein, dachte ich und spannte den ganzen Körper an. Und dann, jaja, jetzt ist es wieder so weit. Die Kinder bekamen Erdbeersaft. Ich lehnte ab.

Sven-Erik und Solveig hatten einen großen Hund. Eine Dogge. Das Fell hatte die gleiche gelbe Farbe wie Solveigs Haar. Terrie verabscheute große Hunde. Er schien nicht zu verstehen, dass er klein war, und ging auf jeden Hund los, der größer war als er. Ich machte mir Sorgen und bewachte Terrie.

Nur ruhig Blut. Henry ist ja noch ein Welpe, sagten sie.

Ich hielt Terrie am Halsband fest und bekämpfte meine Angst.

Beruhig dich. Lass ihn los. Hunde erledigen so was selbst.

Bitte, Mama.

Komm schon, lass ihn jetzt los, Leena, antwortete sie.

Bitte, Mama.

Sei nicht so hysterisch, Leena.

Ich schämte mich, weil ich Angst hatte, und ließ los.

Terrie warf sich auf Henry. Er fletschte die Zähne, und Speichel schäumte aus seinem Maul. Henry knurrte. Terrie ging zum Angriff über. Da öffnete Henry sein enormes Maul und warf sich auf Terrie. Die Hunde wälzten sich auf dem Boden. Dann verschwand Terries Kopf in Henrys Maul. Terrie winselte auf, und die Panik ließ mich wie eine Kanonenkugel losschießen. Ich zerrte und riss an Terrie. Schlug auf Henry ein und schrie. Hilfe!

Nichts passiert, hörte ich Solveig sagen. Da spürte ich, wie Papa mich am Pullover packte. Er drehte mich herum und verpasste mir eine kräftige Ohrfeige. Dann war es still.

Ich sperrte mich mit Terrie in einem Zimmer ein. Wir saßen auf dem Boden. Als ich ihn am Hals streichelte, verschwand mein ganzer Zeigefinger darin. Ich schloss Terrie ins Zimmer ein und ging zu Mama. Aber sie war sturzbetrunken und sah und hörte mich nicht.

Ich war hungrig. Wie lange war es her, dass wir gegessen hatten? Ich wusste nur, dass wir gefrühstückt hatten. Kein Mittagessen. Mein Bauch tat weh.

Noch bevor Solveig und Sven-Erik den Tisch gedeckt hatten, lagen Papa und Mama sich in den Haaren. Nur seine Ehre als Mann hinderte Papa daran, Mama eine zu knallen, wenn Außenstehende es sehen konnten. Er war der Meinung, wir sollten nach Hause fahren. Ich machte mir Sorgen um Terrie und bekam noch mehr Bauchweh. Ich wollte um jeden Preis nach Hause. Reg dich nicht auf, lallte Mama. Wir übernachten hier. Aber Leena hat Bauchweh, sagte Papa, komm jetzt. Nie im Leben, sagte sie, nie im Leben will ich mit einem wie dir zusammensein. Scher dich zum Teufel.

Es war noch nie vorgekommen, dass Mama nicht mit Papa nach Hause fuhr. Papa warf ihr einen mörderischen Blick zu. Die neue Situation, dass wir nicht zu Hause waren und auch nicht am Hälsobacken, ließ Mama mutiger sein als sonst. Ich gönnte ihr ihre Überlegenheit, aber ich wollte heim. Vor allem wegen Terrie. Papa bestellte ein Taxi und packte uns Kinder ins Auto. Auf dem Heimweg ließ er das Taxi bei Österports Imbiss halten. Er kaufte ein Grillhähnchen und Pommes frites. Mein Bauch brüllte vor Hunger.

Wir kamen in der Dämmerung nach Hause. Terrie war froh, zu Hause zu sein, und rannte eine Begrüßungsrunde durch die Zimmer. Papa servierte das Essen direkt aus den Imbisstüten. Ich verschlang einen frittierten Hühnerschenkel und Pommes frites. Ich wollte noch einen Schenkel, aber Papa sagte, dafür reiche es nicht. Ich war nicht satt, aber bedankte mich fürs Essen und sprang über den Balkon zu Åse.

Der Bauch fühlte sich besser an.

Inga-Lill war bierselig. Åse saß vor einem Teller Campbell's Champignonsuppe am Küchentisch. Sie freute sich, als ich kam. Ich habe Geld, sagte sie. Wenn ich aufgegessen habe, können wir zum Kiosk gehen.

Inga-Lill hatte bei Fridhems Livs billige Feigen gekauft. Es war ihnen nicht gelungen, die Feigen zu Weihnachten zu verkaufen, jetzt verkauften sie sie, mehr als ein halbes Jahr alt, zu Schleuderpreisen. Inga-Lill kaufte drei Packungen. Weil man viel von einer Sache kauft, die billig ist. Sie kam hereingewankt und stellte einen Teller mit Feigen in Åses Zimmer. Hier, sagte sie, solange du auf Åse wartest.

Ich mochte Feigen. Der Hunger hatte sich noch nicht gelegt. Und es war, als würde mein Körper nach etwas Süßem gieren. Ich aß den ganzen Teller leer. Schlang die Feigen in mich hinein wie den Hühnerschenkel. Jetzt konnte ich spüren, wie ich satt wurde.

Wir plauderten auf dem Weg zum Kiosk. Ich erzählte von Sven-Eriks und Solveigs fürchterlichem Hund Henry. Åse erzählte, dass Stens Sohn Lars am nächsten Tag zu ihnen zu Besuch kommen würde.

Bei der Kiosktante kauften wir das Übliche. Supersaure, Supersalzige, Löwenköpfe, Zuckerstücke, zähe Schnuller, Ratten, Bugg-Kaugummi und Nusscreme. Je zweimal. Langsam gingen wir nach Hause und aßen den ganzen Weg über Süßigkeiten.

Bei der Brennballwiese kriegte ich wieder Bauchweh. Die Beine knickten ein. Ich brach im Gras zusammen. Åse fragte, was sie tun sollte. Hol Papa, sagte ich, ich kann nicht gehen.

Papa kam. Gott sei Dank, er war nicht so furchtbar betrunken. Er verstand. Er hob mich in seinen Armen hoch und trug mich nach Hause.

Ich kotzte ins Klo.

Papa rief ein Taxi. Wir fuhren ins Krankenhaus.

Markku musste versprechen, sich um Sakari zu kümmern.

– –

Der Arzt drückte auf meinen Bauch. Er hob meine Beine und fühlte mit einem Finger in meinem Po. Blinddarm, sagte er. Sie hat eine Blinddarmentzündung. Sie muss operiert werden.

Sie hoben mich in ein anderes Bett. Ich bekam ein weißes Kleid und lange weiße Strümpfe an die Beine. Eine Krankenschwester wusch meinen Bauch mit einer lila Flüssigkeit, die stark und gut und eklig zugleich roch.

Papa schniefte, als er ging. Ich hatte ihn noch nie weinen sehen. Ich wollte ihn trösten, hatte aber keine Kraft.

Zähl bis zehn, sagten sie.

In der Nacht wachte ich auf. Ein weiß gekleidetes Gespenst mit Stiften in der Brusttasche und kalten Händen hob meine Decke hoch und drückte auf meinen Bauch. Ich hing an langen Schläuchen und konnte mich nicht losmachen. Lass mich los. Ich versuchte, die Schläuche wegzureißen und schlug auf das Gespenst ein. Das Gespenst lachte und strich mir über die Wange. Dann schlief ich wieder ein.

Als ich das nächste Mal aufwachte, saß Mama neben mir. Es war Morgen. Sie hatte Selbstbräunungscreme und Schminke im Gesicht. Aus ihrem Mund roch es nach Pfefferminze. Ich erkannte sie kaum wieder. Tränen liefen über ihre Wangen. Meine kleine Leena, sagte sie, meine klitzekleine Leena.

Ich versuchte mich aufzurichten. Aber in meinem Bauch steckte ein Messer, und ich fiel zurück in Rückenlage. Schsch, meine Kleine, streng dich jetzt nicht an, du musst dich ausruhen, sagte Mama. Ich schlief wieder ein.

Als ich wieder aufwachte, saß Mama immer noch da. Ich traute meinen Augen nicht. Und derselbe Arzt, der mich am Tag zuvor untersucht hatte, kam zur Visite. Was für einen Aufstand sie machten, wenn man krank wurde.

– Aha, und hier haben wir das Feigenmädchen.

Das Feigenmädchen, dachte ich und blickte Mama fragend an.

– Ja, Kleine, du hattest eine Darmverschlingung. Dein ganzer Darm war voller Feigenkerne.

Er lachte.

Feigenkerne? Hatten Feigen Kerne?

– Wenn du das nächste Mal Feigen isst, solltest du sie zuerst kauen.

Er lachte wieder. Die Krankenschwestern hinter ihm lächelten.

– Man darf nicht so gierig sein, fuhr der Arzt fort.

Mama fiel das Sprechen schwer, aber sie brachte es fertig. Sie dankte dem Doktor, dass er ihr kleines Mädchen gerettet hatte. Ich begriff gar nichts, aber es war wohl am besten, zu lächeln wie die Krankenschwestern.

In der Zeit, in der meine Operationswunde verheilte, blieben Mama und Papa nüchtern. Zehn Stiche. Ich bekam viel Aufmerksamkeit. Ich war überglücklich. Es war kaum zu fassen: Ich hatte es fertiggebracht, sie nüchtern zu kriegen.

Wir wohnen so verflucht eng, schrie Mama. Und du, du weckst das ganze Haus auf mit deinem Schnarchen. Papa trat nach Terrie, der sich an mich hielt. Oh, jetzt bettelt Mama wieder um Prügel, dachte ich. Bitte Mama, sag nichts. Lieber Gott, lass sie still sein. Lass Papa zur Arbeit gehen. Lass Papa sich rasieren, seine Nägel schneiden, sich anziehen. Lass Mama gute Laune haben, Brot backen, Essen kochen und Bücher lesen.

Der Hackfleischbraten in meinem Mund wuchs und ließ sich nicht runterschlucken. Die ewigen Urlaubspläne und Weihnachtsgeschenksorgen.

Putzkittel, ich will etwas anderes als einen Putzkittel, schrie Mama. Ich finde nichts Verkehrtes an Schürzenkleidern, sagte ich. Mama schleuderte ein Glas auf den Boden und heulte. Ich will ein Paar Plateauschuhe, machte ich einen Versuch. Wir haben verflucht noch mal nicht genug Geld, schrie Mama. Aber ich kann im Werken ein Paar basteln, sagte ich. Wie sollen wir jemals genug Geld haben, um richtige Schuhe für die Kinder zu kaufen, schrie Mama als Nächstes. Und muss die Schule so teure Ausflüge machen? Alles kostet verdammt noch mal so viel Geld. Und nie haben wir welches.

Papa starrte zu Boden. Er fauchte. Er rauchte Kette. Fluchte. O nein, jetzt hatte Papa wieder vor, mit dem Papasein aufzuhören. Mama schrie und schrie und wurde immer fahriger. Die auslösenden Phrasen kamen von selbst.

Es hat keinen Zweck. Es ist hoffnungslos. Es bringt nichts.

Papa brachte es nicht fertig, so zu tun, als fühlte er sich bei der Arbeit wohl.

Papa brachte es nicht fertig, einen Zweitjob zu machen, um unsere Speisekammer zu füllen.

Mama brachte es nicht fertig, so zu tun, als fühle sie sich wohl als Hausfrau, die als Spülerin arbeitete und Zeitungen austeilte.

Sie brachten es nicht fertig, gute Miene zu bewahren.

Warum, warum, warum?

Papa war es, der die Initiative ergriff.

Mama war es, die nicht protestierte.

Papa holte den Stoffbeutel aus dem Flurschrank. Die Milchweingläser standen fertig gespült im Küchenschrank über der Spüle. Wenn ihr nur aufhören würdet zu rauchen und zu trinken, hätten wir mehr Geld, sagte ich und duckte mich im selben Moment. *Turpa kiinni*, und du hältst den Mund, schrie Papa. Es ist nicht so verdammt einfach, wie du glaubst. Aber es ist trotzdem wahr, dachte ich und begann mich wieder an den Wänden entlangzubewegen. Ich war im Weg, wo ich auch stand oder ging.

Bereits am selben Abend waren sie Kunden beim Schmuggler. Was Papa tagsüber im Systembolaget gekauft hatte, reichte nicht. Als der Schmuggler das Kindergeld in seine Hosentasche gesteckt hatte, schrillte der Alarm in mir los. Ich fühlte nach, ob die Fünfundzwanzig-Öre-Münze in meiner Hosentasche war. Ich musste telefonieren können, wenn etwas passierte. Jetzt fand ich, dass etwas passiert war.

Ich ging zum Telefonhäuschen bei Fridhems Livs und wählte die Telefonnummer der Polizei. Erzählte, was passiert war.

Sie versprachen, eine Runde in der Stadt zu drehen.

Der Verfall beschleunigte. Unsere Blumen verwelkten mit großer Geschwindigkeit. Terrie schrumpfte. Puti verschwand im Wald. Ich richtete mich ein.

Körperteil um Körperteil wurde abgeschaltet. Ich zog mich wieder in die Ecken und unters Bett zurück.

Faltete die Hände.

Mamas Worte klangen mir in den Ohren.

– Alle Menschen beten zu irgendeinem Gott, wenn sie keinen anderen Ausweg wissen.

– –

Papa ertrug es nicht, wenn ihm etwas gegen den Strich ging. Alles ging ihm gegen den Strich. Er war eine Hochrisikozone, und es tat weh, wenn er Ohrfeigen austeilte oder seinen Gürtel aus der Hose riss.

Mama schlief. Papa saß rauchend in der Küche. Nach vorne gebeugt. Nackter Oberkörper. Er hielt den Stummel zwischen Daumen und Zeigefinger. Seine Finger waren dunkelgelb. Er war ziemlich betrunken, aber nicht völlig hinüber. Gut. Verdreckte Jogginghosen. Unrasiert. Ich war hungrig und wütend wie eine Killerwespe. Konnte es nicht bleiben lassen.

Du kümmerst dich nicht um mich, wenn du betrunken bist.

Markku und ich könnten ewig draußen sein, ohne dass du und Mama wüsstet, wo wir sind.

Sakari will nicht länger zu Hause wohnen, nur dass du es weißt.

Wieso haben wir letzte Woche überhaupt was zu essen bekommen? Diese Woche gibt es ja bestimmt wieder nichts.

Ich wünschte, Mama würde sich von dir scheiden lassen. Du bist ein Schwein.

Er stand auf. Knurrte. Fletschte die Zähne. Er schubste mich zu meinem Bett. Warf mich mit aller Kraft hin, so dass ich auf dem Bauch landete. Holte seinen Gürtel hervor. Riss mir die Kleider vom Leib. Peitschte meinen ganzen Körper.

Zuerst brannte es. Dann gewöhnte die Haut sich daran. Ich brauchte nicht dagegen anzukämpfen. Konnte es immer noch nicht bleiben lassen. Drehte den Kopf zu ihm hin und lächelte ihn an. Erwähnte sein blutendes Magengeschwür. Da schlug er noch härter zu. Die Striemen wurden tief, mit Rändern daran. Dann rollte er den Gürtel zusammen und verließ das Zimmer. Ich blieb eine Weile liegen. Als ich mich anzog, tat es an den Beinen und am Rücken weh. Jetzt wollte ich zu Åse. Dann würde ich nie wieder nach Hause kommen.

Papa saß im Fernsehzimmer, als ich auf dem Weg hinaus war. Ich konnte es wieder nicht bleiben lassen.

Es hat sowieso nicht wehgetan, als du mich geschlagen hast.

Ein Schuh traf mich im Rücken, als ich die Wohnung verließ.

Danach konnte ich meinen Körper anzünden und beliebig weit rennen.

Ich wurde Langstreckenschwimmerin.

Acht- und fünfzehnhundert Meter fühlten sich zu kurz an.

Ich wollte so lange schwimmen, bis ich starb.

Es ist nicht so gemeint, sagte Papa und stieß Mama rückwärts durch die Glastür im Fernsehzimmer. Sie schnitt sich den halben Arm auf, vom Ellbogen bis hinunter zum Handgelenk. Sie weigerte sich, ins Krankenhaus zu fahren. Ich bat und bettelte. Aber sie weigerte sich. Gemeinsam sammelten wir die Scherben auf und verbanden ihr den Arm.

Es wurde eine große, hässliche Narbe. So breit und so lang wie eine Banane.

Es war nicht so gemeint, sagte Papa und brach Mama eine Rippe nach der anderen.

Ich wachte in der Nacht auf. Mama lag im Doppelbett und schnappte nach Luft. Sie keuchatmete. Halb so wild, sagte sie. Nur eine gebrochene Rippe, die gegen die Lunge drückt. Sie konnte sich nicht umdrehen. Das Atmen fällt mir ein bisschen schwer, sagte sie. Lasst mich in Ruhe, dann geht es vorüber. Aber der Schweiß lief ihr in Strömen übers Gesicht. Ich schrie auf, als ich sie so sah.

– Bitte, bitte, Mama, lass uns ins Krankenhaus fahren.

– Die können sowieso nichts tun.

– Mama, du stirbst.

– Geh ins Bett, Leena.

– Mama, du bist furchtbar krank.

– Es ist halb so wild, Leena, wenn ich es dir doch sage.

– Wir müssen einen Krankenwagen rufen.

– Leena, du machst es nur noch schlimmer, wenn du mich zum Sprechen zwingst.

Die Panik kroch unter meine Haut. Nicht weinen. Nur nicht weinen. Ich weckte Markku. Auch er versuchte, Mama zu überreden, ins Krankenhaus zu fahren. Es gelang ihm ebenso wenig wie mir.

Wir vereinbarten, dass er bei Mama Wache halten würde. Ich kletterte heimlich aus dem Fenster. Rannte durch die Nacht zur Polizeistation. Die Rettungsstelle befand sich im selben Haus. Ich klingelte an der Tür. Die Luke in der Tür wurde geöffnet. Erst sahen sie mich nicht. Ich war zu klein.

– Meine Mama ist krank.

– Was fehlt ihr denn?

– Sie hat eine gebrochene Rippe und kriegt keine Luft.

– Ist sie hingefallen?

– Mein Papa hat sie geschlagen.

– Wir kommen. Wo wohnt ihr?

Ich wollte nicht warten, rannte zurück nach Hause. Der Krankenwagen traf kurze Zeit später ein. Zwei weiß gekleidete starke Männer. Himmel, sagte der eine, als er Mama und unser Zuhause zu sehen bekam. Mama wurde wütend. Versuchte aufzustehen, stützte sich mit einem Arm aufs Bett, fiel aber zurück. Sie seufzte und stöhnte. Ich sah, dass sie sich für ihr

Nachthemd und für ihr ungewaschenes Haar schämte. Sah, wie sie versuchte, durch die Schweißausbrüche hindurch beruhigend zu lächeln.

– Meine Kinder glauben, dass ich krank bin.

– Sie sehen auch krank aus, Frau Moilanen.

– Verstehen Sie, ich habe nur eine gebrochene Rippe …

– Eine gebrochene Rippe kann im schlimmsten Fall in die Lunge eindringen.

– Ich bitte Sie, ich spüre es ja selbst, es ist nichts Schlimmes.

Mama sank zusammen. Hatte keine Kraft zum Sprechen übrig.

– Bitte, nehmen Sie sie mit.

Ich stellte mich vor einen der Sanitäter.

– Wir können sie nicht gegen ihren Willen mitnehmen.

– Sie müssen.

– Das geht leider nicht.

– Sie müssen!

– Die Kinder sagen, Ihr Mann hat Sie geschlagen?

Mama blickte mich an.

– Haben sie das gesagt … nein, wirklich nicht.

– Wie haben Sie sich verletzt?

– Ich bin hingefallen, ich bin in der Küche ausgerutscht.

– Und da haben Sie sich eine Rippe gebrochen?

– Darf man … denn in seiner eigenen Küche nicht hinfallen? Können Sie uns nicht in Frieden lassen?

– Sie müssen sich melden, wenn es schlimmer wird.

Ich fing an zu weinen. Der Sanitäter wandte sich an mich.

– Wo ist euer Papa?

– Ich weiß nicht, bei Veikko, glaube ich.

Ohne Vorwarnung zerschlug Papa Mamas Gesicht ein ums andere Mal. Mama ließ sich eine Augenbraue nähen. Dann die andere. Sie bekam eine Beule auf der Stirn, die nicht mehr heilte. Sie hatte dauernd ein blaues Auge und Narben am Kopf und trug das ganze Jahr über immer mal wieder eine Sonnenbrille, wie die Frau vom Schmuggler. Ihre Blutergüsse waren so groß wie Pfannkuchen. Sie änderten die Farbe. Die grüngelbe Farbe gegen Ende des Heilungsprozesses war am ekligsten. Sie erinnerte an die Galle, die bei einer Magengrippe am Schluss hochkam.

Papa ging mit einem Messer auf Mama los. Ich stellte mich vor sie. Wenn du Mama umbringen willst, musst du erst mich umbringen, sagte ich. Papa hielt inne, dann sagte er, geh weg, sonst bringe ich sie wirklich um. Aber Mama schubste mich im letzten Moment zur Seite. Wie war es möglich, dass jemand, der so viel Prügel bekam wie meine Mutter, nicht sofort starb?

– –

Ich vergaß, wie man sich entspannte. Ich sortierte die Messer, die in dem Spalt zwischen Herd und Spüle steckten. Wenn Papa auf die Idee kam, ein Messer rauszuziehen, dann sollte das schärfste und gefährlichste nicht vorne sein. Wenn scharfe Gegenstände herumlagen, räumte ich sie beiseite. Die Dinge konnten jederzeit durch die Luft fliegen. Ich hielt mich im Verborgenen, so gut es ging. Und ging dazwischen, wenn Mama Schutz brauchte.

Nachts lag ich wach und wagte nicht einzuschlafen.

Und wenn Papa Mama umbringt?

Und wenn Papa mich erwürgt?

Und wenn Papa Mama umbringt?

Und wenn Sakari aus Versehen etwas abbekommt?

Ich fand, mein Papa sollte im Gefängnis sitzen.

Aber das durfte man nicht denken.

Ich klammerte mich an die festen Wände in den Klassenräumen und im Schulalltag. Ich wollte nicht nach Hause, wenn Mama und Papa betrunken waren. Hoffte auf ein Wunder. Hoffte, dass der Magister etwas unternehmen würde. Ich ließ mir viel Zeit, wenn ich meine Bücher aufeinanderlegte.

Aber jeder Schultag nahm ein Ende.

Die Schritte nach Hause gingen langsam. Die kleinen Tiere mussten dafür büßen, dass ich auf freiem Fuß war. Ich trampelte Ameisen und Marienkäfer tot, die mir über den Weg liefen. Spürte, wie es unter den Schuhen brannte. Blieb lange bei den plattgetretenen Kaugummis, die auf der Straße klebten, bei den Zigarettenstummeln und dem ausgespuckten Mundtabak stehen. Wusste genau, welcher Straßenstein als nächster ausgewechselt werden musste.

Die Hausfassaden zerkratzten meine Hände.

Die Augenmänner an den Wänden und die Jungsundmädchen an den Kreuzungen standen an den immergleichen Plätzen. Wenn der Winter kam, würden die Straßen leer sein.

Richtige Mütter waren auf dem Weg zu richtigen Geschäften. Die meisten Kinder finden schließlich nach Hause. Ich zögerte lange vor der Tür.

Ich hatte wieder Durchfall bekommen. Aber es war nicht der Bauch, der mich plagte.

Ich ließ mir ein heißes Bad ein. Wand mich stundenlang auf dem Boden der Badewanne. Füllte kaltes Wasser nach, spielte toter Mann, leise und ohne Mama und Papa zu wecken. Mein Haar lag wie eine nasse Feder auf meinen Schultern. Wenn ihr jetzt wach gewesen wärt, dann wäre ich ertrunken. Dann hättet ihr mich endlich nicht mehr übersehen können.

Ebenso oft wie ich litt, vergaß ich zu leiden. Das Leben ging trotz allem weiter wie gewöhnlich.

Durch das Küchenfenster sah ich einen Spatzen. Er kam direkt auf mich zu.

Flog gegen die Scheibe.

Wohin ich mich auch drehte, schlug ich mir den Kopf an.

Ich tröstete mich damit, dass es wahrscheinlich andere gab, die dasselbe Schicksal hatten. Aber ich konnte nicht sicher sein. Nicht alles, was passierte, hörte man durch die Wände. Und was wir durch die Wände hörten, war eigentlich alles, was wir voneinander wussten. Åse und Riitta ausgenommen. Ich wusste fast alles über sie und sie über mich. Ich sehnte mich nach ihnen. Aber ich konnte ja nicht an jedem Quartalstag bei ihnen schlafen und essen. Und es war, als müsste ich erklären, warum ich manchmal vor mich hin ins Leere starrte.

– –

Ein Rausch verlief immer gleich. Das war das Einzige, worauf man sich verlassen konnte. Zuerst kamen die auslösenden Phrasen, dann kauften sie Schnaps, dann betranken sie sich, wurden betrunkener und betrunkener und dann stritten und stritten sie, bis Papa seinen Säuferwahn kriegte. Aber zuerst verloren sie die Wörter und die Knochen, und die Tage und Wochen vergingen und vergingen, und es passierten so viele seltsame Dinge, die man unmöglich begreifen oder anschauen konnte.

Am Ende kam der Katzenjammer und alles wurde wieder normal. Inzwischen vielleicht nicht mehr, aber trotzdem. Und jetzt stand das Zimmer schwindelerregend schief. Mamas und Papas leblose Körper hingen auf den Stühlen, das Gift strömte aus ihren Nasenlöchern. Sie sahen ungeheuer schwer aus, dick. In diesem Zustand war alles sehr still. Eine einzige falsche Bewegung konnte sie aufwecken. Ich ging auf Zehenspitzen. Wollte, dass sie ihren Rausch ausschliefen. Ich atmete nicht, betrachtete die Aschenbecher, die Gläser. Sie schliefen einen sehr dumpfen Schlaf. Unter ihrer Haut bewegten sich Körperflüssigkeiten und beginnende Halluzinationen. Dieselben alten Gäste hingen herum. Sie steckten tief in den Möbeln und hielten verkrampft ihre Gläser in den Händen. Bewusstlos.

Bitte, könnt ihr nicht irgendwann mal gehen?

Ich flehte sie an.

Hinaus mit euch, hinauuus!

Ich fauchte und trat nach ihnen. Fuchtelte mit den Armen.

Dann ging ich zu einem Spiegel und weinte.

Kam zornig zurück.

Offensichtlich hatten sie es sich bequem gemacht. Der Sabber hing angetrocknet in den Mundwinkeln, die Schminke setzte Grünspan an, sie waren wie schlappe Puppen. Die Körpergerüche sickerten aus aufgeknöpften Kleidern, aus Hosenschlitzen, unter Röcken hervor.

Modesty lud ihre Waffe.

Hier hatte eine Orgie stattgefunden. Terrie war noch ganz aufgekratzt. Sein Pimmel war groß und rot. Er schnüffelte an Spanska Levas Fotze. Es stank nach Abfällen und Urin. Ich hielt mir die Nase zu. Es knirschte unter den Sohlen. Ich hatte eine

Sterbensangst, dass einer von ihnen aufwachen würde, Angst, jemand würde mich aufhalten.

Ich benötigte noch einen winzig kleinen Moment.

Still. Ich zielte. Häutete sie in Gedanken.

Wartete darauf, dass man mich wegen Massenmords verurteilte.

Wo sollte ich nur immer hin? Wenn ich konnte, versuchte ich zu Hause zu schlafen. Aber meistens konnte ich es nicht. Ich lag wach und wälzte mich im Bett hin und her. Lauschte. Stand auf und legte mich wieder hin. Schaute nach. Ich habe heute Nacht nicht geschlafen, sagte ich zum Magister, hoffnungsvoll. Er bat mich, nach dem Unterricht im Klassenzimmer zu bleiben. Ich war froh. Er fragte, warum ich nicht geschlafen hätte. Ich schwieg und dachte nach. Dann sagte ich, dass ich einfach nicht einschlafen konnte.

Wenn die Gäste gegangen waren und Mama und Papa tief schliefen, ließ der Tag keinen Platz für die Nacht.

Auf Zehenspitzen verließ ich das Bett, zusammen mit Sakari. Wir gingen jeden Gegenstand durch, legten ein Puzzle aus dem Drama, dessen Mittelpunkt der Sofatisch war.

Hier hatten sie gesessen, wenn man das Sitzen nennen konnte. Wir rochen die gelben Finger.

Wir berührten die kalten Pommes frites.

Die Wochen klebten in den Gläsern. Zigarettenasche lag wie Zementklumpen in den übervollen Aschenbechern.

Wir hörten die Atempausen wie Stöhnen durch die Wände. Aber wir wagten es nicht, die Polizei zu rufen. Ein Anruf konnte dazu führen, dass sie Terrie holten und nicht uns, dass sie uns und nicht Terrie über den Kopf strichen. Und ich hatte keine Kraft mehr, noch einmal zu erzählen, wie Mama und Papa zu erklären versuchten, warum sie verschwunden waren. Sakari und ich krochen unter unsere kalten Bettdecken, schliefen ineinander verschlungen ein, zum Geräusch von Säuglingsgeschrei, das alle Hoffnung aufgegeben hat.

Das Feiern hörte nicht auf, obwohl wir immer wieder an einem neuen Morgen erwachten. Es steckte in meiner Kehle. Ich wurde von einem unaufhörlichen Unwirklichkeitsgefühl gequält. Widerwillig sah ich mich im Zimmer um. O nein, jetzt waren die Gäste zurückgekommen. Obwohl ich sie hinausgeworfen hatte. Sie waren wie Gummibälle an elastischen Bändern.
Was machte Riittas Vater hier?
Mein Gott, er lag mit dem Kopf nach unten in einem Faltenrock. Wenn nur Helmi jetzt nicht kam.
Leute kamen und gingen, obwohl ich an der Tür Wache stand. Obwohl ich ihnen sagte, sie wären nicht willkommen.
Obwohl ich Gott um Besuchsverbot bat.
Obwohl ich mich fernhielt. Obwohl ich zu Hause blieb.
Terrie begattete ein abgebrochenes Bein. Mama und Papa posierten als Leichen. Gefesselte Stimmen, trübe Augen. Die Blumen sanken durch ihre Töpfe. Der Zigarettenrauch hinterließ blassblaue Silhouetten. Mitten in die Stille hinein zwitscherte ein Spatz. Ich kratzte mich am Bein und ging.

Aber das Meer gehörte mir. Ich trug meine Schuhe in der Hand. Der Sand scheuerte den Zigarettenrauch von meinen Beinen, und die schlimmsten Bilder blies der Wind davon. Lauwarmer früher Herbstregen spülte die Tränen fort, die in den Knie- und Armbeugen zu Schorf getrocknet waren. Meine Gedanken verliefen zwischen unverbundenen Wörtern. Schule, Zuhause und Süßigkeiten. Die Fliegen waren im Sommer boshaft. Jetzt gab es fast keine. Als ich zum Leben erwachte, war ich bei Riittas Mutter. Wie war ich hierhergekommen?

Katzenjammer roch nach Formalin. Unser Zuhause war ständig in Verwandlung. Manchmal gab es Wände, die unsere Geräusche abschirmten, an anderen Tagen wohnten wir mitten auf einem Marktplatz. Die Klinke an unserer Tür war zeitweise abgesägt. Niemand stellte gute Fragen. Das Einzige, was ich tun konnte, war zur Schule zu gehen und zu beten.

Ich betete zu Gott, dass es ihn gab.

Warum tat die Polizei nichts?

Der Rettungsdienst?

Der Arzt?

Wenn der Katzenjammer erblühte, blieb ich apathisch zu Hause. Oder apathisch woanders. Wo trieb ich mich herum? Es war, als würde ich spurlos aus mir selbst verschwinden. Ich sah mich selbst am Küchentisch sitzen und Papas kommandierende Blicke schlucken und hinterher mit Springseil und Bällen in den Hof gehen. Sah mich selbst auf meine Hände starren. Sah mich selbst Wache halten, so gut ich konnte, damit nichts

Gefährliches geschah. Dennoch geschah alles. Sah mich selbst unter dem Tisch sitzen, nicht betteln, nicht winseln. Ihre Tränen abschlecken, bis die Zunge trocken, die Schnauze fiebrig heiß war. Sah mich selbst essen, was zu Boden gefallen war, teilte es mit Terrie, der wie ich zitterte.

In der Nacht teilten wir das Kissen.

Unter derselben Decke wachte ich über seinen Traum.

Aber noch war es nicht an der Zeit, nüchtern zu werden.

Eine neue Woche konnte mit jedem beliebigen Wochentag anfangen. Ein melancholischer Tango und ein wenig Fusel zogen Mama und Papa aus den Möbeln hoch. Bevor der Abend kam, waren die Lungen wieder mit erbittertem Streit geladen.

Lieber Gott. Bitte lieber Gott. Bitte Gott.

Lieber Gott, mach, dass Papa keinen Säuferwahn kriegt.

Lieber Gott, mach, dass Mama sich nicht das Leben nimmt.

Lieber Gott, ich trete auch nicht auf Striche.

Und nicht auf Risse in den Steinen.

Ich trete nicht auf Striche. Nicht auf Risse in den Steinen. Ich trete nicht auf Striche. Nicht auf Risse in den Steinen.

Bitte lieber Gott.

Ich versuchte, meine Hände den ganzen Tag und die ganze Nacht zu falten. Aber es war schwer, mit gefalteten Händen Terries Leine zu halten. Es war schwer, mit gefalteten Händen zu schwimmen. Ich verlor die Kontrolle darüber, auf welchen Wegen der Schnaps zu uns gelangte.

Lieber Gott, flick mir mein zersprungenes Herz mit Karlssons Superkleber.

Da waren Schnapsflaschen in den Einbauschränken. In den Schubladen der Kommode, im Wäschekorb, in den Kleiderschränken, im Wäschetrockner und unter der Spüle in der Küche.

Die Flaschen vermehrten sich von allein in den verborgensten Winkeln.

Und trotzdem entbrannte Streit darum, wem sie gehörten.

Und wer am meisten daraus getrunken hatte.

Das schlimmste Verbrechen, das ich begehen konnte, war, eine Flasche Schnaps auszuschütten. Schau, Papa, sagte ich, schraubte den Verschluss ab und schüttete den Schnaps ins Spülbecken. Ein Glas kam durch die Luft geflogen. Ich duckte mich. Schüttete weiter. Papa erwischte mich sowieso nicht. Er hatte Gummibeine und Gummiarme. Ich brauchte nur Flasche um Flasche auszuleeren.

Es half bloß auch nichts.

Katzenjammer konnte man nur mit noch mehr Schnaps vertreiben.

Und ständig kam neue Ablösung. Schon früh am Tag tauchten wieder neue Gäste zum Feiern auf. Veikko war als Erster da. Er sprach durch ein Megafon zu Mama und Papa. Mamas Kopf schmerzte. Papas Körper schmerzte. Sie rissen ihre Münder weit auf, und Veikko fütterte sie mit einem Esslöffel. Wenn der Alkohol ins Herz und ins Hirn gelangt war, konnten sie langsam die Beine wieder bewegen. Selber trinken, ohne dass die Hände zitterten. Ich fragte Gott, wie die Verwandlung vor sich ging, und bekam zwanzig Kronen zur Antwort.

Der Kiosk war mein Ruheraum. Ich eilte hin und kaufte eine

Süßigkeitenmahlzeit. Liebevoll legte die Kioskverkäuferin die Trostschnuller, die Zuckerstücke und den Salmiak in meine Süßigkeitentüte. Sicher wunderte sie sich, wo mein ständiges Taschengeld herkam. Der Zahnarzt hätte meinen Eltern eine Karte schreiben müssen. Die Leute im Chinarestaurant versuchten mich zu sich hineinzuwinken. Dort hätte ich richtiges Essen bekommen. Aber ich hatte ja schon Nichts gegessen.

– –

Ich stand im Hof. Es regnete. Durch die Fensterscheibe beobachtete ich heimlich meine Eltern. Sie schwebten durchs Fernsehzimmer. Die Jalousien hingen seltsam schief. Ich fragte mich, ob sie einander jemals wieder sehen würden, ob wir einander jemals wieder sehen würden. Sehnte mich danach, dass jemand den Aschenbecher leerte, dass es nach frisch gebügelten Menschen duftete und dass die Blätter der Blumen nach oben wuchsen.

Begriffen sie es denn nicht? Die Butter wurde unter ihrem Blick ranzig.

Begriffen sie es denn nicht? Ich stand hier draußen im Hof und krepierte.

Nein. Sie begriffen es nicht.

Ich machte einen Spaziergang.

Nahm hastig mein Schattenbild an die Leine, wenn mir jemand begegnete, und riss es zu mir heran.

Die Scham wie Blei in den Schuhen.

Kaum zu Hause, ging ich wieder raus. Zog ein Kleid und Gummistiefel an, ging raus in den Hof. Stiefelte im Regen herum, bis mir das Wasser bis zum Hals reichte. Ging wieder rein.

Öffnete auf gut Glück die Kühlschranktür und ging wieder raus.
Sie hatten sich hingelegt. Würde es morgen vorbei sein? Oder
am nächsten Morgen oder am übernächsten?
Ihre kalten Körper leuchteten durch die Bettdecke.
Das Telefon klingelte.
Eine Nacht ohne den Schlaf der Gerechten.

Ein weiterer Morgen. Wachte ich am Morgen auf? Die Haut roch
wie ein bierfeuchter Aschenbecher. Ich raffte eine Tomate an
mich, die jemand liegengelassen hatte. Schlich zurück zu den
Stunden im Hof. Vor der Schule. Nach der Schule. Die Tomate
schmeckte gut, blutete langsam durch den Gaumen.
Warum waren die Schultage so kurz?
Warum holte mich niemand von hier weg?
Markku, Sakari – wo seid ihr?

– –

In der Schwimmhalle war es warm. Sauber. Ich ging dorthin,
auch wenn ich nicht trainierte. Stellte mich neben die dicken
Mütter, die ihren Kindern die Haare wuschen. Spürte Mamas
Finger, die meine Kopfhaut massierten. Mamas sanfte Hand auf
meinem Rücken. Sie seifte mich ein, schrubbte mir mit unserer
finnischen Saunabürste den Rücken.
Ich wusste, dass ich den Atem unter Wasser fünfzig Meter lang
anhalten konnte. Das Wasser schmeckte nach gechlortem Chlor.
Die Alte mit der rosa Badekappe schwamm hin und her, ihre Beine streiften meine Rückenflosse, wenn ich ihre Bahnen
kreuzte. Ihre Ausdauer traf auf meine schwindende Lebens-
lust. Als ich nach Hause kam, saß Mama im Sessel in der Oper.

Sie hörte Carmen, immer und immer wieder. Wann hatte sie die Schallplatte gekauft? Sie schloss die Augen. Der Chor dirigierte ihre Augenbrauen, die kaum registrierten, dass ich nach Hause kam. Papa hatte von einer grünen Topfpflanze gegessen. Sabberte grüne Spucke aufs Kopfkissen, gurgelte sich in den Schlaf. Brüllte, wenn er versuchte, sich umzudrehen. Sonst war niemand da. Das Ticken der Uhr, das Rauschen der Nachbarn. Es war seltsam, mit einer Hexe und einem Gorilla zusammenzuwohnen, wo doch die Kinder aus Bullerbü in unserer Stadt auf den Rummelplatz gingen.

Ich wusste, was ein richtiger Säuferwahn war. Ein Rappel. Das verlieh mir einen gewissen Status, den ich viel zu selten nutzen konnte. Ein Quartal war zu Ende, wenn Papa es nicht mehr aufs Klo schaffte, sondern in die Hose pinkelte. Seine Schuppenflechte blühte auf, und die Pisse ätzte Löcher in das PVC. Mama war dann meist seit ein paar Tagen nüchtern. Keiner konnte einen mehr mit einem Blutbad überraschen. Das Ganze war ebenso schnell vorüber, wie es angefangen hatte. Jetzt ging der Katzenjammer langsam in Nüchternheit über.

Aber erst aß Onkel Papa rohe Eier, um das Delirium tremens abzuwenden. Doch es war zu spät. Jetzt warteten wir auf die kleinen Tiere, die bald über Papas Körper krabbeln würden, und auf die Dinosaurier, die auf seiner Seele herumtrampeln würden. Tante Mama kümmerte sich um das Praktische, wenn die Reue sie packte.

Der Monstergorilla fraß unsere schönsten Stearinkerzen aus den Bodenleuchtern, legte die Nachtfalter ordentlich auf das

Kopfkissen, legte Puzzles aus Buchstaben in der Luft zusammen. Er sortierte die Pillen, die über die Wände rasten. Er setzte sich auf einen Stuhl, den es nicht gab. Wusch die Kleider, die Insektenbisse bekommen hatten, desinfizierte die Risse in der Haut und im Boden. Er räumte die kleinen Vögel weg, die in seinen Kopf eindrangen. Er sah tot aus und dennoch lebendig.

Ich kaute an den Fingernägeln, bis die Kuppen bluteten und sich entzündeten.

Es ist bald vorbei, sagte Tante Mama.

Ich kaute an meinen Nägeln, bis die Kuppen bluteten und sich entzündeten und die Nägel abfielen.

Der Monstergorillapapa riss Löcher in die Möbel, warf alles Lebende tot hinaus und lüftete den Hund und die Katze und unsere Decken. Er harkte in den Blumenkästen herum und scheuerte die Toilette.

In diesen Tagen ging Tante Mama ständig einen Schritt hinter Onkel Papa, stützte ihn, wenn er nach hinten fiel. Ich sehnte mich danach, groß zu werden. Bei mir würde es nie so sein, wenn ich erwachsen war.

Hinterher lag Onkel Papa fünf Tage lang mit einem Beißring im Mund wach. Wenn der Schlaf ihn übermannte, schlichen wir auf Zehenspitzen zwischen Fernseher und Küche hin und her, um ihn nicht zu wecken.

Er kann aggressiv werden, sagte Mama.

Aber bald ist es vorbei.

Langsam kehrte der Kontakt zu den verschiedenen Teilen meines Körpers zurück, und ich konnte nachts wieder schlafen. Meine Fingerkuppen heilten.

Dann konnte ich wieder das Vogelgezwitscher hören und mich in der Schule konzentrieren.

Danke, lieber Gott.

Nach Papas Delirium waren meine Eltern nüchtern.

– –

Ein neuer Tag ohne Halluzinationen brach an. Das Sonnenlicht wurde weicher. Trunkengerührt putzten sie. Sie kehrten Haarbüschel auf, wuschen die Zimmerdecken, scheuerten die Wände. Sie lüfteten die Bettdecken und Kissen und bezogen die Betten. Sie wischten Staub, saugten Staub und wischten die Böden. Leerten die Aschenbecher, spülten ab und stellten Tomatendosen und leere Flaschen auf den Balkon. Sie halfen einander die Jalousien hochzuziehen, Bilder vor die Kratzer in der Tapete zu hängen, die kaputtgeschlagenenen Schranktüren mit Klebeband zu reparieren. Sie sorgten für Durchzug in der ganzen Wohnung.

Wir saßen hoch oben auf unseren Betten und versuchten, nicht im Weg zu stehen.

Chip a chip a chip, chip a chip a chip.

Sie putzten unsere Schuhe und flochten unser Haar. Wir durften am Abend lange aufbleiben. Süßigkeiten essen und Limonade trinken. Trunkengerührt wuschen sie den Hund blitzeblank, badeten die Katze und duschten unsere kaputten Spielsachen, sie sagten Miau, gurr, kleine Lieblinge! Wir müssen uns jetzt bessern.

Sie badeten und bürsteten ihre Rücken, und Papa kämmte sein Haar mit Wasser. Sie wuschen Wäsche und bügelten und Mama setzte die Brille behaglich auf die Nasenspitze. Sie klebten

Teller zusammen, legten gekaufte Vogelsamen aus und ließen zu, dass wir obdachlose Tiere anschleppten.

Kleine Lieblinge! Miau, guurrr … ihr müsst uns jetzt verstehen. Sie flickten zerrissene Kleider, hängten einen Wunderbaum ins Badezimmer und machten einen Großeinkauf bei Fridhems Livs. Sie brachten leere Dosen und Gläser zurück. Mama backte Brot, und wir frühstückten zusammen, aßen zusammen zu Mittag und bekamen sonntags zum Frühstück Papas Pfannkuchen. Miau, gurr, kleine Lieblinge, ihr müsst uns jetzt lieben.

– –

Als die Wohnung geputzt, das Blut getrocknet und Terries Wimmern verstummt war, machte das Sozialamt einen geplanten Spontanbesuch in unserem Hauseingang, der auf der schwarzen Liste stand. Die Schule hatte Alarm geschlagen. Leena hat so dunkle Ringe unter den Augen und sie sagt, sie schläft nachts nicht. Markku stört den Unterricht, obwohl er in die Beobachtungsklasse geht, und Sakari reagiert nicht, wenn man ihn anspricht. In die Beobachtungsklasse gingen nur Kinder, die nicht stillsitzen konnten. Aber selbst dort durfte man nicht über seine sterbenden Eltern sprechen.

Wir zogen unsere guten Sachen an, und Papa erhielt unerwartet Gelegenheit, seinen Anzug zu tragen. Mama war nervös, aber froh, weil wir vielleicht finanzielle Unterstützung bekommen würden, und backte einen schwedischen Zuckerkuchen.

Sie kamen als gesammelte Truppe an. Der Praktikant wurde zuerst hereingeschoben. Die Sozialtanten bemerkten die Auseinandersetzungen nicht, die noch auf dem Sofatisch lagen, und nicht die Drohungen, die noch in der Luft hingen. Sie gaben sich blind und sagten nichts über Mamas farbenfrohe Pfannkuchen-blutergüsse. Sie setzten sich auf eine der wichtigsten Fragen.

Heej, sagten sie, schön, dass wir uns mal sehen, wie steht's, wie geht's, und sieh mal, so schön ist es jetzt hier! Sie saßen mit verknoteten Armen und Beinen da. Sie nahmen intensiven Augenkontakt miteinander auf und redeten allgemein über das Wetter und den ewigen schonischen Wind und den schwinden-den Dorschbestand in der Ostsee. Dann kamen sie zum Thema.

Große Häuser und freundliche Menschen.

Gesetzliche und freiwillige Regelungen. Paragrafen.

Ich deutete auf Mamas geplatzte Lippe und versuchte ihnen die Löcher in den Wänden und im Boden zu zeigen.

Bitte, seht ihr denn nicht, dass wir hier sterben?

Sie hielten einen weiteren kurzen Vortrag über Gesetze, Häuser und Menschen, und dann standen sie auf, um zu gehen. Sie hinterließen Lippenstiftspuren auf den finnischen Mokkatas-sen, die zwischen den Scherben in der Küche hervorgesucht worden waren. Der Zuckerkuchen stand noch auf dem Tisch.

Das sieht ja gut aus hier, aber seht jetzt zu, dass ihr nüchtern bleibt. Ja, da sieht man's, wir dachten eigentlich, dass es eine kleine Überraschung ist, wenn wir kommen, und jetzt scheinen wir gaaanz überflüssig zu sein.

Was für ein schönes weiches Fell die Katze hat.

Sie bekommt sicher viel Hering.

Dann bewegten sie sich wieder hinaus und wichen im Zickzack-gang den unbezahlten Rechnungen und den Brandlöchern im Boden aus, verabschiedeten sich und sagten, das Geld käme mit der Post.

Ich lief hinter ihnen her.

Stopp, warten Sie, ich will etwas erklären. Aber als sie sich zu mir umdrehten und winkten, begriff ich, dass ich mich auf einem anderen Planeten befand.

Zurück im Sozialamt machten sie einen Akteneintrag. Nein, den Kindern war kein Mangel anzusehen. Nein, nichts Auffälliges. Falscher Alarm. Die Schule musste lernen, einen Unterschied zwischen pädagogischen Schwierigkeiten und sonstigen Problemen zu machen. Die Eltern zeigten sich mit den Gesetzen einverstanden. Ergänzende Sozialhilfe wurde verordnet. Antabus, sicherheitshalber. Und bei Bedarf konnten wir gerne anrufen.

Mir ging es nach dem Besuch der Sozialbehörde trotzdem gut. *Chip a chip a chip, chip a chip a chip.*
Er zeigte Wirkung bei Mama und Papa. Eine Zeit lang waren sie ganz erschrocken. Wir bekamen ein bisschen Geld, und die Nüchternheit hielt eine Weile an. Sie hatten jedenfalls begriffen, dass es Menschen mit großen Häusern gab, in denen gewisse Kinder willkommen waren, wenn ihre Mütter und Väter sich nicht benahmen. Dass es Paragrafen gab. Einige hatten mit gesetzlichen Regelungen zu tun, einige mit Freiwilligkeit. Und Freiwilligkeit war immer am besten. Ich vermittelte Mama und Papa mein neues Gesellschaftskundewissen. Wenn sie nicht, dann würde ich. Ich konnte mit einem einzigen Wort in ihre Pupillen pieksen und genoss meine Überlegenheit. Sie waren verletzlich. Aber ich liebte sie. Also vermied ich gewisse heikle Andeutungen. Eine Art verräterische Ruhe stellte sich ein, sie dauerte an, bis sich alles auf die nächste Feier zuspitzte.

– –

Es kam eine Zeit, in der die Handtücher nach Klorin, Via und Surf dufteten. In der die Wände an ihrem Platz standen und die Tontöpfe sich mit selbstgestrickten Pullovern füllten. Die Fleischwurst wurde mit Senf und Ketchup gekrönt. Papas Blaumann fand sich bei Wacholderholzprodukte, Projekt Schritte, ein, und Mamas karierte Schürze trällerte zum Radio in der Küche. Helmi schaute auf dem Weg zur Post bei uns vorbei, und sie und Mama tranken Kaffee und redeten über wichtige Dinge.

Alles war wieder wie immer.

Am schönsten waren die Tage, an denen Helmis Fahrrad unter unserem Fenster stand, wenn ich von der Schule kam.

Im Backofen ging der kreideweiße Laib auf, der für alle Kinder der Welt reichte. Pippi Langstrumpf hatte auf unserem Schwarzweißfernseher rotes Haar. Papa rief uns vom Hof, dem Herzen des Wilden Westens, nach drinnen. Heiße Schokolade und belegte Brote auf dem Boden vor dem Fernseher. Puti bekam ein goldenes Halsband und Terrie eine Leine aus Metall. Wir bekamen Eier und Kaviar zum Frühstück. Marmelade und Leberpastete. Sie kauften gestreifte Zahncreme und weiches Toilettenpapier mit Lämmchen drauf. Wir drängten uns auf dem Sofa. Papa las uns nach der Arbeit Donald Duck auf Finnisch vor. Mama kochte Ochsenschwanzeintopf, Kohlsuppe, Schweinshaxe und Schweinekoteletts. Papa Hering und Schweinefleischauflauf. Ich schlief sorglos, die Arme um meine Puppe geschlungen. Sakari lachte, und Markku war ein bisschen öfter zu Hause.

Die Löcher in unserem Parkettboden heilten. Vor unserem Fenster zeigten die Kleinstadtvögel ihr wiedererwecktes Zutrauen.

Ich klingelte an Åses Tür. Inga-Lill hatte gute Laune, wir bekamen Eisgeld. Wir gingen zu Domus und schauten schöne Kerzenständer aus Glas an. Für wen würden wir die kaufen, wenn wir Geld hätten? Was würden wir tun, wenn wir eine Million gewinnen würden? Wir kauften auf dem Weg nach Hause je ein Birnensplit. Das war die Neuheit des Jahres. Wir setzten uns auf die Schaukeln und aßen das Eis.

Ich wusste genau, in welchem der Mietshäuser und in welcher der Wohnungen der Schmuggler wohnte. Wenn Mama und Papa eine nüchterne Phase hatten, war das Haus so hoch, dass keiner an seine Kioskklappe heranreichte. Nicht einmal mit sehr großen Zahlscheinen. Ich streckte seinem Fenster die Zunge heraus. Åse lachte.

Riitta, Åse und ich spielten wieder. Wir gingen an den Strand. Oft blieben wir beim englischen Steg. Dort konnte man weit hinaus ins Wasser gehen. Ein steinerner Steg verbarg sich unter dem Wasser und kam bei Ebbe zum Vorschein. Die Wellen brachen sich dort, und wir hatten unsere Ruhe. Im Herbst fanden wir alte Turnschuhe, Flaschen, vergessenes kaputtes Spielzeug, Treibholz, Vogelskelette und Ölklumpen von den Schiffen, die wir nie sahen, die aber einmal in der Stunde in der Ferne auf dem Meer vorüberfuhren.

Wenn ich nach Hause kam, tankte ich in der Küche auf. Ließ mir von Mama in der Badewanne den Rücken schrubben. Bekam ein großes Pflaster auf meine kleine Wunde am Fuß. Den ganzen nächsten Tag verwendete ich darauf, Terrie mit einer richtigen Haarbürste zu bürsten. Und Tipu Tipu Tipu. Unsere bezaubernde kleine Lieblingskatze.

Jetzt würde es bestimmt nie wieder passieren.

Papa hatte sein Nüchternheitsgelöbnis abgelegt und nahm jeden Morgen seine Antabus. Mama glaubte ihm. Wenn er aufhörte, dann hörte sie auch auf. Und sie wollte die Gelegenheit beim Schopf packen und eine Diät machen.

Der Herbst ging in den Winter über. In der Schule wurde Cecilia die heilige Lucia des Jahres. Weihnachten kam. Großmutter schickte ihr jährliches Paket. Wir bekamen neue Weihnachtsgedichte, gestrickte Fäustlinge, Wollsocken und Topflappen, Spitzendeckchen. Fazer Schokolade. Fazer Marianne und Fazer Lakritze. Servietten, Silber- und Goldband. Wolle und Garnrollen. Stricknadeln, finnische Kreuzworträtsel und ein neues Donald-Duck-Heft.

Über Weihnachten blieben Mama und Papa nüchtern. Papa schnitt den Schinken auf, und Donald Duck und seine Freunde wünschten uns vom Fernsehbildschirm aus frohe Weihnachten.

Auch über Silvester blieben sie nüchtern. Markku, Riitta, Pavve, Åse, Nicke, Tripper-Tine und ich versammelten uns in unserem Treppenhaus. Markku hatte Streichhölzer geklaut. Wir zündeten sie an und warfen sie durch das Fenster nach draußen. Ein Feuerschnörkel sank zu Boden. Beinahe wie richtiges Feuerwerk. Der Neujahrstag war der Höhepunkt des Jahres. Wir suchten nach Knallern, die nicht losgegangen waren. Chinakracher und Knaller zu einer und zu zwei Öre. Die zu einer Öre trauten Riitta, Pavve und ich uns in der Hand zu halten, wenn sie knallten. Markku und Tripper-Tine hielten die zu zwei Öre, als wäre nichts leichter als das, und Markku ließ die Chinakracher erst in dem Augenblick los, in dem sie abbrannten. Er musste es immer am weitesten treiben.

Nach Neujahr ging es wieder los.

– –

Ich nahm eine Abkürzung über das Dachgeschoss und rannte direkt in Papa hinein. Er war im Treppenhaus gestürzt und hatte sich die Stirn aufgeschlagen. Das Blut rann pochend aus seinem Schädel, im selben Rhythmus wie sein Herzschlag. Und sein Herz schlug schnell. Er hatte sich eingenässt und stank wie das Pissoir auf dem Stortorget. Keiner, der vorbeikam, kümmerte sich um ihn.

Papa, Papa.

Geliebter Papa.

Ich kniete mich neben ihn. Nahm seine Hand. Papa, Papa, wach auf, du kannst hier nicht liegenbleiben. Papa, wach auf.

Papa lag auf dem Rücken. Er konnte den Kopf nicht heben. Sein Blick war blind. Was tat er hier auf dieser Treppe? Sicher hatte er eine Wahnvorstellung gehabt.

Ich musste auf Fenix-Atmung umschalten.

Als Allererstes schaute ich mich um. Wenn mich nur niemand sah.

Dann drehte ich Papa auf die Seite, so wie ich es im Erste-Hilfe-Kurs in der Schule gelernt hatte, dann rannte ich heim und telefonierte.

Als der Krankenwagen kam, wachte Papa auf und weigerte sich, mitzukommen. Ihr Ärsche, lallte er, lasst mich los, ich komme allein zurecht. Keiner legt mich in weiße Laken.

Weiße Laken. Er hatte erzählt, dass es im Kinderheim weiße Laken gegeben hatte.

Bei uns zu Hause gab es keine weißen Laken.

Abwechselnd wachten wir an seinem Bett. Mama machte pschscht und kümmerte sich um Papa wie um ein Neugeborenes, das alle eineinhalb Stunden gefüttert werden muss. Mit dem Löffel flößte sie ihm Flüssigkeit ein und gab ihm Vitamin B, sobald er ordentlich schlucken konnte. Er bekam eine hässliche Narbe auf der Stirn. Ungefähr so wie die von Mama. Mit einem Unterschied. Mama hatte Papa nicht geschlagen.

– –

Zu viele Male grün und blau geprügelt. Fotze, Hure, Schlampe, Drachen, Schimmelfotze, alte Schreckschraube. Mama konnte nicht mehr. Sie versuchte zurückzuschlagen, versuchte abzunehmen, versuchte mit dem Trinken aufzuhören, versuchte zu backen, zu lesen, zu stricken, zu putzen, versuchte, Hilfe zu bekommen. Sie versuchte alles Mögliche, auf jede erdenkliche Weise versuchte sie, Lebenswillen zu entwickeln, aber es gelang ihr nicht. Sie sagte, sie wolle uns nichts Böses, aber sie sah, dass ich aufgehört hatte zu lachen. Dass Sakari aufgehört hatte zu reden. Dass Markku verschwunden war. Sie sagte, ohne sie würde es besser sein. Ich sah, wie sich die Schlinge um ihren Hals immer weiter zuzog. Ich verstummte und erlahmte, aber ich versuchte, sie zum Weiterleben zu überreden. Bitte, Mama, bat ich, du hast doch mich.

Aber sie starrte durch meinen Körper hindurch, ohne dass ihre Augen die Wand dahinter sahen.

Riitta ertappte mich in meinem Zimmer auf frischer Tat.
Ich riss meiner Puppe büschelweise die Haare aus.
Wollte, dass sie Hässlich Hässlich Hässlich würde. So richtig *Ugly*.
Komm, Leena, du kannst heute bei mir übernachten, sagte Riitta.

Die Kloake wurde so tief, dass ihr Ansehen am Ende ganz darin versank.
Sie begriff, es war ihr Fehler.
Nicht Papa ekelte sie an, sondern die, zu der sie geworden war. Sie mischte den Schnaps mit Tabletten. Es half vorübergehend, weil sie aufhörte uns zu sehen. Aber es schwemmte auch jegliches Gefühl für uns mit davon. Ihr Gang wurde schleppend.
Schließlich saß sie in einem elektrischen Stuhl fest.
Ihre Stimme war eisern.
Ich konnte nicht anders, legte mich wie Terrie auf ihren Schoß, aber ich blutete aus beiden Ohren.
Sie streichelte meinen Kopf, und ich sagte, dass ich es mochte, wenn sie Salz in meine Wunden streute.
Sie sammelte ein Mosaik aus roten, grünen, gelben, weißen Pillen. Sie hatte vor, mich zu verlassen, ohne dass ich protestieren durfte. Ihre Selbstmordversuche wurden mein Alltag. Ich wachte in den Nächten, ich schaute zu Hause vorbei, ich rief an und checkte die Lage, glaubte, den Lauf der Dinge ändern zu können.

Wenn ich von der Schule nach Hause kam, lag Mama in ihrem Bett und wachte nicht auf.

Wenn ich von der Schule nach Hause kam, hing Mama schlaff in einem Lehnstuhl und wachte nicht auf.

Wenn ich von der Schule nach Hause kam, lag Mama wieder in ihrem Bett und wachte nicht auf.

Ein Blick genügte, und ich wusste Bescheid.

Wenn man stirbt, atmet man die ganze Zeit, als wäre es der letzte Atemzug.

Wo würde ich sie das nächste Mal finden?

Ich wusste nicht, was ich wollte. Aber manchmal wünschte ich, Mama würde sterben. Damit es endlich vorbei wäre.

Ich war unwirklich. Aber die Schule war wirklich. Wie kam ich dorthin? Wie fand ich nach Hause? Nach einem Waldausflug mit der Schule kam ich zufällig zu einem chaotischen Streit wieder. Cecilia und ich waren beim Orientierungslauf erfolgreich gewesen, und es war mir gelungen, die Lage zu Hause zu vergessen. Ich ärgerte mich über mich selbst, als ich die Tür öffnete. Wie konnte ich nur so dumm sein? Ich hielt mitten in der Bewegung inne.

Als ich die Wohnung betrat, warf Mama gerade den Sofatisch um. Riss die Bücher aus dem Regal und schrie, dass sie tot tot tot sein wollte. Dass sie wollte, Papa wäre tot. Der Fernseher lag mit dem Bildschirm nach unten auf dem Fußboden. Wenn hier etwas tot aussah, dann er. Papa war im Gorillastadium. Er sah und hörte nichts mehr, beherrschte aber die hässlichen Worte noch. Mama schubste ihn zu Boden und warf eine Vase nach ihm, direkt an den Kopf. Das Blut schoss durch sein Haar, strömte über sein Gesicht. Er versuchte es wegzuwischen, so wie man sich eine Haarsträhne aus dem Gesicht wischt. Die Finger wurden blutig. Langsam stand er auf und schleppte sich in die Küche, zum Kühlschrank, stützte sich an den Wänden ab. Die Monsterangst stand ihm ins Gesicht geschrieben. Der Wahn stand bereit. Die Wände färbten sich rot. Das Blut lief auf den Boden. Er trampelte darin herum. Fotze, lallte er, Hure. Fotze. Hure. Fotze, Hure, Schlampe. Er nahm ein rohes Ei aus dem Kühlschrank. Schlug es auf und schlürfte es direkt aus der Schale. Das Eigelb rann über seine Arme. Das Weiße sah aus wie Rotz. Es war zu spät, um den Wahn noch aufzuhalten, dachte ich.

Ich stand im Flur und beobachtete die Szene. Ich musste mich übergeben. Gut so. So kam der Atem in Gang. Ich schrie sie an, sie sollten aufhören.

Aufhören, aufhören, aufhören, alle beide!

Mama rannte Papa in die Küche nach, öffnete den Küchenschrank, holte eine Pillendose hervor. Da bewahrte sie sie also auf, hinter der Heftpflasterdose. Verschiedene Sorten in derselben Dose. Sie füllte die Faust, warf die Pillen in den Mund, kaute und kaute, und schluckte und schluckte. Sie drängte sich an Papa vorbei, der über der Spüle hing, füllte Wasser in ein Glas, nahm noch mehr Tabletten, kaute und kaute, und schluckte und schluckte. Die Tabletten fielen ihr aus der Hand, rollten über den Boden. Ich fiel auf die Knie und sammelte sie auf, bitte, bitte Mama, nimm sie nicht, gib mir die, die du noch hast.

Bitte, Mama.

Bitte, Papa.

Aber jetzt war höchste Eile geboten. Wie viele Tabletten hatte Mama geschluckt? So schnell ich konnte rannte ich zum Telefonhäuschen. Das Fünfundzwanzig-Öre-Stück in der Hand. Bitte, kommen Sie schnell, meine Mama stirbt.

Es dauerte fünf Minuten. Die Polizei kam. Mama schlug wild um sich. Sie legten ihr Handschellen an. Aber dann verlor sie das Bewusstsein. Und der Krankenwagen kam. Ich fuhr mit dem Fahrrad hinter ihm her zum Krankenhaus.

Im Krankenhaus pumpte man ihr den Magen aus.

Ich kannte mich im Gebäude aus und wusste, in welche Abteilung sie hinterher verlegt würde. AUFWACHRÄUME. Ich rannte die Treppe hoch. Sie lag in einem Gitterbett. Schläuche in der Nase und im Mund, Apparate und Bildschirme. Es blinkte und piepte.

Deine Mutter ist bewusstlos. Die Lage ist kritisch, sagte der Arzt, der hereinschaute. Können wir uns ein bisschen unterhalten? Der Arzt war Däne und hatte einen Bart. Er stand, während er redete. Ich stand auch. Es ist schwer zu sitzen, wenn man sich schämt, hörte ich Papas Stimme in meinem Kopf. Er fragte, ob ich wüsste, was für Tabletten sie zu Hause hatte. Gemischt, sagte ich, keine Ahnung, rote, grüne, gelbe, weiße. Ich muss dir leider sagen, dass deine Mutter sterben könnte, du musst darauf gefasst sein. Aber sie wurde doch so schnell geholt, sagte ich, Sie haben ihr doch den Magen ausgepumpt. Leider ist ein Teil in ihre Blutbahn gelangt, und sie muss schon vorher etwas genommen haben, ich mache mir Sorgen wegen des Tablettenmix.

Aber wir hoffen das Beste.

– –

Mama, du musst aufwachen. Ich werde alles tun, wenn du nur aufwachst. Ich verzeihe dir. Ich verzeihe Papa. Die Hysterie drückte gegen meine Rippen. Drohte mich von innen zu zer-

262

reißen. Verzweifelt sah ich mich um, aber außer dem Doktor schien sich kein Angestellter im Krankenhaus aufzuhalten.

Nicht weinen, nur nicht weinen.

Es gelang mir, die Panik ohne fremde Hilfe auszuschalten.

Wie lange saß ich bei ihr?

Jetzt muss ich aber bald zu Sakari nach Hause.

Auf dem Weg nach unten lief ich Helmi in die Arme.

– Aber meine Kleine, was tust du denn hier?

– Mama ist bewusstlos, sie hat Tabletten genommen.

– Nicht doch. Aili. Meine kleine Aili, wo liegt sie?

– Zimmer vier.

– Komm, wir gehen zu ihr.

Helmi fing an zu weinen, als sie Mama sah. Sie zog den Besucherstuhl heran und setzte sich zu ihr. Sie nahm Mamas Hand. Die Hand hing in ihrer, fiel herunter. Helmi tätschelte sie, als wollte sie den ganzen Arm wachrütteln. Aili, Helmi ist hier, du musst aufwachen. Leena ist auch da.

Als wir gingen, fragte ich Helmi:

– Woher wusstest du, dass Mama hier liegt?

– Ich wusste es nicht.

– Aber was wolltest du dann hier?

– Es ist seltsam, sagte Helmi, aber Veikko ist auch hier, er liegt auf der Sieben, im Leberkoma.

Riitta! Arme Riitta.

Ich musste sofort zu Riitta.

Drei Tage vergingen. Ihr Zustand wäre kritisch, sagte der Doktor, aber sie wachte auch dieses Mal auf. Ich saß bei ihr, als sie die Augen aufschlug. Ich sog den Atem ein und wagte nicht mehr auszuatmen. Schließlich konnte ich nicht mehr dagegen an.

Sie hätte sich schon im Wald zurechtgelegt, sagte sie.

Ich war aber sicher, dass ich sie in einem Gitterbett finden würde.

Aus Mamas Brust kam ein abwesender Seufzer.

Dann fragte sie, warum ich sie hatte leben lassen, und drehte den Kopf weg.

Sie verlegten sie in ein Krankenhaus nach Lund.

Papa landete im Torken, der Entziehungsanstalt von Löderup. Die Polizei hatte das Bereitschaftstelefon des Sozialamts angerufen und schrieb einen Bericht über alles, was passiert war. Uns brachte man umgehend für einige Tage in einer Pflegefamilie unter.

Es wurde Frühling.

Die Schneeglöckchen und Krokusse im Garten der Pflegefamilie trieben Knospen.

Sigrid kam von der Stadt und war damit beauftragt, dafür zu sorgen, dass wir morgens aufstanden, Frühstück bekamen und uns auf den Weg zur Schule machten. Sie achtete darauf, dass wir rechtzeitig ins Bett gingen, putzte die Wohnung und machte uns Abendessen. Nachts durfte sie nicht bei uns bleiben.

Sie stand ein paar Tage, nachdem Mama und Papa weggefahren waren, vor der Tür. Sie klingelte kurz. Ich öffnete langsam. Sigrid trug einen beigen Mantel.

Sie trat in den Flur. Begrüßte uns mit einem kräftigen Handschlag und sah sich mit resoluten Schritten in der Wohnung um, ohne die Schuhe auszuziehen. Ich hatte das Schlimmste weggeputzt, aber sie schüttelte trotzdem den Kopf.

Als sie in das Zimmer von mir und Markku kam, stieß sie ein Puh hervor und sagte, du meine Güte, ihr habt ja noch nicht einmal ordentliches Bettzeug. Darauf ging sie zurück in den Flur und zog ihren Mantel aus. Band sich eine Schürze um. Wir bekamen Frühstück und wurden in die Schule geschickt. Nachdem wir weg waren, begann Sigrid zu scheuern. Sie scheuerte unseren Kühlschrank. Die Küchenschränke. Das Badezimmer, die Toilette, den Herd. Sie saugte Staub und scheuerte die Böden. Sie lüftete, goss die Blumen und kochte. Gulasch. Wenn sie das nächste Mal käme, würde sie die Fenster putzen. Und die Wände und die Fußleisten und die Zimmerdecken. Dann würde sie bei der Stadt anrufen und sehen, ob bei uns gemalt und tapeziert werden könnte, obwohl noch keine zwölf Jahre vergangen waren.

Markku, ich und Sakari trauten unseren Ohren nicht.

Es war ruhig und schön, und alles war sauber.

Wir bekamen zu essen.

Und wir würden lauter neue Sachen für unser Zuhause bekommen.

Vielleicht sogar neue Tapeten.

Sigrid würde das organisieren.

Denn so, wie wir es hatten, sollte es kein Mensch haben.

Vier Tage später hatten wir neue Betten, Kissen, Decken, Matratzen und Tagesdecken. Tagesdecken! Sigrid bezog die Betten neu und warf unsere alten Laken weg. Auch Mama und Papa bekamen neue Betten. Andere Möbel konnte sie nicht so leicht organisieren, aber sie würde sehen, was sich machen ließ.

Ich fragte, woher die schönen Sachen kamen.

Sigrid sagte, Lions wäre für nette kleine Kinder und deren kranke Eltern da.

Lions ist lieb, sagte ich.

Danke, lieber Lions, danke.

– –

Nun ließ das Sozialamt nicht mehr locker. Man besuchte uns in dichter Folge, und ich war erleichtert. Jetzt würden wir es vielleicht bald besser haben. Auch die Schule mischte sich ein. Jetzt musste doch etwas passieren. Wie oft musste eigentlich Alarm geschlagen werden? Sakaris Lehrerin sagte, Sakari säße im Unterricht und saugte an seinem Finger. Markkus Lehrer sagte, Markku bräche ins Büro des Rektors ein, wenn er in den Pausen auf dem Schulhof nicht rauchen dürfte. Ich bräuchte in der Schule Ruhe zum Arbeiten, begabt wie ich war, sagte der Magister.

Ein Monat verging. Ich weinte, als Sigrid uns verließ. Sie weinte auch. Sofort kam die Unruhe im Bauch zurück. Wir wurden mit unseren trockenen Eltern wiedervereint. Kein Wort darüber, wo Mama und Papa gewesen waren. Wir wussten es ja.

Mama brachte einen Zinnteller und handbestickte Kleider mit. Ein Kleid für mich, eine Hose für Sakari und noch einmal das gleiche Kleid für Åse. Eine Lederhandtasche. Grüne Keramikübertöpfe. Eine Lederweste mit Nieten für Markku. Einen Makrameegürtel. Sie war ein eifriger Gast in der Beschäftigungstherapie gewesen. Es war ihr super gegangen. Ich bin auf Hausfrauenurlaub gewesen, erzählte sie Helmi, die an dem Tag, an dem sie heimkamen, anrief, dem ersten Tag meines neuen Lebens. Stell dir vor, wenn man nur mal ein bisschen Pause machen könnte, wie viel einfacher dann alles wäre. Du wirst sehen, was ich alles gemacht habe. Wenn ich nur öfter nähen und basteln könnte, ach, wenn man sich das nur leisten könnte. Papa sah aus, als hätte man ihn aus einer lebenslangen Freiheitsstrafe entlassen. Er schwebte ein Stück über dem Erdboden. Es war furchtbar in Löderup, sagte er. Nie wieder wollte er dorthin. Das war kein Ort für ihn. Man wurde gezwungen, am Gottesdienst teilzunehmen, auch wenn man nicht an Gott glaubte, und man musste seine Antabus unter den Augen einer Krankenschwester schlucken. Ich sah die Entziehungsanstalt vor mir. Die Papamänner mit feuchtgekämmtem Haar und flammendroten Gesichtern, ziemlich jämmerlich und gereizt. Nylonhemden und Nylonsocken. Säuferwahn in den Nächten. Aber der Torken gefiel uns Kindern, denn dort durften wir Billard spielen und bekamen pyramidenförmige Limonade.

Betrieben wurde die Entziehungsanstalt Torken in Löderup von Åke und Else-Marie. Wie Tante Elly und Onkel Helge waren sie gläubig, nur irgendwie in einer anderen Kirche. Sie schickten ihren Alkoholikern Weihnachtskarten und besuchten sie hin und wieder. Blieben eine Weile und tranken eine Tasse Kaffee. Unterhielten sich ein wenig mit den Kindern und Frauen. Ich fand, Else-Marie sah genauso christlich aus wie Svea Broström, nur mit wässrigen Augen. Åkes Mund war ein schmaler Strich. Es war, als könnte man mit der Hand durch ihre Körper greifen. Ich mochte die beiden nicht. Wenn Papa mit ihnen redete, sah er ungefähr genauso aus, wie wenn er auf dem Balkon mit dem Strengen Sten redete. Er senkte die Stimme und den Blick und zog den Schwanz ein, genau wie Terrie.

Aber sowohl Mama als auch Papa sahen frisch und ausgeruht aus.

Jetzt würde sich alles finden.

Papa legte ein neues Nüchternheitsgelöbnis ab. Ein echtes.

Und Mama glaubte ihm.

Wenn er aufhörte, dann hörte sie auch auf.

Und dann wollte sie eine Diät machen.

Papa summte in der Küche.

Das Sozialamt glich unser Minus aus. Papa rief bei Großmutter an und sagte, er müsse zum Zahnarzt. Großmutter steuerte einen Fünfhunderter bei. Jetzt waren wir wieder auf dem richtigen Kurs. Die Schränke füllten sich. Papa drehte mit dem Fahrrad eine Schnäppchenrunde in der Stadt, und Mama schob ein Huhn in den Ofen. Markku, Sakari und ich probezeigten unsere Betten. Gute Lattenroste. Die gingen nicht kaputt, wenn man auf ihnen herumhüpfte. Mama führte endlose Gespräche mit Helmi. Und am nächsten Montag sollte Papa wieder zur Arbeit gehen.

Eine lange Nüchternheitsperiode begann, und der Alltag wurde wieder Alltag. Freiluftgymnastik in der Schule. Klassenfest. Kartenspiele nach dem Essen. Fernsehabende und die Gespräche von Helmi und Mama.

– Die Kinder werden größer, sagte Helmi.

– Ja, wann werden sie eigentlich größer?

– Ich weiß nicht, aber ich merke es daran, dass weniger Krümel unter dem Tisch liegen.

– Ja, sonst würde man es wohl gar nicht merken.

Zum Schulende war Mama ausnahmsweise in der Kirche, und ich freute mich riesig und sang das ganze *Den blomstertid nu kommer,* Es kommet jetzt die Blütenzeit. Nachdem wir auf Klassenreise in Göteborg gewesen waren, sollte der Magister eine neue Klasse bekommen, und es war mir unbegreiflich, dass ich ihn im Herbst nicht mehr jeden Tag sehen, dass er andere Schüler haben würde. Seit der Vierten hatten wir Altpapier und Pfandflaschen gesammelt, Theater gespielt, so viele Klassenfeste gefeiert, so oft Kapitänsball gespielt und so viele Ausflüge gemacht. Nach der Marienkirche versammelten wir uns ein letztes Mal im Klassenzimmer. Wie immer stand der Magister vorn. Er fingerte an einem Stift herum. Seine Augen glänzten. Er sagte, er würde unsere Klasse nie vergessen und wie stolz er darauf wäre, wie wir uns entwickelt hatten. Wir alle, jeder Einzelne von uns, sagte er, würden immer einen Platz in seinem Herzen und in seiner Erinnerung haben. Wir alle? Jeder Einzelne? Je mehr er redete, desto mehr wich ich zurück. Ich pfiff auf die Norreportschule und auf die blöden neuen Lehrer, die es dort geben würde. Schließlich war der Magister bloß noch ein kleiner Punkt, und ich verschwand durch die Wand. Erst am Abend entdeckte ich, dass es mich noch gab. Ich hatte mir die Bettdecke über den Kopf gezogen und weinte. Als Terrie mich hörte, wollte er mich trösten, aber ich gab ihm einen Fußtritt, und er landete auf dem Boden.

Hau ab, du blöder Hund.

Ich bekam Brüste. Mama häkelte einen neuen Bikini und einen neuen Bademantel für mich. Ich gewann den Schwimmwettkampf in Malmö. Wir picknickten im Wald auf der weinroten Wolldecke. Tipu hatte wieder Junge bekommen, eine kleine getigerte Puti jagte bei uns zu Hause Papierbälle an Fäden. Sakari sprach und lachte endlich wieder, er war in die Länge geschossen. Wir machten lange Fahrradtouren am Meer. Mama und Papa küssten sich. Markku bekam eine Angel, und ich begann mich an Körper und Seele zu entspannen und hing wie immer mit Åse und Riitta herum. Die Sommerferiensonne versengte uns den Rücken. Papa hatte strahlende Laune und kam mit einer Tüte Sonnenblumensamen nach Hause. Er wollte Mama eine Freude machen und sich selbst aufmuntern. Es uns vor dem Küchenfenster schön machen. Er säte die Sonnenblumen unter dem Balkon.

Schon nach ein paar Tagen lugten kleine Sprosse aus der Erde. Papa jätete einige von ihnen und ließ den Rest stehen. Goss sie und kümmerte sich um sie. Sprach mit ihnen.

Die Sonne schien warm. Die Pflanzen hatten beste Südlage. Und den besten Gärtner.

Sie wuchsen im Rekordtempo. Weit über das Balkongeländer hinaus.

Oh, sagte Papa, es war nicht beabsichtigt, dass sie so furchtbar hoch wachsen. Ich muss eine hohe Sorte gekauft haben.

Aber was machte das schon? Britta Pettersson von der Hausverwaltung würde hoffentlich nicht mitten in der Sonnenblumenernte vorbeiradeln! Papa summte *Tyttö metsässa*, Mädchen im Wald, von Olavi Virta vor sich hin. Kochte Hering für Puti und

Tipu. Fleischknochen für Terrie. Dass es überkochte, machte nichts.

Eines Tages radelte die ganze Familie zu Riitta und trank Sonntagskaffee im Garten. Es war das erste Mal, dass ich Veikko nüchtern sah. Er war ein völlig anderer Mensch. Überhaupt nicht besonders redselig oder zum Flirten aufgelegt. Er war schweigsam und roch nach Rasierwasser. Es gab mir einen Stich ins Herz. Riitta hatte ja eigentlich auch einen richtigen Vater.

Papa erzählte Helmi und Veikko von den Nachbarn, die sich bei der Stadt beschwert hatten.

– Im Winter beschweren sie sich darüber, dass ich meine Arme-Leute-Kanarienvögel füttere.

– *Voi*, was sagen sie denn?, fragte Helmi.

– Dass ich damit Ratten anlocken könnte, sagte Papa.

– *Herran Jumala*, wie lächerlich, sagte Helmi.

– Ich antworte immer, dass wir einen gefährlichen Tiger zu Hause haben, der die Ratten auffressen kann.

– Und was sagen sie dazu?

– Nichts, aber ich erzähle ihnen von unserem Polizeihund und unserem Tiger. Jetzt im Sommer beschweren sie sich über die hohen Sonnenblumen vor unserem Balkon.

– *Voi voi*, was sagen sie denn dazu?, sagte Helmi.

– Dass die sich ausbreiten könnten, sagte Papa.

– *Herran Jumala*, was für kleinliche Menschen es doch gibt.

– Ich sage dann, ein paar wilde Sonnenblumen in Ystad sind doch schön.

Sie lachten laut.

Ich bewunderte Papa. Er war so mutig. Am Abend, wenn Papa

dachte, ich schliefe, setzte er sich an mein Bett. Er strich mir übers Haar und flüsterte, Leena, mein kleiner Liebling, Papas kleiner Liebling.

– –

Åse fürchtete sich nicht länger vor dem Wasser. Die heißesten Wochen des Jahres verbrachten wir mit Riitta am Strand, danach würden Åse und Inga-Lill verreisen. Unser Haar war heller als jemals zuvor. Sogar Åses rotes Haar war ausgebleicht. Wir waren braun und stark. Das Meer glänzte wie poliert und lag so unbewegt da wie ein dunkelgrüner Teppich.

Eins zwei drei vier fünf sechs sieben, wo ist meine Braut geblieben. Wir machten Handstand im Wasser. Wer konnte sich am längsten halten?

Weit draußen auf dem Steg spielten wir Ball. Wer ihn nicht fing, musste ihm ins Wasser hinterherspringen.

Der Sand am Strand war weich wie Samt. Die Sandburgen wuchsen in die Höhe und in die Breite, mit Gräben und Türmen und Zinnen. Wir buddelten einander im Sand ein. Nur die Köpfe schauten hervor. Der feuchte Boden unter dem trockenen, heißen Sand an der Oberfläche kühlte unsere Körper.

An windigen Tagen kamen die ersehnten Wellen. Immer wieder hechteten wir hinein, legten uns dann auf den Rücken und ließen uns von ihnen in unbekannte Länder treiben. Unermüdlich.

Wir pinkelten ins Meer. Die Pisse war wärmer als das Wasser. Einen Moment schlängelte sie sich um unsere Beine, dann verschwand sie. Die Pisse aus Polen kam zu uns, unsere trieb nach Polen.

Wir folgten dem täglichen Gang der Sonne am Himmel.

Wenn Seetang angeschwemmt wurde, stapften wir darin herum. Führten Tangschlachten gegen die Jungs.

Wenn die Quallen kamen, führten wir Quallenschlachten. Oder sammelten sie in Eimern. Wir schwammen unter den Steg, wo es feucht und kalt war. Hier wohnten die Kaulquappen. Und die kleinsten Krebse. Hier konnte man Fischskelette finden und vielleicht Schätze. Hier lauerte der Hai.

Am ganzen Strand lagen Dünen aus Schneckenhäusern. Lagen Dünen aus schwarzen und weißen Steinen. Sandgeschliffene Glasscherben in weichen Pastellfarben. Das Dünengras schnitt einem in die Beine, wenn man zu schnell durchging. Aber auch das war schön.

Die Sturmmöwen hielten hinter der Sonne Wache. Sie tauchten auf, wenn irgendwo jemand ein Stück Brot wegwarf oder wenn ein Kind einen Keks verlor.

Doch dann rief der Schmuggler an, aus Polen wäre eine Ladung gekommen.
Wer zuerst kommt, mahlt zuerst, sagte er und legte auf. Mama
protestierte. Nach so langer Nüchternheit? Sollten sie das wirklich
tun? Papa beteuerte, dieses Mal würden sie nur einen einzigen
Abend trinken, und ob denn nicht Urlaub wäre? Mama glaubte
ihm und sagte Okay. Papa nahm sein Antabus nicht. Als ich das
Gespräch hörte, stellte sich mein ganzer Körper innerhalb weniger
Sekunden um.
Aber Papa wurde krank. Er hatte das Antabus noch im Blut.
Sein Herz breitete sich im ganzen Körper aus und hämmerte
überall unter der Haut. Hämmerte bis in die Fingerspitzen. Sein
Gesicht und sein Hals färbten sich tiefrot. Er keuchte wie Mama,
als sie die Rippen gebrochen hatte oder vielleicht wirklich im
Sterben lag. Er saß die ganze Nacht wach, die Hand auf dem
Telefonhörer. Bereit, den Krankenwagen zu rufen. Der Schreck
durchzuckte seine Augen.
– Willst du nicht den Arzt rufen, Papa?
– Nicht nötig.

– Du kannst sterben, Papa.

– Kein Gefahrenhi-inweis, am ganzen Pola-arkreis …

Papas Antabusschock legte sich. Am Morgen hatte er wieder seine normale Hautfarbe. Sie konnten in Ruhe trinken.

Die Wochenrhythmen kamen zurück, beinahe wie ein alter Freund. Sie wogten mir entgegen wie das Meer. Zogen mich mit sich. Führten mich an neue Orte. Es war nur so, dass ich nicht länger eine bequeme Stellung in den Zimmerecken oder unter dem Sofa finden konnte. Ich dachte auf der Hundewiese über die Sache nach.

Kam zu dem Schluss, dass Sakari und Terrie bleiben mussten. Lieber Gott, vergib mir.

– –

Wir sollten sofort wieder in Betreuung. So geht es nicht mehr weiter, sagten sie. Papa wollte ihnen ersatzweise Terrie mitgeben, aber es half alles nichts. Da wollte er ihnen Terrie aufzwingen. Wenn ihr unsere Kinder treut, müsst ihr auch den Hund treuen. Er reichte Terrie einer der Sozialarbeiterinnen. Terrie hing unglücklich auf ihrem Arm. Hör auf, Kimmo, sagte Mama, du machst alles nur noch schlimmer. Aber wir sind doch jetzt nüchtern, sagte Papa. Alles, was wir brauchen, ist ein bisschen Geld.

Der Sommerpraktikantin standen Tränen in den Augen, als sie sah, dass wir nichts zu essen im Kühlschrank hatten.

Ich wollte sie trösten, aber sie hatte sowieso vor, eine ganz andere Ausbildung zu machen. Zwischenmenschliche Begegnung lag ihr nicht, sagte sie, und ich verstand, was sie meinte. Mama feilschte um Sakari, mithilfe vernünftiger Vorschläge und Versprechen. Aber das Maß war voll. Wir sollten woanders hinkommen, Papa sollte noch eine Antabuskur machen, und gemeinsam sollten sie ihre Taten bereuen. Erst danach würden wir Geld bekommen.

– –

Sie hießen Birgersson, Petrus und Margaretha. Sie waren in der Kirche aktiv und wohnten in einem niedrigen Haus am Thorssons Väg. Warum sahen Leute, die anderen helfen wollten, so oft aus wie Svea Broström aus dem Rathauskeller und Else-Marie und Åke in der Entziehungsanstalt Torken in Löderup? Ich teilte ein rosa Zimmer mit Sakari. Markku bezog ein blaues Zimmer mit gedämpfter Beleuchtung. Das Spielzeug stand aufeinandergestapelt in staubfreien Regalen. Die Laken rochen nach frischer Luft, und die Zehen verschwanden in dicken Teppichböden.

Ich wachte davon auf, dass die Wanduhr sieben schlug und rüttelte Sakari. Aus der Küche duftete es nach getoastetem Brot. Wir wuschen uns und zogen uns an. Markku saß schon am Frühstückstisch. Wir wichen ihren Blicken aus. Der Küchentisch sah wütend und blankpoliert aus, und in der Luft hing ein endloses Schweigen. Petrus und Margaretha aßen und tranken lautlos, belegte Brote und Kaffee. Sie wollten eine gute Tat begehen, sagten sie.

In meinem Hinterkopf hörte ich Tante Elly Halleluja sagen.

Ihr seid hier herzlich willkommen, sagten Petrus und Margaretha. Ihr werdet bei uns bleiben, bis eure Eltern freiwillig eine Übereinkunft unterschrieben haben.

Halleluja, sagte Tante Elly wieder.

Bei uns sollt ihr spüren, dass ihr ganz ihr selbst sein könnt. Wenn euch etwas unklar ist, dann müsst ihr einfach fragen. Ich hörte, wie gut sie es meinten, und hatte großes Mitleid mit ihnen. Eingecremt mit ihrem Wohlwollen, krochen wir Nacht für Nacht unter die Daunendecken. Ich fröstelte und sehnte mich nach Hause.

Wieder zu Hause ging die Jagd nach unserem besseren Leben weiter. Bei einer Gruppe für Familien mit Alkoholproblemen, die sich Verbindungen nannte, nahm man uns mit offenen Armen auf, als das neue Schuljahr anfing. Ich hasste die siebte Klasse, ging aber hin, obwohl ich lieber zurück zum Magister und in die Maria-Munthe-Schule gegangen wäre. Die Gruppenräume lagen in der Skottegatan, im Keller eines grauen Gebäudes. Es gab einen Billardtisch, eine Tischtennisplatte und einen Kaffeetisch. Es waren immer viele Frauen und Männer da. Ich erkannte Väter und Mütter. Einige der Kinder kannte ich aus der Schule. Andere vom Spielen aus Fridhem. Ich war überrascht. War es möglich, dass auch andere es so wie wir hatten? Wir trafen uns mehrmals in der Woche bei den Verbindungen, tranken Kaffee und aßen Kuchen. Tranken Kaffee und aßen Kuchen. Spielten Karten. Tranken Kaffee und aßen Kuchen. Spielten Bingo. Tranken Kaffee und aßen Kuchen. Die Männer und die Kinder wechselten sich beim Billard und beim Tischtennis ab. Die Frauen saßen an den Tischen und redeten. Weibergetratsche, wie die Väter sagten. Dabei tauschten sie Wochenzeitungen aus, häkelten und redeten über alles Mögliche. Ich hörte ihnen zu, während Papa Markku und Sakari das Billardspielen beibrachte.

Frau Nilsson berichtete, dass unser neuer König, Carl XVI. Gustaf, zu seinem ersten offiziellen Staatsbesuch angetreten war. Er hatte sich die Ölindustrie in Norwegen angesehen. In Schweden hatte er bisher nur die Felix Erbsenfabrik besucht. Der König mochte grüne Erbsen, sagte Frau Nilsson. Frau Jönsson erzählte, dass die Rockmusik ihren zwanzigsten Geburtstag feierte. Elvis war am besten, sagte sie, nach ihm kam Jerry Lee Lewis. Für die Beatles und die Rolling Stones hatte sie nicht viel übrig. Frau Ljunggren brachte das Gespräch auf den Sport. Ingemar Stenmark und Anders Gärderud.

Mama gähnte.

Dann räusperte sie sich und sagte, dass 1975 internationales Frauenjahr war. Die Mütter begannen einander ins Wort zu fallen. War das Recht auf Abtreibung richtig oder falsch? Richtig, fanden sie. Zum Putzstreik in Kiruna und Svappavaara sagten sie, vielleicht kriegen die Putzfrauen ja endlich, endlich ein bisschen mehr Lohn. Sie sprachen über die neue Elternversicherung und darüber, dass alle Kinder ein Recht auf eine allgemeine Vorschule bekommen sollten. Wer weiß, vielleicht würde es für Frauen ja jetzt leichter werden zu arbeiten? Für die jüngeren Mütter würde es leichter sein, als sie es gehabt hatten. Dann sprachen sie über gefährliche Arbeitsbedingungen. Frau Nilssons Mann war Spritzlackierer und konnte Nerven- und Gehirnschäden von den Lacken und Farben bekommen. Mama sagte, dass die Arbeiter im Maschinenbau vom Hodenkrebs bedroht waren, wegen dem Schneidöl in den Drehmaschinen und Fräsen. Frau Jönssons Mann war Drucker, und in der Druckereibranche entwickelten sich alle möglichen seltsamen Allergien. Das Gespräch endete damit, dass Frau Nilsson erzählte, Sten & Stanley würden nach Saltan kommen, sie trällerte ein Stück aus ihrem Hit. *Tjo och tjim och inget annat.* Hü und ho und nichts dazu.

Mama wirkte zufrieden.

Aber nicht glücklich.

Wir feierten das Luciafest und Weihnachten und Ostern und Mittsommer mit den Verbindungsleuten. Mama und Papa waren fast das ganze Jahr nüchtern. Sakari fühlte sich pudelwohl, denn bei den Verbindungen bekamen wir Limonade. Nur Markku hatte angefangen zu rauchen und die Schule zu schwänzen und kam nachts oft nicht nach Hause. Er hing mit Glenn und Nicke zusammen, und Mama gab Papa die Schuld daran.

Mit neuer Schullust im Bauch schloss ich die siebte Klasse ab. Kein Lehrer war wie der Magister, aber die Jungs in der Schule sahen furchtbar gut aus. Doch dann sagte Mama, sie fände es bei den Verbindungsleuten zum Kotzen. Das Leben muss doch aus anderem bestehen als Kaffee, Kuchen, Kartenspiel, Billard und Bingo und Kaffee und Kuchen und Bingo und Kartenspiel, sagte sie. Sie hatte viel mehr davon, mit Helmi zu telefonieren und zu Hause in aller Ruhe Pullover aufzuribbeln. Ab jetzt musst du alleine hingehen, Kimmo, sagte sie. Um nichts in der Welt sitze ich den Rest meines Lebens vier Tage die Woche in einem Keller mit Verbindungsleuten herum. Inzwischen kommen wir ja wohl allein zurecht, es geht nur darum, sich zu entscheiden. Und du weißt, wie es ist.

Wenn du nicht anfängst, fange ich auch nicht an, sagte Mama.

O nein, wo sollte ich jetzt blaue Billardkreide finden, die man so gut als Lidschatten benutzen konnte?

– –

Es war Papa, der die Initiative ergriff. Es war Mama, die nicht protestierte. Ein Quartal begann am letzten Tag mit sauberen Schränken, gefüllten Brotkörben und heißer Schokolade. Es kam jedes Mal wie ein Schock. Aber ich wusste genau, wann es so weit war. Die Stofftasche am Fahrradlenker, die Milchweingläser, Mamas Geschrei und wie sie immer fahriger wurde, die Art und Weise, wie Papa zu Boden starrte und fluchte. Die auslösenden Phrasen.
Es hat alles keinen Zweck. Es ist hoffnungslos. Es bringt doch nichts.
Die Wochen, die Monate vergingen.

In ein paar Wochen sollte Riitta in die neunte Klasse kommen. Ich in die
achte und Åse in die siebte. Wir redeten nicht darüber, aber es
war, als wären es unsere letzten gemeinsamen Sommerferien. Es
hatte fast den ganzen Sommer geregnet und Riitta und ich hatten
unsere Periode bekommen. Riitta war kurz in Finnland gewesen
und hatte sich in einen Typen verknallt, der ein Motorrad hatte
und aus Köpingebro kam. Åse hatte fast den ganzen Sommer gecampt, und ich hatte mir die Zeit damit vertrieben, zu babysitten
und in Anders verknallt zu sein, der eine Puch Dakota fuhr. Wir
drei hatten schon lange davon gesprochen abzuhauen. Und mit
dem Rauchen anzufangen. Als wir uns nach Riittas Finnlandreise
und Åses Campingwochen wiedersahen, planten wir alles genau.
Um vier Uhr in der Nacht klingelte mein Wecker. Leise stand
ich auf, schlüpfte in einen Pullover, den ich über das T-Shirt
zog, und schlängelte mich in meine Jeans. Die Schuhe standen
hinter der Tür. Ich nahm sie vorsichtig in die Hand. Die Jacke
unter den Arm. Eine Mütze in die Jackentasche, sicherheitshalber.

Die Balkontür ließ sich öffnen, ohne zu knarren. Es war dunkel. Ich hielt den Atem an. Draußen lag der Nebel wie ein grauer Schimmelpelz auf dem Gras. Der Geruch von Seetang lag wie ein Deckel auf Fridhem. Die Feuchtigkeit und die Gerüche ließen mich schaudern und ich rieb mir die Augen. Es war ziemlich kalt. Schuhe an, Tür zu. So, jetzt war ich frei. Ich setzte mich aufs Balkongeländer und schwang die Beine auf Åses Seite hinüber. Ich durfte nicht mit den Füßen ausschlagen. Sonst würden Mama und Papa garantiert aufwachen. Das Schlafzimmerfenster war offen und ging zum Balkon.

Verdammt, Terrie war aufgewacht, dabei war er doch fast taub. Nein, du darfst jetzt nicht raus.

Geh weg und leg dich wieder hin!

Åse winkte durch das Fenster und legte den Zeigefinger auf die Lippen. Bis hierher ging der Plan auf. Åse wirkte aufgeregt. Ihre Bewegungen waren schnell. Dann knarrte ihre Balkontür. Wir erstarrten. Vorsichtig drückte Åse die Tür weiter auf. Ich hielt Wache, den Blick fest ins Innere der Wohnung gerichtet. Inga-Lill wachte nicht auf. Terrie war still. Es funktionierte. Wir begrüßten uns lautlos kichernd, dann sprangen wir routiniert rittlings über das Balkongeländer. Ein paar Sekunden später waren wir im Wald. Riitta wartete vor der Kaserne auf uns. Sie wirkte erleichtert. Keiner war aufgewacht, es war alles gutgegangen, erzählte sie.

Ich hatte belegte Brote, Zigaretten, Streichhölzer und eine alte *Ystads Allehanda* dabei. Åse hatte Süßigkeiten und eine Thermosflasche mit heißer O'boy-Trinkschokolade mitgebracht. Riitta öffnete ihre Tasche, um uns etwas zu zeigen.

Ein Karton.

Eine Torte, sie hatte eine Torte mitgebracht!

Wo hast du die denn her?, fragte ich. Sage ich nicht, sagte Riitta.

Aber meine Mutter arbeitet ja schließlich im Fenix ...

Auf der anderen Seite vom Wald hing die Sonne wie ein kleines Eigelb weit, weit über dem Meer. Unsere Hosenbeine wurden nass, als wir durch das hohe Gras gingen. Das war angenehm. Markku, Glenn und Nicke hatten an einem geheimen Platz im Wald eine Hütte gebaut. Dort wollten wir hin, wir wussten genau, wo sie lag.

Wir gingen schnell, zwischen Fichten, Kiefern, Birken und Wildfliederbüschen hindurch. Die Vögel folgten uns, sie flogen zwischen ihren Unterschlupfen von Gebüsch zu Gebüsch.

Die Hütte war so groß wie ein richtiges Sommerhaus. Markku und Nicke hatten von der Kindergartenbaustelle in Fridhem eine Plane geklaut. Sie war groß und fest. Über zwei starke Kiefernäste gehängt bildete sie ein regendichtes Dach. Die Plane reichte bis zum Boden und war mit riesigen Nägeln festgenagelt, die von derselben Baustelle geklaut waren. Die Wände hatten Markku und Nicke aus Brettern gebaut. Auch das Holz kam von der Baustelle. Ein Firmenname war daraufgestempelt. Byggservice AB. In die Plane hatten sie ein Fenster geschnitten. Auf dem Boden der Hütte lagen Schlafsäcke und Decken. Dieser Raum war das Herzstück.

In der Hütte roch es feucht und säuerlich. Nach Wald und Schimmel und Strandkiefer. Aus Treibholz, Brettern und großen Ästen hatten Markku und Nicke einen Durchgang zusammengenagelt, der in den nächsten Raum führte. Einige dünne Kiefernstämme bildeten ein Gerüst und stützten aneinandergelehnte Äste und Stangen. Der Raum hatte die Form eines Tipi.

Eine kleinere Plane war an die Kiefern genagelt und schützte vor Regen und Wind. Dahinter schlossen sich ein paar große Kiefern an, die zusammen einen weiteren Raum bildeten, eine Laube. Auf dem Boden hatten Markku und die anderen Jungs eine Feuerstelle gebaut. Sie hatten deutliche Spuren hinterlassen. Einwickelpapier von Süßigkeiten, abgebrannte Streichhölzer, Zigarettenstummel, leere Bierdosen und ein paar nasse Strümpfe und nasse James-Fjong-Hefte. Mein erster Impuls war, aufzuräumen und die Sachen ordentlich hinzulegen, aber Åse und Riitta gingen nur herum, hoben die Sachen vom Boden auf und ließen sie wieder fallen. Wir gingen von Raum zu Raum. Es war still. Aber das Gezwitscher und Geschnatter um uns herum sagte uns, dass es jetzt bestimmt fünf, halb sechs war.

Wir nahmen jede einen Schlafsack und setzten uns neben der Feuerstelle darauf. Wir stellten die Taschen mit der Trinkschokolade, den Süßigkeiten, den belegten Broten, den Zigaretten und der Torte neben uns. Ich gähnte ausgiebig und sagte:

– Ich bin müde.

– Ich auch, gähn nicht, das steckt an, sagte Åse.

Sie gähnte auch und hielt sich die Hand vor den Mund.

– Ich friere, sagte Riitta.

– Ich auch, sagte ich, können wir nicht alle in denselben Schlafsack kriechen?

– Meiner ist nass, wie sieht es mit euren aus?, fragte Åse und wrang den Schlafsack mit der Hand aus.

– Meiner ist nur ein bisschen feucht, den können wir nehmen, sagte ich. Sollen wir Feuer machen, bevor wir essen und rauchen? Dann wird es schön warm.

Die Sonne kroch zwischen den Baumwipfeln hervor, aber die Feuerstelle lag noch im Schatten. Wir standen auf und begannen Holz zu sammeln. Bald hatten wir die Arme voller Äste, Zweige und Reisig. Wir legten alles zu einem ordentlichen Haufen zusammen. Zuunterst lagen die Seiten der *Ystads Allehanda*, herausgerissen und locker zusammengeknüllt.

Ich zündete drei Streichhölzer auf einmal an. Das Feuer kam in Gang. Meine Finger wurden rußig. Wir setzten uns nebeneinander auf meinen Schlafsack. Åse zog die Schuhe aus und wärmte ihre Füße am Feuer. Ich stocherte mit einem Stock in der Asche. Åse und ich redeten. Riitta schwieg und hörte zu, warf Zapfen in das Feuer.

– Können wir hier nicht für immer wohnen?, fragte ich.

– Mama würde nach mir suchen. Sie würde todsicher Sten mitnehmen, sagte Åse.

– Nach mir würde keiner suchen, jedenfalls nicht meine Eltern, nicht wenn sie betrunken sind, sagte ich.

– Meine Mama würde auch nach dir suchen, sagte Åse.

– Wenn ich sechzehn bin, ziehe ich weg. Dann kann mir keiner mehr was sagen.

– Karin ist ausgezogen, als sie sechzehn war, dann hat sie Dick getroffen und sie sind zusammengezogen und alles.

– Hat deine Mutter das erlaubt?

– Sie hat nicht gefragt, aber Sten sagt, sie ist eine Schlampe.

– Sten ist ein Psychopath, das hast du selbst gesagt, wahrscheinlich weiß er nicht einmal, was eine Schlampe ist, sagte ich.

– Aber wir müssen doch in die Schule, sagte Åse.

– Ich nicht. Wenn ich sechzehn bin, höre ich auf, sind ja nur noch zwei Jahre bis dahin.

– Ich kann nicht wegziehen, Mama würde nicht damit fertig-
werden, sagte Åse.

– Ich bin meinen Eltern scheißegal, sagte ich.

– Deine Mutter macht so gutes Brot, sagte Åse.

– Du kriegst zu Hause O'boy.

– Bei euch darf man sich vor dem Fernseher auf eine Decke
legen.

– Bei dir zu Hause ist alles so sauber und ordentlich.

– Bei dir darf man Unordnung machen.

– Du kriegst nigelnagelneue Kleider.

– Dein Vater kann Pfannkuchen machen.

– Du kriegst tolle Osterküken von deinem Vater.

– Deine Mutter strickt und häkelt.

– Deine Mutter geht zum Schulabschluss und zu Elternabenden.

– Deine Mutter erzählt dir Sachen.

– Deine Mutter kann Nudeln mit weißer Soße machen.

Dann fiel uns nichts mehr ein.

Ich schaute Riitta an. Sie warf immer noch Zapfen ins Feuer.

– Du sagst ja gar nichts, Riitta, sagte ich.

– Was soll ich denn sagen?

– Ich wünschte, meine Mama wäre wie deine Mutter und würde
bei der Post arbeiten und sich nie betrinken, sagte ich.

Riitta hörte auf, Zapfen zu werfen. Es sah aus, als schluckte
sie. Dann sagte sie:

– Mein Papa ist immer betrunken. Das ist deiner nicht.

Es wurde still. Wir blickten ins Feuer. Dann fröstelte Åse.

– Glaubt ihr an Gott?, fragte ich.

– Ich ja, sagte Riitta.

– Weiß nicht, sagte Åse.

– Und du?, fragte Riitta.

– Nö, aber ich bete trotzdem die ganze Zeit zu Gott, antwortete ich.

Ich kroch in den Schlafsack und schaute zum Himmel. Die Wipfel der Bäume bogen sich mir entgegen. Das Feuer prasselte. Der Rauch stieg wie eine Säule zum Himmel. Es sah aus, als würde jemand ihn langsam zu Sahne quirlen.

Ich rekelte mich. Gähnte. Åse kroch neben mich. Sie gähnte auch. Riitta kroch in ihren eigenen Schlafsack, rollte sich aber neben uns zusammen. Wir schliefen im selben Moment ein, in dem die Ameisen im Ameisenhaufen hinter uns aufwachten.

Eine Kindheit am Rand der Gesellschaft
Über das stille Warten auf *Bessere Zeiten*

Leena ist eine stille Heldin. Oft macht sie sich absichtlich unsichtbar. Damit sie vergessen wird. Dann hört sie aufmerksam zu, beobachtet und registriert genau, was um sie herum vorgeht. Alles, was wir in diesem Buch erfahren, sehen und hören wir durch sie, sind immer hautnah am Geschehen. Und erleben über einen Zeitraum von zehn Jahren mit, wie die Selbstverständlichkeit der Kindheit ins Wanken gerät.

Leenas Verhalten ist eine Überlebensstrategie. Denn die Welt, in der sie groß wird, wird von Armut und Alkohol beherrscht. Da wird gefeiert und getrunken, geschrien und gestritten, Kinder verwahrlosen, Männer schlagen ihre Frauen, es gibt Vergewaltigungen und Selbstmordversuche, Pornohefte liegen herum und Kinder müssen den Sex der Eltern miterleben. In dieser Hölle fallen Wörter wie Pille, Kondom, Nüchternheitsgelöbnis, Monatsbinde. Leena lauscht sie den Gesprächen der Erwachsenen ab. Und eines Tages findet sie endlich ein Wort für die unbegreiflichen Dinge, die zu Hause vorgehen: Quartalssäufer. Ihre Eltern sind Quartalssäufer.

Immer wieder keimt Hoffnung, die Wohnung wird geputzt, Wäsche gewaschen, Essen gekocht. Der Vater schwört Abstinenz, geht wieder arbeiten und pflanzt Sonnenblumen vor dem Balkon. Die Mutter backt und strickt und trinkt wieder Kaffee mit den Freundinnen. Beide versuchen, es Leena und ihren Geschwistern mit ihren bescheidenen Mitteln so schön wie möglich zu machen. Eine Zeitlang atmen die Kinder auf und kommen gern nach Hause.

Doch mit den Jahren dreht sich die Abwärtsspirale immer schneller, die Abstände zwischen den Quartalen werden kürzer. Leena muss ihre ganze Kraft zusammennehmen, um im Alltag zu bestehen, und versucht mit allem Mut sogar, die Eltern vom Trinken abzuhalten. Sie scheitert, der Alkohol ist stärker. Aber eigentlich beherzigt sie damit den Rat der Mutter, die sie in nüchternen Phasen ermahnt, es anders zu machen als sie. Viel zu früh ist sie von der Schule abgegangen, und vollkommen abhängig von ihrem Mann. Leena soll mehr Selbstbewusstsein entwickeln, schließlich steht das internationale Frauenjahr vor der Tür und es muss den Frauen bald bessergehen. Die Mutter ist es auch, die Leena erklärt, was in ihr vorgeht, als sie daran zu schlucken hat, dass es bei anderen zu Hause schöner aussieht, sauberer ist, die Kleidung nicht selbstgenäht oder aus Tüten von Reicheren ist. Leena hat den Neid entdeckt. Weil sie zu erkennen beginnt, in wie weiter Ferne die großen Häuser und das Leben ihrer reichen Klassenkameraden tatsächlich liegen.

Das Viertel, in dem Leenas Familie wohnt, wird in der Stadt abfällig »Svinalängorna« genannt – die Schweinehäuser. Leena wünscht sich fort. Sie stellt sich in die »Warteschlange für einen völlig anderen Kurs in meinem Leben«. Auf keinen Fall will sie so werden wie die Erwachsenen um sie herum. Die Schule wird zu Leenas einziger Zuflucht. Als Schwimmerin feiert sie große Erfolge. Und in ihren Freundinnen, Riita und Åse, findet sie Verbündete auf der Suche nach einem Platz in der Welt. Zum Soundtrack der Siebziger – *Chirpy Chirpy Cheep Cheep*, Abbas *Waterloo* und finnischen Tangos von Olavi Virta – wachsen die drei Mädchen zu Teenagern heran.

Susanna Alakoski ist mit ihrem Debüt ein Meisterwerk gelungen, das tief berührt. Im schlichten Gewand von Leenas kindlicher Sprache schildert sie eine Welt, die einerseits fremd, andererseits der unseren von heute irritierend ähnlich ist. Die »Schweinehäuser« haben ein reales Vorbild: In Schweden lebten ab den sechziger Jahren 450 000 Gastarbeiter aus Finnland, das nach dem Krieg wegen der Reparationen an die Sowjetunion vollkommen verarmte. Das Viertel Fridhem in Ystad kennen viele als den Ort, wo Mankells Wallander Verbrechen löst. Wer hier lebt, ist mitten in der Wohlstandsgesellschaft arm und von der Gesellschaft ausgeschlossen, ein Lebensgefühl, das weit über Schweden und die sechziger und siebziger Jahre hinausreicht.

Für Leena ist es ein großer Schritt, sich von hier fortzuwünschen. Gemeinsam mit Riita und Åse überschreitet sie schließlich eine Schwelle, die größer ist, als es auf den ersten Blick wirken mag: Mit heißer Schokolade, belegten Broten und Schlafsäcken beginnen sie, es sich selbst im Leben einzurichten. Vor ihnen scheint die Möglichkeit auf, sich tatsächlich eines Tages fortzuwagen, anderen, besseren Zeiten entgegen.

Karen Nölle und Christine Gräbe

Herausgeberinnen

Editorische Notiz

Bessere Zeiten wurde gleich nach Erscheinen 2006 mit dem renommierten August-Preis für den besten schwedischen Roman des Jahres ausgezeichnet – für einen Erstling eine Sensation. Der Roman verkaufte sich in Schweden 300 000-mal. Das Publikum war begeistert, Sozialarbeiter, Psychologen, Polizisten, Universitätsdozenten und Literaturstudenten – sie alle haben Leenas Geschichte gelesen. 2010 wurde der Stoff von Pernilla August verfilmt. Die Hauptrolle in *Beyond* spielt Noomi Rapace (bekannt als Lisbeth Salander aus der Millenium-Trilogie von Stieg Larsson). In der edition fünf erscheint das Debüt von Susanna Alakoski 2011 erstmals in deutscher Übersetzung.

Leena wächst zwischen den Sprachen auf – zwischen finnischem Elternhaus und schwedischer Umgebung entsteht ein ganz eigener Sprachgebrauch. Für den deutschen Text haben wir Leenas »Schwedischfinnisch« berichtigt, aber versucht, den finnischen Akzent des Vaters im Schwedischen auch im Deutschen wiederzugeben.

Die Übersetzerin

Sabine Neumann, geb. 1961, hat Philosophie und Germanistik in Regensburg und in Berlin studiert, war als Deutschlehrerin in Finnland tätig und lebt und arbeitet in Malmö, Schweden. Sie übersetzt Autorinnen wie Anne Swärd und Lotta Lotass aus dem Schwedischen ins Deutsche. 1995 gewann sie den *Open Mike* der Literaturwerkstatt Berlin. Als Autorin veröffentliche sie bei Suhrkamp den Erzählband *Streit* (2000) und die Erzählung *Das Mädchen Franz* (2003).

Unsere zweiten Fünf!

Zora Neale Hurston
Vor ihren Augen sahen sie Gott

Roman

Florida 1928. In einer einzigen
Nacht erzählt Janie ihrer besten
Freundin Pheoby, wie sie
aufbrach, ein anderes Leben zu
führen, wie sie die Liebe fand
und was geschah, als der große
Hurrikan kam. Der Klassiker
aus den USA, neu übersetzt von
Hans-Ulrich Möhring. Schön,
traurig, herzergreifend.

Band 7 der edition *fünf*
Deutsch und mit einem Nachwort von
Hans-Ulrich Möhring
gebunden, 272 Seiten
€ 19,90 (D)/€ 20,40 (A)/SFr 28.90
ISBN: 978-3-942374-12-5

Eudora Welty
Vom Wagnis, die Welt in Worte zu fassen

Drei Essays

Schon als Mädchen keimt in
Eudora Welty der Wunsch,
Schriftstellerin zu werden. Wie
ihr das ganze Leben zur Schule
des Schreibens wird, bis sie
schließlich den Mut zur eigenen
Stimme findet, davon erzählt sie
auf wunderbar lebendige Weise.

Band 8 der edition *fünf*
Deutsch von Karen Nölle
Mit einem Nachwort
von Luise F. Pusch
gebunden, 160 Seiten
€ 17,90 (D)/€ 18,40 (A)/SFr 25.90
ISBN: 978-3-942374-11-8

Ruth Liepman
Vielleicht ist Glück nicht nur Zufall

Erzählte Erinnerungen

Ruth Liepman war Jüdin, Kommunistin und Widerstandskämpferin. Nach dem Krieg wurde sie literarische Agentin. Die Erinnerungen der Grande Dame des Literaturbetriebs, ohne Eitelkeit und mit viel Aufrichtigkeit geschildert, umspannen fast ein ganzes Jahrhundert.

Band 9 der edition *fünf*
Mit einem Nachwort von
Eva Koralnik und Ruth Weibel
gebunden, 176 Seiten
€ 18,90 (D)/€ 19,40 (A)/SFr 27.50
ISBN: 978-3-942374-13-2

Annette Kolb
Das Exemplar

Roman

Sommer 1909. Mariclée reist nach England, um einen Mann zu treffen. Als sie ihn um einen Tag verfehlt, beginnt eine bizarre Wartezeit…Das hinreißend eigentümliche Porträt einer jungen Frau, die das Wagnis eingeht, einer sehr unkonventionellen Vorstellung von Liebe nachzujagen.

Band 10 der edition *fünf*
Mit einem Nachwort von Gunna Wendt
gebunden, 216 Seiten
€ 18,90 (D)/€ 19,40 (A)/SFr 27.50
ISBN: 978-3-942374-14-9

Unsere ersten Fünf!

Heldinnen des Glücks
Sieben Geschichten vom
Aufbruch

Erzählungen
Aufbruch heißt in jeder dieser
Erzählungen etwas anderes:
Da bietet sich ein Nachbar als
Heiratskandidat an, im Kino
werden Lebenswege resü-
miert und ein ganzes Dorf von
Dienstmädchen macht sich auf,
das Glück zu finden.

Band 1 der edition*fünf*
Mit Erzählungen von Alice Munro,
Margriet de Moor, Felicitas Hoppe u. v. a.
Ausgewählt und mit einem Nachwort
von Karen Nölle und Christine Gräbe
gebunden, 152 Seiten
€ 14,00 (D) / € 14,40 (A) / SFr 25.20
ISBN: 978-3-942374-04-0

Kate Chopin
Das Erwachen

Roman

Sommerfrische am Meer, Ende des 19. Jahrhunderts: Mit 28 Jahren ist Edna Pontellier längst Ehefrau und Mutter. Ihr Leben scheint harmonisch. Doch dann verliebt Edna sich in einen anderen und lässt alle gesellschaftlichen Konventionen hinter sich – mit fatalen Folgen.

Band 2 der edition*fünf*
Deutsch von Barbara Becker et al.
Mit einem Nachwort von Barbara Vinken
gebunden, 216 Seiten
€ 16,00 (D) / € 16,50 (A) / SFr 28.80
ISBN: 978-3-942374-00-2

Joyce Johnson
Zaunköniginnen

Erinnerungen

New York in den Fünfzigern. Joyce Johnson bricht auf, um eine abenteuerliche Existenz als Dichterin zu führen. Doch in der Beat-Bohème werden den Frauen neben Kerouac und Ginsberg allenfalls Nebenrollen zugedacht. Das beherzte Selbstzeugnis einer uneitlen Schriftstellerin.

Band 3 der edition*fünf*
Deutsch von Thomas Lindquist
Mit einem Nachwort von Karen Nölle
gebunden, 376 Seiten
€ 16,00 (D) / € 16,50 (A) / SFr 28.80
ISBN: 978-3-942374-03-3

Irmtraud Morgner
Hochzeit in Konstantinopel

Roman
Nichts ist, was es scheint, auf
dieser Reise, die nicht nach
Konstantinopel, sondern an die
Adria geht. In die Flitterwochen,
obwohl das Paar aus Ostberlin
noch gar nicht verheiratet ist.
Mit »Hochzeit in Konstantinopel«
fand Irmtraud Morgner ihre
eigene Stimme: sinnlich, frech,
stilistisch brillant.

Band 4 der edition*fünf*
Mit einem Nachwort von Doris Janhsen
gebunden, 256 Seiten
€ 16,00 (D) / € 16,50 (A) / SFr 28.80
ISBN: 978-3-942374-01-9

Malin Schwerdtfeger
Café Saratoga

Roman
In den Sommern ihrer Kindheit
erobert Sonja die polnische
Halbinsel Hel. Doch die Idylle
endet jäh – mit der Ausreise der
Familie nach »Bundes«, wo ihr
Vater Tata Arbeit bei Mercedes
findet, ihre Mutter Lilka sich in
Depressionen verkriecht und
ihr die Schwester unbemerkt
verloren geht …

Band 5 der edition*fünf*
Mit einem Nachwort von Martin Hielscher
gebunden, 296 Seiten
€ 16,00 (D) / € 16,50 (A) / SFr 28.80
ISBN: 978-3-942374-02-6